고전은 누구나 읽었으면 하지만 아무도 읽으려고 하지 않는 책이다.
– 마크 트웨인

고전은 누구나 칭찬하지만 아무도 읽지 않는 책이다.
– 어니스트 헤밍웨이

한눈에 쏙!
세계 문학
148

《햄릿》부터 〈해리 포터〉까지,
일주일에 끝내는 세계 문학 여행

한눈에 쏙!
세계 문학
148

카타리나 마렌홀츠 글 | 던 파리시 그림 | 박종대 옮김

틈

옮긴이의 말 두꺼운 고전을 읽고 싶게 만드는 책

돌아보면 걸신들린 듯 허겁지겁 책을 읽던 시절이 있었다. 중학교 때의 일인데, 당시는 청소년이 읽을 만한 책이 거의 없어 톨스토이나 도스토예프스키, 빅토르 위고, 셰익스피어처럼 이름만 들어도 뭔가 대단한 게 있을 것 같은 작품들을 많이 읽었다. 작은 글자가 빼곡한 책을 읽다 보면 마치 어른들의 비밀스런 세계를 엿보는 듯했고, 그와 함께 나 자신이 성큼 어른이 된 듯한 기분이 들었다. 그런데 솔직히 그런 느낌을 빼고는 무엇을 읽었는지 잘 기억나지 않는다. 그저 어렵고 딱딱했다. 책의 의미를 소화하기에는 나의 정신적 그릇이 아직 작았기 때문이리라. 다만 그 뒤로 그 작가들의 이름을 들으면 왠지 생판 모르는 남처럼 느껴지지 않은 것은 작지만 큰 부수입이었다.

그런데 나이가 들어 명작을 읽으면서는 예전에 미처 느끼지 못한 감동이 쏟아지고, 인간에 대한 깊은 이해와 기가 막힌 표현에 무릎을 친다. 왜 그럴까? 간단하다. '내'가 변한 것이다. 그사이 나는 세상 경험이 붙었고, 세상을 보는 시야가 넓어졌으며, 생각도 나름 굵어졌다. 그만큼 책의 내용도 다르게 들어온다. 책은 읽는 사람의 그릇만큼 읽히기 때문이다.

그럼 아직 정신적으로 성숙하지 못한 시절에 어려운 책을 읽는 것은 아무 의미가 없을까? 그렇지 않다. 누구든 자기 수준에 맞게 받아들이는 것이 있고, 그게 때로는 그 사람의 삶에 중요한 영향을 끼치기도 한다. 일례로 나는 사춘기 시절 《데미안》의 첫 문장에 꽂혔다. "내 속에서 솟아 나오려는 것을 온전히 살아 보려한 것밖에 없는데, 그게 왜 그리 어려웠을까?" 나는 나로 온전히 산다는 것이 정확히 무슨 뜻인지는 몰랐지만 이후에도 이 문장은 내 가슴속에 큰 울림으로 남아 있었다. 그렇다. 내 몸은 내가 먹는 것으로 이루어진다면 내 정신은 내가 읽는 것으로 만들어진다.

흔히 우스갯소리로 고전을 가리켜 '누구나 읽어야 하지만 아무도 읽지 않는 책'이라고 한다. 거기엔 고전이 원래 어려운 이유도 있지만, 문학 본연의 감상보다는 주제니 소재니 따지면서 책을 생명 없는 해부 대상으로만 몰아가는 우리의 교육 방식과 입시제도의 책임이 크다. 암기와 강압은 자유로운 독서를 가로막는 장애물일 수밖에 없다. 그렇다면 아무도 읽지 않는 고전을 왜 그렇게 읽으라고 하는 것일까? 이유는 분명하다. 고전은 시간과 공간을 넘어 모든 인류에게 공통된 가치를 전달하고 인간의 본질을 건드리는 작품이기 때문이다. 문화와 시대가 다른 400여 년 전의 셰익스피어 작품이 지금도 우리에게 읽히며 공감을 불러일으키는 이유도 거기에 있을 것이다.

그럼에도 고전은 선뜻 손이 가지 않는 게 사실이다. 분량도 분량이지만 다루는 문제도 녹록지 않다. 그렇다고 이대로 계속 두어야 할까? 모두가 문학소년, 문학소녀가 될 수는 없지만 모두가 문학에서 등을 돌리는 것도 좋지 않다. 그렇다면 이런 접근은 어떨까? 문학의 뿌리에는 이성에 대한 관심이 있다. 이성에게 잘 보이려고 쓴 글이 많다는 것이다. 생각해 보라. 문학에서 사랑을 빼면 뭐가 남겠는가? 그런데 문학하는 사람만 그런 것이 아니라 문학을 읽는 사람도 마찬가지다. 친구들 앞에서 단테의 첫사랑 베아트리체의 이름을 자연스럽게 입에 올리거나, 내일 일을 걱정하는 여자친구에게 《바람과 함께 사라지다》의 여주인공 스칼렛이 "내일은 내일의 태양이 뜬다"고 한 말을 슬쩍 던지면 당연히 사람이 다시 보이지 않을까? 특히 연애와 인간관계에선 문학의 힘은 크다. 문학에 관한 그런 소소한 정보를 얻기엔 이 책이 안성맞춤이다. 게다가 이 책을 읽다가 정말 두꺼운 고전을 집을 마음이 생길지 누가 알겠는가? 원래 시작은 그렇게 작게 하는 법이다!

박종대

차례

* 색다른 재미가 있는 문학 이야기

들어가는 말 **여행을 떠나자, 문학의 세계로!**

문학이 지루하다고?

책 제목에 '문학'이 들어가면 대번에 머리가 복잡해진다. "뭐, 문학? 에잇, 싫어! 딱딱하고 재미없어!" "지루하고 어렵기만 할걸." 여기에 한 방이 더해진다. "학교 수업 냄새가 나!" 이게 결정적이다. '학교 수업'은 대개 부정적인 인상을 준다. '문학' 하면 낱말 하나까지 꼼꼼하게 분석하던 지루한 국어 시간이나, 셰익스피어와 괴테의 작품이 자잘한 글씨로 빽빽하게 적힌 문고판을 떠올리는 사람도 있을 것이다. 이런 기억 속의 문학은 곧 고통이다.

독자들의 이런 어려움을 덜어 주려고 '해설서'라는 것이 있다. 그런데 이런 해설서도 몇 줄씩 이어지는 장문에다 처음 듣는 개념으로 잔뜩 멋을 부리고, 알아먹지도 못할 수많은 정보로 가득 차 있다. 이를테면 이런 식이다.

"이미 1947년에 사망한 볼프강 보르헤르트의 작품에서는 미국 산문 유형, 특히 헤밍웨이의 쇼트스토리에서 발전한 소설 형식 외에 표현주의적, 초현실주의적 문체와 비유 요소가 발견된다."

이래서 문학은 너~어~무 지루해!

그러나 절대 그렇지 않다!

문학은 멋지다. 손에 땀을 쥐게 하고 재미있고 웃기고, 잠시도 멈출 수 없는 모험이 펼쳐진다. 물론 모든 책이 그렇지는 않다. 아주 유명하지만 굉장히 어렵고 까다로운 소설도 많다. 예를 들어 《잃어버린 시간을 찾아서》는 몇 쪽에 걸친 긴 문장에다 복잡한 의식의 흐름만 길게 이어지고, 사건은 거의 없다. 그래서 무척 어렵고 지루한 책으로 느껴진다. 하지만 여기서는 이 소설과 관련한 다른 흥미로운 사실들을 알 수 있다. 가령 이 작품의 작가 마르셀 프루스트는 모피 외투를 입고 잤고, 문장 하나하나를 수없이 교정했다.

제임스 조이스의 《율리시스》도 무척 읽기 어렵다. 조너선 프랜즌 같은 현대 작가조차 자신은 율리시스의 팬이 아니라고 솔직히 고백했다. 소설을 읽지 않았다는 뜻이다. 반면에 풍자 작가이자 비평가인 쿠르트 투홀스키는 《율리시스》를 이렇게 비유했다.

"율리시스는 그 자체로 먹을 수는 없지만 많은 국을 만들어 낼 수 있는 진액 같은 작품이다."

교사나 문예학자들은 고전에만 눈길을 줄 뿐 유명한 대중 작품에는 별로 관심이 없다. 그럼에도, 아니 바로 그 때문에 이 책에서는 그런 작품도 함께 소개할 생각이다.

기가 막힌 문장이다. 또한 조이스가 자신의 작품에 대해 쓴 글을 읽어 보면《율리시스》에 관한 감동적인 사실을 많이 알 수 있다. 소설을 읽을 필요가 없다는 생각이 들 정도다. 물론 그래도 읽고 싶다면 당장 읽어 보기 바란다!

문학에 관한 이런 이야기들은 또 어떨까? 미국 소설가 스티븐 킹은 한때 세탁소에서 다림질을 했고, 귄터 그라스와 존 어빙은 단짝 친구였고, 소설에서 가장 긴 문장은 1,077개 단어로 이루어져 있고, 상당히 많은 작가가 난독증에 시달렸거나 시달리고 있으며, 가장 많이 팔린 소설은 찰스 디킨스의 작품이다.

문학은 국어 시간에 배우는 것 이상이고, 전혀 고통스럽거나 지루하지 않다. 이 책은 재미있으면서도 아주 다양한 지식을 담고 있다. 유명한 소설들이 다루는 문제는 무엇이고, 그 소설들이 왜 그렇게 중요한지, 또 작가들의 어떤 점이 그렇게 뛰어났는지 알려 준다. 또한 이 모든 것을 문예학의 낯설고 어려운 개념 없이 적당한 분량으로 삽화를 곁들여 설명한다. 믿기 어렵겠지만, 그림 한 장으로 카뮈의《페스트》에서 일어난 일을 설명할 수 있다. 궁금하면 당장 175쪽의《페스트》꼭지를 펼쳐 봐도 된다. 물론 처음 나오는 단테부터 차근차근 시작해도 상관없다. 어쨌든 책 세상을 두루 여행할 준비만 하시라. 가자, 문학의 세계로!

연대표 활용법

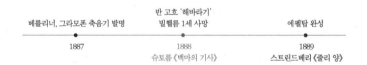

베를리너, 그라모폰 축음기 발명	반 고흐 '해바라기' 빌헬름 1세 사망	에펠탑 완성
1887	1888 슈토름《백마의 기사》	1889 스트린드베리《줄리 양》

각 꼭지에서 다루는 작품은 페이지 아래쪽에 출간년도와 제목, 저자를 빨간색으로 표기했다. 선 위는 역사적 시간이고, 이래는 문학 작품이다.

테오도어 슈토름이《백마의 기사》가 출간된 해에 빈 고흐는 '해바라기'를 그렸고 자기 귀를 잘랐다. 그 해에 황제 빌헬름 1세가 사망하기도 했다. 1년 전에는 에밀 베를리너가 축음기를 발명했고, 1년 뒤에는 에펠탑이 완성되었다. 그 밖의 이야기는 각 쪽 하단에 계속 이어지는 연대표에서 확인할 수 있다.

단테 알리기에리 Dante Alighieri

신곡 La Divina Commedia

　1인칭 화자 단테가 저승을 여행한다. 정확히 말하면 죽은 사람이 사는 세 영역인 지옥과 연옥, 천국을 여행한다. 이유는 자세히 모른다. 다만 주인공 단테가 삶의 의미를 찾는 것에서부터 소설은 시작한다. 그 과정에서 단테는 숲에서 로마 시인 베르길리우스를 만나고, 베르길리우스는 단테를 지옥과 연옥으로 안내하고, 그 뒤에는 단테의 첫사랑 베아트리체가 천국으로 인도한다. 이교도인 베르길리우스는 천국으로 들어갈 수 없기 때문이다. 작품은 단테가 삼위일체의 신을 목격하는 것으로 끝난다.

희극, '신곡'이 되다

　《신곡》은 전체 14,233개 행으로 이루어졌다. 방대한 분량만큼이나 내용도 어렵다. 내용은 앞에서 간략하게 설명한 것보다 훨씬 복잡하고, 엄청나게 많은 인물이 등장한다. 단테는 고대 이집트 여왕 클레오파트라, 훈족의 왕 아틸라, 신학자 토마스 아퀴나스를 비롯해 수많은 사람을 만난다. 만나서 가볍게 대화하고 헤어지는 것도 아니다. 한 행도 상징이나 은유가 없는 행이 없다. 이 작품은 일요일 오후 소파에 느긋하게 누워 가볍게 읽을 수 있는 책이 아니다. 다시 말해 한 번에 끝까지 다 읽어 낼 수 있는 책이 아니라는 뜻이다.

　단테 자신은 이 작품을 코메디아(희극)라 불렀다. 그러던 것이 나중에 존경의 표시로 디비나(신의)라는 수식어가 붙어 '라 디비나 코메디아(신의 희극)', 즉 '신곡'이 되었다.

《신곡》은 이탈리아 문학에서 가장 중요한 작품으로 꼽힌다. 이런 평가에는 라틴 어가 아닌 이탈리아 어로 쓰인 최초의 작품이라는 이유도 작용했다.

단테의 삶을 좌우한 숫자 '9'

단테는 아홉 살 때 비슷한 나이의 베아트리체를 만나 첫눈에 반했다. 그러다 9년 뒤 다시 그녀를 만났다. 베아트리체가 손을 흔들자 그는 그녀에게 더욱 빠져들고 예술적 영감에 사로잡혔다. 그 후 단테는 자신의 위대한 사랑 베아트리체에 관한 작품 《새로운 인생》을 썼다. 베아트리체를 만난 것은 두 번뿐이지만, 그녀는 그에게 예술의 여신이 되었다. 그녀와 관련된 숫자 '9'는 그의 모든 작품에서 매우 중요한 의미를 가진다.

조선 건국	조선 세종대왕 즉위	잔다르크 화형	세종대왕 훈민정음 창제	구텐베르크 활판 인쇄술 발명
1392	1418	1431	1443	1444

윌리엄 셰익스피어 William Shakespeare

햄릿 Hamlet

햄릿은 덴마크의 왕자이다. 어느 날 아버지가 뱀에 물려 죽는다. 그런데 성벽 초소에 갑자기 유령이 된 아버지가 나타나 자신은 뱀에 물려 죽은 것이 아니라 독살당했다고 말한다. 햄릿의 숙부(아버지의 동생) 클로디어스가 잠든 왕의 귀에 독약을 넣었다는 것이다.

햄릿은 원수를 갚아 달라는 유령에게 복수하겠다고 약속한다. 복수를 다짐한 햄릿은 미친 척하고, 남들도 모두 미쳤다고 믿는다. 그러나 그 때문에 안타깝게도 뜨겁게 사랑하던 오필리아를 잃는다.

햄릿은 숙부를 의심하고, 자살할 생각 등으로 괴로워하지만, 결국 클로디어스를 죽이기로 한다. 그런데 칼에 찔린 사람은 클로디어스가 아니라 오필리아의 아버지 폴로니어스이다. 상황은 점점 한 치 앞을 내다볼 수 없는 국면으로 치닫는다. 제정신을 잃은 오필리아는 자살하고, 그녀의 오빠는 여동생과 아버지의 원수를 갚으려 한다. 결국 칼에 독을 바르고 포도주에 독을 타는 계략 속에서 결투가 벌어진다. 무대는 죽은 사람들의 피로 흥건하다.

셰익스피어, 읽을 것인가 말 것인가의 문제는 아니다

햄릿은 셰익스피어 작품에 나오는 주인공 중 대사가 가장 많다. 그래서 햄릿을 연기하는 배우는 힘들 수밖에 없다. 《햄릿》이 초연될 당시, 셰익스피어는 햄릿 역을 맡은 리처드 버비지가 잘해내리라고 확신했다. 버비지는 셰익스피어가 속한 '궁내부장관 극단'의 극단장이자 주연 배우였다. 셰익스피어는 조연을 맡았다. 당시 이 극의 스타는 작품을 쓴 작가가 아니라 햄릿을 연기한 버비지였다.

약간 어처구니없는 줄거리의 위대한 비극이 마음에 든다면 다음 작품들도 읽어 보길 권한다. 《맥베스》(스코틀랜드, 마녀, 유령, 뒤엉킨 이야기), 《로미오와 줄리엣》(잠자는 약, 가짜 죽음, 독, 진짜 죽음, 절망, 또다시 죽음), 또는 《오셀로》(살인과 자살을 부르는 손수건).

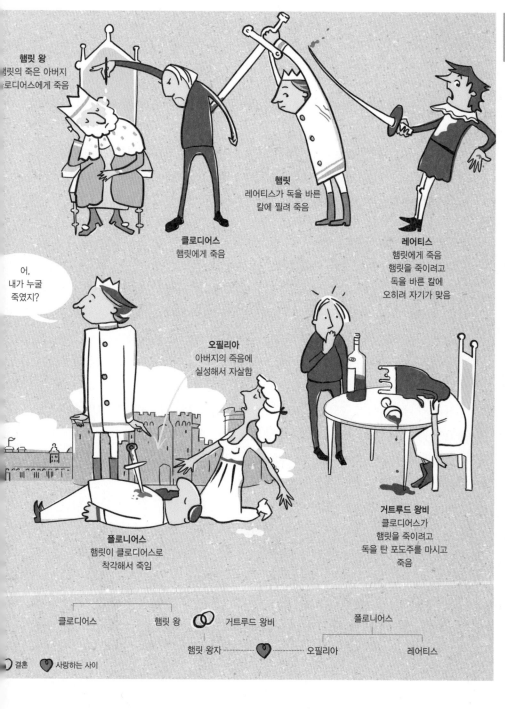

햄릿 왕
햄릿의 죽은 아버지
클로디어스에게 죽음

햄릿
레어티스가 독을 바른
칼에 찔려 죽음

클로디어스
햄릿에게 죽음

레어티스
햄릿에게 죽음
햄릿을 죽이려고
독을 바른 칼에
오히려 자기가 맞음

어,
내가 누굴
죽였지?

오필리아
아버지의 죽음에
실성해서 자살함

거트루드 왕비
클로디어스가
햄릿을 죽이려고
독을 탄 포도주를 마시고
죽음

폴로니어스
햄릿이 클로디어스로
착각해서 죽임

클로디어스 ⚭ 햄릿 왕 ⚭ 거트루드 왕비   폴로니어스

햄릿 왕자 ········ ♥ ········ 오필리아   레어티스

⚭ 결혼   ♥ 사랑하는 사이

미켈란젤로 '다비드 상' 조각 시작   마키아벨리 《군주론》

1494   1501   1513
세바스티안 브란트 《바보들의 배》

《햄릿》은 상당히 어려운 작품이다.《리어왕》이나《한여름 밤의 꿈》처럼 약간 가벼운 작품을 먼저 읽는 것이 좋다.

책을 읽기 싫다면 레오나르도 디카프리오가 주연한 영화 '로미오와 줄리엣'을 봐도 좋다. 하지만 그보다는 BBC 방송국의 라디오 컬렉션 CD를 추천한다. 물론 이것 역시 내용을 다 이해하기는 어렵다.

최고의 극작가 셰익스피어

셰익스피어는 문학계의 큰 별이다. 그러나 수백 년 동안 개인 신상에 대해 밝혀진 것은 거의 없다. 그래서 그 유명한 작품을 쓴 사람이 셰익스피어가 아니라 다른 인물이라고 의심하는 학자도 있다. 셰익스피어의 경쟁자였던 크리스토퍼 말로나 옥스퍼드 백작, 혹은 철학자 프랜시스 베이컨이 원작자일지 모른다는 것이다. 이런 의심과 관련하여 '셰익스피어 추리 소설'이라고 불러도 될 만큼 온갖 음모론이 난무한다.

진짜 셰익스피어가 누구든 그 작가는 문학적 기적을 이루었다. 그의 작품들은 생전에 많은 사랑을 받았고, 작가에게 엄청난 부를 안겨 주었다. 그러나 당시에는 셰익스피어가 온 시대를 통틀어 최고의 극작가로 인정받고, 영어에 그렇게 깊이 영향을 끼치리라고 예견한 사람은 없었다.

셰익스피어는 믿을 수 없을 정도로 어휘력이 풍부했다. 그럴 뿐만 아니라 새로운 단어도 만들어 냈다. 예를 들어 명사를 형용사로 만들고(bloody: 피비린내 나는), 동사를 명사로 사용했으며(dawn: 새벽, 여명), 없던 단어를 새로 만들기도 했다(courtship: 구애).

셰익스피어는 극작가였을 뿐 아니라 시도 썼다. 그중 가장 유명한 시는 154편의 소네트 모음집이다. 여기에도 비밀이 있다. 그는 이 작품을 'W. H.'라는 사람에게 바쳤는데, 이 인물이 누구인지는 오늘날까지도 밝히지 못했다. 시는 한 젊은

루터 95개조 반박문	잉카제국 멸망	헨리 8세 가톨릭교회에서 분리	코페르니쿠스 지동설 발표
1517	1532	1534	1543

세익스피어
최고의 극작가

1564~1616(영국)

"사느냐 죽느냐
그것이 문제로다."

셰익스피어의 생년월일에 대해서는
정확한 것이 없고, 세례를 받은 날
정도만 알려졌다(1564년 4월 26일).
그러다 언제부터인가 태어난 날이
4월 23일로 정해졌다. 대충 끼워
맞춘 듯한 느낌이 드는데,
셰익스피어가 죽은 날짜(1616년
4월 23일)와 같다.

남자 귀족에 대한 사랑을 노래했다. 그렇다면 이 귀족이 W. H.일까? 아니면 또 다른 누군가가 있을까? 실존 인물일까? 아무튼 젊은 여인에 대한 사랑 시만 있던 당시로서는 아주 새로운 작품이었다. 동성애로도 비칠 수 있기 때문이다. 이 시집에서 가장 유명한 시는 소네트 18번 〈나 그대를 여름날에 비할 수 있을까?〉이다.

수많은 비밀로 둘러싸인 위대한 셰익스피어가 태어난 지 400년이 훌쩍 넘었지만, 그에 관한 연구는 아직 끝나지 않았다.

명문장과 명언의 창고

셰익스피어의 작품에는 인용하기 좋은 문장이 수두룩하다. 특히 《햄릿》에서 가장 유명한 것은 다음 두 개다. 이 문장만큼은 원문을 함께 기억해 두자.

햄릿이 자살할 용기가 있는지 독백하는 장면에서 이렇게 말한다.

"To be or not to be, that is the question."

"사느냐 죽느냐 그것이 문제로다."

햄릿이 쓰러지기 전에 마지막으로 한 말이다.

"The rest is silence."

"남은 것은 침묵뿐."

셰익스피어는 세상에서 가장 뛰어난 작가이다. 성경을 빼고 셰익스피어의 희곡만큼 명언이 많은 작품은 없다.

"준비가 전부다.   《햄릿》

"이 나라(덴마크) 어딘가가 썩고 있어."   《햄릿》

"약한 자여, 그대 이름은 여자일지니!"   《햄릿》

"마지막이지만 결코 하찮지 않은."   《리어왕》

"잘 울었다, 사자여!"   《한여름 밤의 꿈》

"인내는 겁쟁이나 하는 짓."   《헨리 6세》

"모든 일에는 때가 있다."   《실수 연발》

"브루투스, 너마저!"   《줄리어스 시저》

미겔 데 세르반테스Miguel de Cervantes Saavedra

돈키호테Don Quixote

원제목: 재기발랄한 시골 귀족 돈키호테 데 라 만차

중세 후기의 기사 소설은 요즘의 텔레비전 연속극과 비슷했다. 비현실적이고, 별로 깊이가 없고, 중독성이 강했다는 뜻이다.

스페인의 시골 귀족 알폰소 키하노는 기사 소설을 무척 좋아한다. 기사 소설에 얼마나 깊이 빠졌던지 급기야 자신이 기사라고 생각한다. 그는 스스로 '돈키호테'라 이름 지은 다음 직접 만든 투구를 쓰고 녹슨 갑옷을 입고는 늙은 말을 타고 모험을 떠난다. 시종으로 고용한 마음씨 좋고 뚱뚱한 농부 산초를 데리고.

자신이 기사라는 망상에 빠진 돈키호테는 적군(=양 떼)을 공격하고, 거인(=풍차)과 싸우고, 황금 투구(=면도용 대야)를 훔치고, 포도주를 담은 가죽 포대와 씨름하다가 많은 피(=적포도주)를 흘린다. 어떤 성(=여관)에서는 성주의 딸(=매춘부)을 만난다. 산초는 주인의 이런 행동을 미친 짓이라고 생각하면서도 끝까지 함께한다. 돈키호테가 섬의 총독 자리를 주겠다고 약속했기 때문이다. 반면에 남들은 자칭 기사인 돈키호테가 귀찮고 성가시다. 그래서 돈키호테는 돌아다니면서 대개 명성보다 매를 번다.

2권에서 키 크고 홀쭉한 돈키호테는 작고 뚱뚱한 산초를 데리고 다시 길을 떠난다. 그러나 이제 두 사람은 유명해졌다. 한 책의 주인공이기 때문이다. 더 많은 모험이 펼쳐지지만 매질당하는 일은 그리 많지 않다. 마지막에 고향으로 돌아온 돈키호테는 고열에 시달리다가 기사 소설이 생각만큼 멋지지 않다는 사실을 서서히 깨닫고 죽는다.

최초의 근대 소설

《돈키호테》는 최초의 근대 소설이다. 하지만 지금까지도 세르반테스가 어떤 독자를 겨냥해 이 책을 썼고, 소설에서 말하고자 하는 바가 무엇인지를 두고서 추측이 무성하다. 그래서 문학을 처음 접하는 독자에게는 그다지 추천하고 싶지 않다. 《돈키호테》는 17세기 당시 선풍적인 인기를 끌었고, 오늘날에도 문학 애호가

메이플라워 호 케이프코드 도착
베이컨 《노붐 오르가눔》

허준 《동의보감》

1605
세르반테스 《돈키호테》

1610

1620

들은 이 작품을 가리켜 "역시 세계적인 작품이야!", "정말 재밌고 유머가 넘쳐! 전혀 물리지 않아!"라며 여전히 감탄한다. 그러나 소설이 나온 지 400년이나 지난 터라 언어와 유머, 이야기는 낡고 낯설 뿐 아니라 좀 피곤하게 느껴진다. 솔직히 말해 초보자가 읽을 책은 아니다.

초보자가 인용하기 좋은 문장

《돈키호테》에서 인용하기 좋은 부분은 첫 문장이다.

"그리 오래되지 않은 옛날, 별로 이름을 떠올리고 싶지 않은 만차의 어느 마을에 한 시골 귀족이 살고 있었다."

여기서는 "별로 이름을 떠올리고 싶지 않"다는 것이 중요한데, 세르반테스가 말한 마을이 어디인지는 오늘날까지도 수수께끼로 남아 있다.

모험에 대한 열정으로 타오르다

세르반테스는 신학 공부를 하며 평온한 삶을 살았다. 그런데 한 싸움에 말려들어 상대를 다치게 하는 바람에 외국으로 도망쳐야 했다. 처음에는 이탈리아에서 시종으로 일하다가 나중에 가명으로 스페인 해군에 입대했다.

1571년 레판토 해전에서 오스만 제국 함대와 싸웠다. 원래는 몸이 아파 갑판 밑에 있어야 했지만, 타오르는 모험심을 이기지 못하고 전투에 뛰어들었다가 가슴에 총을 맞고 왼손을 잃었다. 그때부터 세르반테스는 '레판토의 외팔이'라 불렸다. 세계적인 작가에게 제법 어울리는 별명이다.

해군에 남은 세르반테스는 장교가 되었다. 어느 날 해적들이 그의 배를 습격했고, 졸지에 포로가 된 그는 알제리로 끌려갔다. 용감무쌍한 세르반테스는 네 번이나 탈출을 시도했지만, 번번이 붙잡혔다. 그러다 5년 뒤 마침내 자유의 몸이 되었다.

타지마할 건축	하버드 대학교 설립 병자호란	데카르트 《방법서설》	렘브란트 '야간 순찰'
1631~1648	1636 코르네유 《르 시드》	1637	1642

세르반테스

모험가

1547~1616(스페인)

그가 죽은 4월 23일은
셰익스피어가 죽은
날이기도 하다.
지금은
'세계 책의 날'이다.

　해군에서 별다른 성과 없이 몇 년을 보낸 세르반테스는 새로운 것을 시도했다. 돈을 벌려고 연극용 대본과 소설을 쓴 것이다. 그러다 아내와 애인, 아이, 이혼 같은 개인적인 문제로 더는 글을 쓸 시간이 없게 되었다. 그 뒤 세금 징수원으로 일하면서 생계를 이었고, 그러다 세금을 횡령한 죄로 감옥에 갇혔다. 세르반테스는 감옥에서 훗날 가장 유명한 소설을 쓰기 시작했다. 1605년에 출간된 《돈키호테》는 대성공을 거두었고, 1615년에 나온 2부도 연달아 독자의 사랑을 받았다.

　세르반테스는 그로부터 1년 뒤인 1616년 4월 23일에 죽었다. 그것도 《돈키호테》로 벌어들인 돈을 모두 탕진한 채, 쓸쓸하고 가난하게 세상을 떠났다.

베르메르 '진주귀걸이를 한 소녀'

루이 14세 남성용 가발 착용

다니엘 디포Daniel Defoe

로빈슨 크루소 Robinson Crusoe

원제목: 요크 출신 선원 로빈슨 크루소의 삶과 이상하고 진기한 모험

1659년 9월 30일, 배가 난파한 뒤 로빈슨 크루소는 한 외딴 섬에 도착하고, 난파한 배에서 최대한 많은 물건을 가져오려고 뗏목을 만든다.

처음에는 동굴에서 생활하면서 야생 염소를 사냥한다. 생활에 필요한 물건이 전혀 없는 환경에 서서히 적응해 가며 자기만의 공간을 꾸민다. 오두막을 짓고, 곡식을 수확하고, 빵 굽는 방법을 터득하고, 목공 일을 익히고, 옷을 만든다. 거기다 야생 염소를 길들이고, 익숙한 문명 생활을 되찾으려고 점점 많은 것을 만들어 낸다. 또한 시간의 흐름을 놓치지 않으려고 직접 만든 나무 십자가에 날마다 눈금을 새긴다. 이밖에도 난파선에서 가져온 잉크가 떨어질 때까지 일기를 쓴다.

어느 날 로빈슨 크루소는 식인종으로부터 원주민 한 명을 구해 준다. 그날이 금요일이라 로빈슨은 그 사람에게 '프라이데이'라 이름 붙이고 하인으로 삼는다. 그렇게 섬에서 28년을 살다가 구조되어 마침내 영국으로 돌아간다.

파란만장한 인생을 어떻게 압축해?

디포는 상인이었다. 부유한 아내, 저택, 멋진 가발, 여행이 가능하던 처음에는 모든 일이 순조로웠다. 그러다 여러 번 비용 계산을 잘못하는 바람에 완전히 파산했다.

디포는 어려움을 딛고 일어났고, 틈틈이 정치 수필까지 썼다. 그러다가 그것이 꼬투리 잡혀 감옥에 갇혔다. 감옥에서 나와 잡지사를 설립한 뒤 교회와 정부를 비판하는 글을 부지런히 썼다. 그 때문에 벌금을 물거나 투옥, 공개적 조롱을 당하는 등 숱한 어려움을 겪었다. 디포는 쉰아홉이 되어서야 《로빈슨 크루소》를 썼다. 그는 짧은 제목에 많은 의미를 압축하는 재주가 없었던 모양이다. 이 작품의 원제목은 놀라울 정도로 길다. 그대로 옮겨 보면 다음과 같다.

'배가 난파하고 자신을 제외한 모든 선원과 승객이 죽은 뒤 파도에 휩쓸려 거대한 오리노코 강 하구 근처 미국 해안 앞 외딴 무인도에 도착해서 28년 동안 혼

뉴턴 첫번째 만유인력의 법칙 발표	영국 명예혁명	영국 권리장전 승인
1686	1688	1689

자 산, 요크 출신 선원 로빈슨 크루소의 삶과 이상하고 진기한 모험. 마지막에는 역시 이상야릇한 방법으로 해적들에게 풀려나는 과정도 담겨 있다. 이 이야기는 당사자가 직접 썼다.'

모험 이야기부터 섭취해 볼까?

이 작품은 모험 소설에다 모든 로빈슨 류 소설의 어머니이지만, 상당히 오래된 데다 청소년을 위해 쓴 것도 아니어서 아직 문학에 익숙하지 않은 독자는 청소년용으로 축소하거나 개정된 책으로 읽는 것이 좋다. 그런 책에는 사회를 비판한 내용보다는 모험 이야기가 주를 이룬다. 물론 문학 전문가들은 멋대로 각색한 그런 책들을 좋게 생각하지 않겠지만 말이다.

짧고 굵게 보는 문학사

조너선 스위프트
Jonathan Swift

걸리버 여행기
Gulliver's Travels

이 작품은 원래 어린이를 위한 책이 아니었다. 네 번의 여행을 네 권으로 만든 사회 비판 풍자 소설이다.

1권 소인국 릴리퍼트

배가 난파한 뒤 미지의 해변으로 밀려온 걸리버는 소인들에게 잡히지만, 전쟁에서 릴리퍼트 인들을 도와주겠다고 약속하고 풀려난다. 소인들을 도와준 뒤에는 달아나야 한다.

2권 거인국 브롭딩낵

걸리버는 배를 타고 다시 여행을 떠났다가 폭풍을 만나 또 다른 미지의 땅에 도착한다. 이번에는 거인에게 붙잡혀 왕비에게 팔려간 뒤 갖가지 모험을 한다. 2권의 하이라이트는 왕과 대화하는 부분인데, 걸리버는 왕에게 영국의 상황을 이야기해 준다(당시 영국 사회에 대한 비판).

3권 라퓨타, 발니바비, 러그내그, 글럽덥드립, 일본

해적의 습격을 받고 보트로 피신한 걸리버는 이상한 풍습이 있는 섬 네 개를 발견한다. 다행히 위험한 곳은 아니어서 무사히 일본을 거쳐 영국으로 돌아간다.

4권 후이늠의 나라

걸리버가 선장의 자격으로 배를 타지만 선원들의 반란으로 다시 알 수 없는 해변에 도착한다. 거기서 걸리버는 교양 있는 말(후이늠)의 지배를 받는 이상한 피조물(야후)을 만난다(인간 사회 비판). 영국으로 돌아온 걸리버는 사람보다 말과 살고 싶어 한다(사회 비판).

로렌스 스턴
Laurence Sterne

신사 트리스트럼 샌디의 인생과 생각 이야기
The Life And Opinions of Tristram Shandy, Gentleman

문학사 최초의 실험 소설이다. 그래서 읽기가 무척 어렵다. 이 작품은 훗날 조이스가 쓴 《율리시스》의 초기 버전으로 볼 수 있다. 다시 말해 제대로 된 사건이나 논리적인 문장은 없고, 구성도 애매하다. 독서의 즐거움을 누릴 수 있는 책이 아니다.

1인칭 화자 트리스트럼 샌디는 자기 인생 이야기를 한다면서도 독자가 따라갈 수 있도록 전체 이야기를 체계적으로 구성하는 노력을 하지 않는다. 시간 순서에 따라 전개하지 않고, 시간을 교차하거나 연상을 자유롭게 넘나드는 의식의 흐름이 주를 이룬다. 그래서 독자는 소설이 무슨 이야기를 하는지 바로 알기 어렵다. 이름의 의미, 코 연구(!), 산파, 샌디의 괴팍한 아버지에 관한 이야기가 나오지만, 핵심은 당시 영국 사회에 대한 풍자적 비판이다.

전체적으로 영문학 수업에나 어울리는 작품이지만, 문학적 교양이 있는 사람은 스턴의 위트와 풍부한 상상력에 찬사를 아끼지 않는다. 괴테도 이 작품에 열광했고, 프로이트와 토마스 만도 무척 아꼈다고 한다.

J. S. 바흐 '마태 수난곡'   러시아 카타리나 대제 즉위   와트 증기기관 발명

1726	1727	1759	1762	1765	1772
스위프트 《걸리버 여행기》		L. 스턴 《신사 트리스트럼 샌디의 인생과 생각 이야기》			G. E. 레싱 《에밀리아 갈로티》

에밀리아 갈로티
Emilia Galotti

시민 계급의 딸 에밀리아 갈로티는 백작과 결혼하기로 약속한다. 그런데 우연히 에밀리아를 보고 홀딱 반한 헤토레 왕자가 시종 마리넬리를 시켜 두 사람의 결혼식을 방해한다. 왕자의 명령대로 일이 진행되고, 백작은 총에 맞아 죽는다. 그러자 헤토레 왕자의 변심에 머리끝까지 화가 치민 왕자의 옛 애인은 에밀리아의 아버지 오도아르도에게 단도를 주면서 왕자를 죽여 백작의 원수를 갚으라고 한다. 그러나 오도아르도는 꼭 그래야 하는지 확신이 서지 않는다. 한편 에밀리아는 왕자가 자신을 겁탈하지 않을까 두려워 아버지에게 차라리 자신을 죽여 달라고 간청한다. 결국 오도아르도는 딸을 죽인다.

이 작품에서 흥미로운 점은 '시민 비극'이라고 이름 붙인 부제이다. 이것은 당시엔 금기시하던 표현이었다. 비극은 귀족의 세계에만 해당하고, 시민의 이야기는 희극으로만 다루어졌기 때문이다.

젊은 베르테르의 슬픔
Die Leiden des Jungen Werthers

어느 연회 장소에서 로테를 본 베르테르는 곧바로 사랑에 빠진다. 그런데 불행히도 그녀에게는 이미 알베르트라는 약혼자가 있다. 베르테르는 나중에 알베르트를 만나 친구까지 된다. 이 모든 일을 더는 감당할 수 없게 되자 베르테르는 결국 마을을 떠난다. 나중에 다시 돌아왔을 때 로테는 이미 알베르트와 결혼한 몸이었다. 그래서 베르테르는 두 사람의 집을 방문하지 않는다. 그러나 감정을 도저히 억누를 수 없어 로테에게 키스하고, 로테는 이 일로 몹시 괴로워한다. 로테를 불행에 빠뜨리고 싶지 않았던 베르테르는 결국 권총으로 자살한다.

편지 형식의 이 소설은, 발표 직후 선풍적인 인기를 끌었다. 심지어 베르테르가 입은 파란색 연미복에 노란 조끼 차림과 베르테르가 사용한 향수 오 데 베르테르, 베르테르의 허리띠 장식 고리, 소설에 나오는 마이센 도자기까지 상품화될 정도였다.

종의 노래
Johann Christoph Friedrich von Schiller

독일에서 가장 유명한 시이자, 매우 긴 시 가운데 하나이다. 이 시는 종이 만들어지는 과정을 묘사한다. 거푸집을 준비하는 단계에서부터 완성된 종을 종탑으로 올리는 단계까지 모든 과정이 그려진다. 그런데 실러는 이 작업 과정 하나하나를 보편적인 삶에 비교한다. 가령 구리와 아연을 혼합하는 과정을 말할 때는 남녀 간의 결합을 묘사한다.

"그러므로 영원을 약속하는 자 / 가슴으로 가슴을 얻었는지 시험하라. / 환상은 짧고 후회는 길다.", "거친 힘이 무분별하게 날뛰는 곳에서 여자들은 하이에나가 된다." 등 〈종의 노래〉에는 명문장이 많다. 여러 측면에서 읽어 볼 만한 작품이다.

미국 독립 선언 　　　이승훈 조선에 가톨릭교 전파 　　　프랑스 혁명 발발

1774	1776	1784	1789	1799
괴테《젊은 베르테르의 슬픔》				실러《종의 노래》

· 요한 볼프강 폰 괴테

파우스트 1부 Faust 1

파우스트 박사는 허탈했다. 평생 공부했지만 얻은 것은 없고, 세상에 대해 아는 것도 너무 적다. 그래서 마법의 힘을 빌리려 하지만 땅의 정령은 아무런 도움이 되지 않는다. 결국 남은 것은 자살뿐이다. 그러나 부활절 종소리를 듣는 순간 파우스트는 행복했던 어린 시절을 떠올리고는 독약을 마시지 않는다. 같은 날 산책하던 중 까만 푸들 한 마리가 파우스트에게 달려온다. 푸들의 정체는 악마인 메피스토펠레스이다. 파우스트는 악마와 계약을 맺는다.

파우스트는 자신의 영혼을 메피스토펠레스에게 팔고, 삶의 위기에서 벗어나 모든 소원을 이룬다. 우선 젊음의 묘약을 마신다. 이 약을 마시면 젊어지고 모든 여자가 예뻐 보인다. 그 직후 그레첸이 나타난다. 부끄럼을 많이 타는 순박하고 평범한 아가씨이지만 묘약을 마신 덕분에 파우스트의 눈엔 그야말로 운명의 여인처럼 비친다. 파우스트는 강렬한 욕망을 어찌할 줄 모르지만, 메피스토펠레스가 그 욕망을 충족시켜 준다. 그것은 그레첸과의 성적 결합을 의미하지만 작품에서는 행간으로만 짐작할 수 있다.

그 뒤 파우스트와 그레첸 사이에 몇 가지 사건이 일어나고, 엄청나게 많은 비유가 쏟아진다. 두 건의 살인과 마지막엔 절망의 구렁텅이만 남는다(그레첸은 임신하지만 갓난아기를 죽이고 감옥에 갇힌다. 파우스트와 메피스토펠레스는 도망친다).

1부가 나온 지 20년 만에 《파우스트 2부》가 출간됐다. 2부에는 더 많은 상징이 나오고, 불가사의하고 진기한 일이 더 많이 일어난다. 그러나 결말은 행복하게 끝난다.

<table>
<tr><td>나폴레옹 황제 즉위
최초의 증기 기관차</td><td>트라팔가 해전</td></tr>
<tr><td>1804
실러 《빌헬름 텔》</td><td>1805
브렌타노 & 아르님 《소년의 마술 피리》</td></tr>
</table>

어렵기에 더 아름다운 작품

파우스트 박사와 악마의 계약을 다룬 이야기는 괴테가 처음 쓴 것이 아니었다. 이 전설은 당시에 이미 널리 알려졌다. 1500년경 연금술사이자 마술사였던 파우스트라는 인물이 실제로 전국을 떠돌며 살았는데, 화학 기술로 금을 만들다 폭발 사고로 죽었다고 한다.

《파우스트》는 한마디로 그리 복잡하지 않은 대단히 아름다운 작품이다. 그렇다고 가볍게 읽을 수 있는 작품이란 뜻은 아니다. 이 작품 대신 영화를 봐도 좋다. 영화 역시 이해하기 만만치 않지만 볼 만한 가치는 충분히 있다.

《젊은 베르테르의 슬픔》이나 《친화력》 등 괴테의 다른 소설을 읽는 것도 괜찮다. 아니면 괴테의 발라드(자유로운 형식의 짧은 서사시)를 읽어도 좋다. 독일 대문호의 참맛을 감상할 수 있는 짧고 긴장감 넘치는 시들이다.

독일어권에서 괴테만큼 많은 명언을 남긴 사람은 없다

"당신은 위대한 말을 아무렇지도 않게 내뱉는군요!"　　　　　《이피게니에》

"피는 매우 특별한 즙이다. 이것이 푸들의 정체였군! 나는 인간이니 여기 있어도 된다!

"아, 내 가슴에 두 영혼이 사는구나!"　　　　　　　　　《파우스트 1부》

"내가 부른 정령들이여, 나 이제 거기서 벗어나지 못할지니!　발라드 〈마술사의 제자〉

"인간이여, 고결하라, 자비롭고 선량하라!"　　　　　　　　　〈신성〉

"그녀는 그를 반쯤 끌어당겼고, 그는 반쯤 가라앉았다."　　　　　〈어부〉

"그대여 아는가, 레몬 꽃 피는 나라를!"　　　　　《아름다운 영혼의 고백》

"쉽게 들어온 것은 쉽게 빠져나가리니."　　　　　《여우 라이네케》

괴테
대문호

1749~1832(독일)

괴테는 독일을 대표하는
최고의 작가다

등장하자마자 슈퍼스타, 괴테

괴테는 등단하자마자 명성을 얻었다. 1773년에 발표한 첫 희곡《괴츠 폰 베를리힝겐》으로 국민을 열광의 도가니에 빠뜨리고 연극에 새 바람까지 일으켰다. 그전까지는 시간, 장소, 행동의 삼일치가 연극의 절대 원칙이었다. 삼일치란, 연극의 사건은 하루를 넘어서는 안 되고, 한 장소에서 일어나야 한다는 원칙이다. 그러나 괴테는 보란 듯이 이것을 깨뜨려 버렸다.《괴츠 폰 베를리힝겐》에는 장소가 50곳이 등장하고, 몇 가지 이야기가 동시에 진행된다. 게다가 정제되지 않은 거친 대사 역시 사람들에게 큰 호응을 얻었다.

1년 뒤에 출간된《젊은 베르테르의 슬픔》은 독일을 넘어 전 유럽에서 베스트셀러가 되었다. 이렇게 해서 괴테는 겨우 20대 중반에 벌써 문학의 올림포스 산으로 떠올랐다. 물론 그 꼭대기에 우뚝 선 것은 세상을 떠난 지 수십 년 뒤의 일이지만 말이다.《젊은 베르테르의 슬픔》은 괴테가 생전에 가장 크게 성공한 작품이지만, 그 뒤로도 그는 전 유럽의 유명 인사이자 문화 권력으로 군림했다. 괴테는 희곡, 소설, 시, 서간체 문학 등 다양한 문학 장르에서 실력이 출중했을 뿐 아니라 정치와 예술, 자연과학 분야에도 정통했다. 게다가 나중에는 바이마르 공국의 장관으로 현실 정치에 관여하고, 색

채론과 식물 변형에 대해 연구하기도 했다.

여성 관계를 살펴보면, 괴테는 젊은 시절 약혼자가 있던 샤를로테 부프를 사랑했다. 이 경험은《젊은 베르테르의 슬픔》을 창작하는 뿌리가 되었다. 부프와 헤어진 직후 릴리라는 여성과 약혼했지만 더는 관계가 진전되지 않았다. 그 다음 만난 여인은 샤를로테 폰 슈타인 부인이었다. 폰 슈타인 부인은 괴테보다 일곱 살이나 많고, 결혼해서 아이도 일곱이나 있었지만 괴테는 이 여인에게 푹 빠졌다. 깊은 관계를 맺지는 않은 것으로 알려졌지만, 비밀리에 무슨 일이 있었는지는 아무도 모른다. 괴테는 마지막으로 자기 집에서 일하던 크리스티아네 불피우스와 연인이 되었다. 그리고 한참 뒤인 1806년에야 이 여인과 결혼했다.

괴테에겐 여자관계보다 중요한 인간관계가 있었는데, 바로 '실러'였다. 괴테는 처음엔 자기보다 한참 어린 이 작가를 좋아하지 않았지만, 나중엔 정신적 형제로 여겼다. 하지만 작가로 점점 성공해 가는 실러의 모습에 상당히 스트레스를 받은 것도 사실이다.《파우스트》를 완성한 시기도 실러가 죽은 뒤였다. 그러니까 60년 동안이나 이 작품에 매달린 것이다.

홍경래의 난

나폴레옹 러시아 원정

1811

1812
그림 형제《그림 동화집》

유럽의 문학 영웅들*

각 나라에서 사랑받는 작가는
대개 세계적으로도 유명하다.
그런데 몇몇 이름은
고개를 갸웃거릴 수도 있다.
따라서 간략한 설명이 필요하다.

아이슬란드
할도르 락스네스
Halldór Laxness
1902~1998

① 네덜란드 시인이자 극작가인 폰델(Jost van den Vondel)은 17세기 100년 동안 상업이 번창하고 위대한 문화를 꽃피운 네덜란드의 '황금시대'를 대표한다.

② 벨기에 이 나라는 대표 작가가 둘이다. 심농(Georges Simenon 추리 소설 〈매그레 반장〉 시리즈)은 벨기에 남부의 켈트 계 주민 왈롱 인을 대표하고, 클라우스(Hugo Claus 〈벨기에의 비애〉)는 북부의 플랑드르 인을 대표한다.

③ 크로아티아 외국에는 별로 알려지지 않은 크를레자(Miroslav Krleža)는 크로아티아 근대 문학의 창시자이다. 그의 단편집 《크로아티아의 군신 마르스》는 반전 문학의 대표작이다.

④ 핀란드 키비(Aleksis Kivi)는 스웨덴 어가 아닌 핀란드 어로 작품을 쓴 최초의 작가이다. 1870년에 발표해 세계적 명작이 된 《7인의 형제》는 처음엔 혹독한 평가를 받았다. 키비는 이른 나이에 죽은 뒤에야 핀란드를 대표하는 작가가 되었다.

⑤ 체코슬로바키아 마하(Karel Hynek Mácha)도 생전에 진가를 인정받지 못했다. 그래서 대표 서사시 〈5월〉도 자비로 출판해야 했다.

⑥ 폴란드 미키에비치(Adam Mickiewicz)의 민족 서사시 《타데우스》는 러시아와의 전쟁을 그렸는데, 폴란드 학생들은 이 시의 첫 구절**을 자면서도 암송한다고 한다.

⑦ 루마니아 시 〈샛별〉로 유명한 시인 에미네스쿠(Mihai Eminescu)는 루마니아의 영웅이다. 곳곳에 그의 동상이 세워져 있고, 500레이 지폐에는 그의 초상화가 새겨져 있다. 그의 생일과 사망일이 되면 전국적으로 기념행사가 열린다.

아일랜드
제임스 조이스
1882~1941

영국
윌리엄 셰익스피어
1564~1616

프랑스
빅토르 위고
1802~1885

포르투갈
주제 사라마구
José Saramago
1922~2010

스페인
미겔 데 세르반테스
1547~1616

* 각 나라에서 단 한 명의 문학 영웅을 고르는 일은 매우 어렵다. 가령 프랑스에서는 빅토르 위고, 에밀 졸라, 마르셀 프루스트 중에서 누구를 결정할지 난감하다. 러시아를 대표하는 작가로는 톨스토이 대신 도스토예프스키를 꼽을 수도 있다. 스위스에서는 막스 프리쉬와 프리드리히 뒤렌마트가 경합을 벌인다.
** 아, 리투아니아, 내 고향이여, 너는 건강과도 같구나. 그것을 잃은 자만이 잃어버린 것의 소중함을 알게 되리니.

① 네덜란드
요스트 판 덴 폰델
1587~1679

노르웨이
헨리크 입센
Henrik Ibsen
1828~1906

스웨덴
아우구스트 스트린드베리
August Strindberg
1849~1912

④ 핀란드
알렉시스 키비
1834~1872

러시아
레프 톨스토이
1828~1910

덴마크
한스 크리스티안 안데르센
Hans Christian Andersen
1805~1875

독일
요한 볼프강 폰
괴테
1749~1832

⑤ 체코슬로바키아
카를 하이네크 마하
1810~1836

오스트리아
토마스 베른하르트
Thomas Bernhard
931~1989

⑥ 폴란드
아담 미키에비치
1798~1855

⑦ 루마니아
미하이 에미네스쿠
1850~1889

② 벨기에
조르주 심농
1903~1989
휘호 클라우스
1929~2009

③ 크로아티아
미로슬라프 크를레자
1893~1981

스위스
프리드리히 뒤렌마트
1921~1990

이탈리아
단테 알리기에리
1265~1321

그리스
호메로스
Homeros ?~?
기원전 850~1200년 사이에
태어난 것으로 추정된다

제인 오스틴 Jane Austen

오만과 편견 Pride and Prejudice

배경은 18세기 말 영국이다. 베넷 가족은 런던 근교의 조용한 시골에 산다. 베넷 집안에는 딸이 다섯 있는데, 그중 셋을 결혼시켜야 한다. 당연히 좋은 조건을 갖춘 남자를 찾으려고 한다. 때마침 부유한 명문가의 자제 빙리가 여름 동안 이웃 저택에 머문다. 그것도 돈 많고 매력적이기까지 한 그의 친구 다아시와 함께.

둘째 딸 엘리자베스 베넷은 다아시를 무척 오만하게 여긴다. 다아시가 자존심을 건드리자 그녀는 불같이 화를 낸다. 한편 다아시는 다아시대로 엘리자베스의 가족에게 편견을 품는다. 하지만 영리하고 아름다운 엘리자베스에게는 사랑의 감정을 느낀다. 그는 별로 현명하지 못한 말로 성급하게 엘리자베스에게 청혼한다. 이런 태도에 거부감을 느낀 엘리자베스는 당연히 청혼을 거절한다.

그 뒤 베넷 가족에게 여러 가지 일이 일어난다. 마지막에 엘리자베스는 다아시가 자신을 진실로 사랑한다는 사실을 깨닫고 행복하게 끝난다. 다른 딸들도 마찬가지다.

결혼 이야기가 만들어 낸 소설들

"재산이 꽤 있는 독신 남자에게 아내만큼 절실한 것이 없다는 사실은 누구나 인정하는 진리죠."

부유한 젊은 신사 빙리가 이웃 저택으로 오자 베넷 부인이 하는 말이다.

하나를 보면 열을 아는 경우가 있다. 오스틴의 소설이 그렇다. 그녀의 소설들은 서로 뿌리가 통한다. 오스틴이 다루는 내용은 언제나 젊은 여성과 결혼 문제다. 《이성과 감성》에서는 두 자매가 제대로 된 신랑감을 찾아 나서고, 《에마》에서는 여주인공이 남을 위해 신랑감을 찾는다. 《맨스필드 파크》에서는 부유한 남자와 결혼하기로 한 가난한 처녀가 사촌을 사랑한다.

영화 '브리짓 존스의 일기'도 《오만과 편견》을 보고 만들었다. 브리짓이 무척 싫어하는 남자의 이름조차 다아시이다. 이 영화에서 다아시 역을 맡은 콜린 퍼스는 영국 BBC에서 제작한 영화 '오만과 편견'에서도 다아시 역을 맡았다.

과감한 인생을 산 오스틴

목사의 딸로 태어난 오스틴은 남자 형제 여섯과 언니가 하나 있었다. 그녀의 부모는 다른 부모와 달리 아들뿐 아니라 딸도 교육했다. 덕분에 오스틴은 열두 살에 짧은 희곡과 소설을 쓸 수 있었다. 그중 몇 편은 지금까지 남아 있는데 오스틴의 진정한 팬이라면 얼마든지 구해서 읽을 수 있을 것이다.

오스틴은 청소년기의 들뜬 창작 열기가 식으면서 긴 휴식기를 가졌다. 그동안 가족은 여러 차례 이사했고, 오스틴이 어머니, 언니와 함께 마지막으로 정착한 곳은 오빠 에드워드의 시골집이다. 이곳에서 오스틴의 유명한 소설들이 탄생했다.

1811년 《이성과 감성》이 출간되었을 때, 그녀의 나이는 서른여섯이었다. 오빠의 경제력과 호의에 기대서 살 수밖에 없는 서글픈 노처녀 신세였다. 2백 년 전에는 혼자 사는 여성이 설 자리는 거의 없었고, 오스틴에게 이런 현실은 무척 고통스러웠다.

소설 속 여주인공들은 결국 신랑감을 찾지만, 항상 어떤 식으로든 사회적 억압에서 벗어나려고 안간힘을 쓴 뒤에야 소망을 이룬다. 소설에서 많은 사건이 일어나지는 않고, 등장인물을 조롱하는 듯한 묘사와 19세기 초 영국 사회에 대한 비판적 관찰이 중심을 이룬다.

드라이스, 자전거 발명

1775~1817(영국)

영국인은 지금도
오스틴을 존경한다.
심지어 도달할 수 없는
경지에 올랐다는
셰익스피어에
비견하기도 한다.

당시의 상황을 고려할 때 오스틴은 상당히 과감한 인생을 살았다. 남편 없이 혼자 자기 일을 하면서 사회에 대해 비판적인 시각까지 갖고 있었으니 말이다. 그녀는 모든 소설을 익명(By a Lady)으로 발표했지만, 인기 있는 그 소설들의 작가가 누구인지는 다들 금방 알 수 있었다.

오스틴의 삶에 대해서는 알려진 것이 별로 없다. 생김새도 언니가 그린 초상화 두 점으로 짐작할 뿐이다. 하나는 뒷모습이고 다른 하나는 불평하는 노처녀 같은 모습인데, 둘 다 별로 솜씨가 좋지 않다. 그러다 2011년에 새로운 초상화가 발견되자 오스틴 연구자들은 열광했다. 여기에 그려진 오스틴의 모습은 상당히 자신감에 차 있었다.

미국, 스페인으로부터 플로리다 주를 사들임

1818
존 키츠 《히페리온의 몰락》
메리 셸리 《프랑켄슈타인》

1819

짧고 굵게 보는 문학사

낭만주의

월터 스콧
Sir Walter Scott

아이반호
Ivanhoe

12세기 영국, 노르만 족이 앵글로색슨 족을 지배하는 중세의 혼란스런 상황. 이 소설은 이런 시대적 배경에서 십자군 기사 아이반호가 겪는 갖가지 모험을 그렸다. 무술 시합에서 부상당한 아이반호는 유대 인 아이작과 그의 딸 레베카의 간호를 받다가 두 사람과 함께 붙잡혀 터퀼스톤 성에 갇힌다. 그때 로빈 후드가 성을 습격하고, 템플 기사단의 한 기사가 레베카를 납치해 달아난다. 여기서 레베카는 마녀로 오인받아 화형에 처할 위기에 빠진다. 아이반호는 이 일을 해결하기 위해 템플 기사와 결투를 벌인다. 중세 시대에는 결투가 흔했다. 결국 템플 기사는 결투에서 지고, 레베카는 그 나라를 떠나고, 아이반호는 공주와 결혼한다.
아이반호는 최초의 역사 소설 중 하나다. 등장인물과 사건이 많다. 읽기 쉬운 책은 아니지만 영국에서는 여전히 필독서다.

제임스 페니모어 쿠퍼
James Fenimore Cooper

가죽 스타킹 이야기
The Leather stocking Tales

18세기 중반에서 19세기 초까지 미국의 개척 시대가 배경인 5부작 소설. 주인공 내티 범포는 숲에서 혼자 사냥하며 살아간다. 황야의 모험을 즐기고, 어디에도 얽매이는 것을 싫어하는 전형적인 개척자이다. '가죽 스타킹', '야수 사냥꾼', '매의 눈', 상송 능 별명노 여럿이다. 고결한 성품의 인디언 추장 칭가치국은 그의 친구이다. 범포는 간혹 여자들을 보호하거나 위기에서 구하고, 적의 매복을 미리 알아채고, 싸우기도 한다.
모두 잘 아는 내용인가? 하지만 당시는 서부 소설 시리즈가 없던 시절이었다. 그런 점에서 쿠퍼는 진보적이고 비판적인 작가였고, 다른 많은 작가의 표본이 되었다.

먼로 독트린 발표

영국, 최초로 철도 개설
점자 발명

1820	1823	1825
W. 스콧《아이반호》	J.F 쿠퍼《가죽 스타킹 이야기》	빌헬름 하우프《유대인 쥐스》

빅토르 위고
Victor-Marie Hugo

파리의 노트르담
Notre Dame de Paris

인간의 욕망을 잘 풀어낸 역사 소설이다. 15세기 파리. 척추 장애가 있는 카지모도는 노트르담 성당 앞에 버려진다. 부주교 프롤로가 거두어 나중에 종지기를 시킨다. 어느 날 부주교는 아름다운 집시 여인 라 에스메랄다를 보고 사랑에 빠진다. 카지모도는 자신의 주인 프롤로를 위해 라 에스메랄다를 납치하려다 감옥에 갇힌다. 그러다 카지모도 자신도 라 에스메랄다를 사랑하게 되고, 경비대장 페뷔스도 그녀에게 반한다. 이쯤 되면 불행한 결말이 점쳐진다. 부주교는 경비 대장을 칼로 찔러 죽이고 라 에스메랄다에게 죄를 뒤집어씌운다. 라 에스메랄다는 교수형을 당하고, 부주교는 그 광경을 종탑에서 내려다보고, 카지모도는 그런 부주교를 뒤에서 밀어 버린다. 그 뒤 종적을 감춘 카지모도는 나중에 라 에스메랄다의 해골을 끌어안은 모습의 해골로 발견된다.

중세의 삶, 불행한 사랑, 살인.

스탕달
Stendhal

적과 흑
Le Rouge et le Noir

하층 계급 출신의 쥘리앵 소렐은 똑똑하고 잘생긴 청년이다. 그는 시골을 떠나 성직자가 되려고 한다. 처음에 드 레날 씨의 집에서 가정교사로 일하다가 그 집 안주인 레날 부인과 관계를 한다. 이 일이 발각되자 쥘리앵은 레날 씨 집을 떠나 신학교에 들어가고, 신학교에서 능력을 인정받아 파리의 고위 귀족 드 라 몰 후작의 비서가 된다. 그 뒤 후작의 딸 마틸데의 유혹에 넘어가 그녀를 임신시키는데, 그것이 그에게 일생일대의 기회가 된다. 마틸데와 결혼해 귀족으로 신분 상승한 것이다. 그때 레날 부인이 나타나 쥘리앵의 과거를 폭로한다. 쥘리앵은 그녀를 쏘아 죽이고 사형 선고를 받는다.

오노레 드 발자크
Honoré de Balzac

외제니 그랑데
Eugénie Grandet

외제니는 돈밖에 모르는 아버지의 집에서 웃을 일도 없이 살아간다. 그러다 사촌 오빠 샤를을 만나 사랑에 빠지면서 짧은 행복을 누린다. 샤를은 부유한 은행가 아버지 밑에서 부족함 없이 자랐지만, 아버지가 하루아침에 파산하면서 그랑데의 집에 얹혀산다. 그러다 밥만 축내고 사는 꼴을 못 보는 그랑데의 강요에 못 이겨 인도로 떠난다. 외제니는 아버지 몰래 샤를에게 여행 자금으로 큰돈을 주고, 그 때문에 분노한 아버지에게 온갖 구박을 받는다. 외제니는 샤를이 돌아오기만을 기다리지만 인도에서 재산을 모은 샤를은 더는 사촌 여동생을 생각하지 않는다. 외제니의 삶은 더 슬프고 절망적으로 변한다.

이 소설은 당시의 삶을 매우 생생하게 묘사한 사실주의 작품으로 꼽힌다.

프랑스 7월 혁명

영국, 노예제 폐지

1830

1831
위고 《파리의 노트르담》
스탕달 《적과 흑》

1834
발자크 《외제니 그랑데》
A. 미키에비치 《타데우스》

문학의 여러 장르

한 텍스트를 백 퍼센트 정확하게 어떤 장르로 규정하기란 쉽지 않다. 심지어 시, 희곡, 산문으로 명확히 분류하기 어려운 경우도 있다. 문학은 '노래'를 글로 옮긴 '시'에서 출발했다. 그래서 '시 문학'이라 부르기도 하지만, 그렇게 부르면 '시'라는 장르가 먼저 떠오를 위험이 있다. 어쨌든 시가 상위 개념인 것은 사실이다.

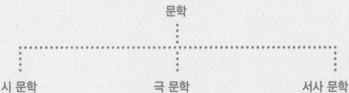

시 문학

운율과 박자가 있는 모든 형태의 텍스트를 가리킨다. 그런데 요즘에는 운율과 박자가 없는 시도 많다. 다만 작가의 감정과 인상, 생각을 그린다는 점은 예나 지금이나 변함없다. 하위 장르로는 송시*, 소네트**, 발라드*** 등이 있다.

극 문학

모든 극작품을 가리킨다. 문학 장르 중에서 분류하기가 가장 쉽다. 세분된 규정이 있기는 하지만, 대개 사건 진행이 대화로 표현된 작품을 희곡이라고 한다. 하위 장르로는 비극과 희극, 희비극 등이 있다.

서사 문학

이야기체로 쓴 모든 작품을 가리킨다. 운율에 맞추어 이야기를 전달하는 문학을 서사시라고 하고, 운율에 구애받지 않은 서사 문학을 산문이라고 한다. 호메로스의 《일리아드》처럼 시구의 형태로 영웅들의 이야기를 서술한 서사 문학이 '영웅 서사시'이다.

산문(라틴어 'prosa oratio'에서 왔는데, '노골적으로 하는 말'이라는 뜻이다)은 일정한 운율과 박자가 없는 모든 글을 가리킨다. 그런 점에서 편지나 상품의 사용 설명서도 산문이다. 물론 이것들을 서사 문학이라고 하지는 않는다. 이야기체로 선날하는 분학 창르만이 산문이다. 여기에는 장편 소설, 중편과 단편 소설, 쇼트스토리 등이 있다.

---

* 공덕을 기리는 시.
** 14행으로 구성된 정형시.
*** 괴테는 발라드를 문학의 '근원'이라고 했다. 발라드 안에 문학의 3대 장르인 시, 소설, 희곡이 한데 어우러져 있기 때문이다. 그러나 오늘날에는 발라드를 보통 시로 분류한다.

문학의 여러 장르

서사 문학의 구분

장편 소설

장편 소설을 뜻하는 독일어 '로만'(Roman. 영어의 novel)은 고대 프랑스 어 '로망즈 (Romanz)'에서 유래했다. 로망즈는 글에서 일반적으로 사용하던 라틴 어가 아닌 프랑스 통속어인 로만 어로 쓴 모든 문학 작품을 가리키는 말이었다. 오늘날 장편 소설은 허구적 내용을 장황하게 서술한 이야기체의 작품을 말한다. 역사 소설, 범죄 소설, 모험 소설, 가족 소설, 연애 소설 등 수많은 하위 장르가 있다.

중편과 단편 소설

장편 소설보다 짧은 형태로 훨씬 덜 복잡하다. 장편 소설에 다양한 서술 층위와 시간 영역이 존재한다면 중편과 단편 소설은 거의 시간순으로 서술되고, 서술 관점도 하나이다.

노벨레(Novelle)

길이는 대략 단편에서 중편 정도에 이른
다. '새로움'을 뜻하는 이탈리아 어 노벨라
(Novella)에서 유래했는데, 이 장르에서는 인
물이 아닌 사건이 중심이다. 그러니까 대부
분 결정적인 한 사건과 그 사건이 주인공에
게 미치는 영향을 다룬다. 노벨레 장르는 보
카치오의 《데카메론》(1353)에서 시작해서
초서의 《캔터베리 이야기》(1391~99)로 기
틀을 잡았다.

쇼트스토리(Short Story)

길이는 짧지만 단편 소설과는 다르다. 19세
기 영미권에서 탄생했다. 최초의 대가로는
포를 꼽을 수 있고, 나중에는 피츠제럴드와
헤밍웨이도 쇼트스토리의 대표적 작가가 되
었다.
쇼트스토리는 세상을 압축시킨 이야기다. 또
한 문제의 본질을 바로 건드리고, 결말이 열
려 있을 때가 많고, 행위와 인물, 장소는 별
로 없다. 대신 해석의 여지는 무척 크다! 그
래서 학생은 쇼트스토리를 반복해서 읽을 필
요가 있다.

찰스 디킨스 Charles John Huffam Dickens

올리버 트위스트 Oliver Twist

원제목: 올리버 트위스트, 또는 보육원 아이의 여행

올리버 트위스트는 마음씨 착한 소년이다. 그러나 현실에서는 줄곧 불행한 일만 닥친다. 어머니가 올리버를 낳고 죽자 아이는 고약한 늙은 여자의 손에 맡겨진다. 아홉 번째 생일에 빈민 구제소에 들어가지만 곧 엄청난 곤경에 처하고, 이어 장의사의 수습생이 된다. 그러나 다른 수습생과 싸운 뒤 부당하게 벌을 받고 런던으로 도망친다.

갈 곳 없던 올리버는 런던에서 장물아비 페긴의 소굴로 들어간다. 그곳에는 소매치기 아이들이 득실거린다. 어느 날 페긴 일당이 선량한 신사 브라운로우의 물건을 훔치는데, 올리버가 홀랑 죄를 뒤집어쓰고 체포된다. 그러나 올리버의 무죄가 증명되고, 소년은 브라운로우의 따뜻한 보살핌을 받는다.

그러던 어느 날 은인 브라운로우의 심부름을 가던 중에 페긴 일당에게 붙잡혀 다시 소굴로 끌려간다. 브라운로우는 올리버가 자신을 속였다고 생각하고, 올리버는 페긴의 강요로 메일리 씨 집을 터는 일에 가담한다. 그러나 거기서 총상을 입고 들판에 버려진다. 그 뒤 피를 흘리며 가까스로 메일리 씨 집까지 갔다가 문 앞에서 쓰러지고, 집주인 메일리 부인의 보살핌과 도움으로 건강을 회복한다.

페긴을 비롯한 다른 수상쩍은 인간들과 선량한 사람들 사이를 몇 번 오간 끝에 놀라운 사실이 밝혀진다. 올리버가 메일리 씨의 친척일 뿐 아니라 브라운로우의 옛 친구가 오랫동안 찾아 헤매던 아들이었던 것이다. 브라운로우는 올리버를 양자로 삼고, 올리버는 훌륭한 청년으로 성장한다.

사회 문제를 고발하다

《올리버 트위스트》는 아이가 주인공으로 등장한 최초의 소설 중 하나이다. 그렇다고 어린이 책은 아니다. 어린이가 읽기에 몇몇 장면은 너무 잔인하다. 디킨스는 이 작품으로 영국 사회의 병폐를 고발하고자 했다. 실제로 작품이 나온 뒤 사회 문제에 대한 활발한 논의가 이루어졌다.

스페인, 멕시코 독립 승인

1835
뷔히너 《당통의 죽음》
안데르센 《동화집》

1836
K. H. 마하 《5월》

《올리버 트위스트》는 비교적 읽기 쉽다. 조금 껄끄러운 부분이 있지만, 작품이 나온 지 150년이 훌쩍 지난 것을 고려하면 불평할 수가 없다. 물론 오늘날의 시각에서 보면 지루한 면도 없지 않다. 그래서 책을 읽기 전에 같은 제목의 영화를 먼저 보는 것도 괜찮다.

영국인은 누구나 아는 문장

"*Please, Sir, I want some more.*"

"소장님, 조금 더 먹고 싶어요."

빈민 구제소에 있는 아이들은 배가 고파 미칠 지경이었다. 그래서 구제소 소장에게 먹을 것을 좀 더 달라고 말하기로 하고, 추첨으로 올리버를 뽑아 소장에게 보낸다. 올리버는 이 말 때문에 끔찍한 벌을 받는다. 영국에선 누구나 이 문장을 안다.

영국 사람들이 크리스마스를 기념하게 만든 작가

디킨스의 삶은 다른 위대한 작가와 비교할 때 별다른 사건 없이 평탄했다. 그 시대에 흔히 볼 수 있던 평범한 삶이라고 해도 과언이 아니다. 중소 도시의 중산층 가정에서 평온한 유년 시절을 보냈고, 물가가 비싸고 불결한 런던으로 이사한 뒤로는 빚 때문에 감옥에 간 아버지를 대신해 창고에서 힘든 노동을 하며 가족을 부양했다. 아버지가 풀려나자 디킨스는 법률 사무소 직원으로 일하다가 신문 기자가 되었다.

기자 생활을 하면서 틈틈이 《피크위크 클럽의 기록》(재미있고 모험적인 내용으로 반응도 썩 괜찮았다)을 썼고, 결혼해서 아이를 열 명이나 낳았으며, 《올리버 트위스트》로 크게 성공했다. 미국과 이탈리아, 스위스 등지를 여행했고, 한때 〈데일리 뉴스〉의 편집장을 맡기도 했다. 이 밖의 작품으로는 늙은 구두쇠 스크루지가 나

블랑키 '산업 혁명' 용어 첫 사용
영국 빅토리아 여왕 즉위

디킨스
영국의 영웅

1812~1870(영국)

"삶의 파도를 넘어가는 데
사랑과 유머보다 나은 게
있을까?"

디킨스의 작품은 항상 사랑과 경탄을
받았다. 독자뿐 아니라 동료 작가도
그의 작품을 좋아했다. 그러나
헨리 제임스나 버지니아 울프 같은
작가는 디킨스의 작품이 지나치게
감상적이고 비현실적이라고
비판했다.

오고 영화로도 자주 만들어진 《크리스마스 캐럴》,
마술사 데이비드 코퍼필드가 이름을 빌린 《데이비
드 코퍼필드》, 모든 시대를 통틀어 세상에서 가장
많이 팔린 장편 소설 《두 도시 이야기》, 그의 최고
걸작 《위대한 유산》이 있다.

디킨스는 한 여배우와 살려고 아내와 이혼한 것
을 빼고는 추문이 별로 없었고, 재능을 인정받지
못한 비운의 천재도 아니었다. 반대로 모든 사람이
처음부터 그의 작품에 열광했고, 그의 유머와 관찰
력, 사회 비판적 시각을 높이 평가했다. 그는 진정
으로 가슴이 따뜻한 사람이었던 듯하다. 진짜 돈이
급했을 때 《크리스마스 캐럴》을 썼지만, 누구나 책
을 살 수 있도록 아주 싼 값에 파는 바람에 돈은 별
로 벌지 못했다.

대신 디킨스는 이 소설로 크리스마스를 발명한
사람이 되었다. 당시 영국에서는 우연히 지금과 비
슷한 방식으로 크리스마스를 축하하는 전통이 막
시작되고 있었는데, 바로 그때 디킨스의 감상적인
《크리스마스 캐럴》이 출간된 것이다.

에드거 앨런 포 Edgar Allan Poe

어셔 가의 몰락 The Fall of the House of Usher

작품 배경은 굉장히 음산하고 괴기스럽다. 심한 우울증에 걸린 로데릭 어셔는 금방이라도 무너질 것 같은 낡고 침침한 저택에 산다. 저택 주변에는 귀신이 나온다는 으스스한 호수까지 있다.

로데릭의 부탁을 받고 저택에 도착한 1인칭 화자는 옛 친구가 정신병 때문에 갈피를 잡지 못하는 모습에 몹시 당황한다. 분위기는 점점 기괴해진다. 멀쩡하던 로데릭의 쌍둥이 누이 매들린이 갑자기 죽고, 시신은 매장 때까지 지하실에 보관해 둔다. 화자는 제정신을 잃은 친구를 위로하려고 기사 소설을 읽어 주지만, 상황은 점점 음침해지고 그 자신도 점점 미쳐 버릴 것 같다.

결국 여러 가지 일이 한꺼번에 일어난다. 죽은 매들린이 별안간 피범벅이 된 채 문 앞에 나타나더니 로데릭의 몸 위로 풀썩 쓰러진다. 이 일로 충격을 받은 로데릭도 눈을 뜬 채 즉사한다. 화자는 공포에 떨며 그 집을 뛰쳐나오고, 곧이어 어셔의 저택이 무너지면서 음산한 호수로 가라앉는다.

어셔 가의 전설

어셔 가는 실제로 보스턴에 있었다. 1800년에 그 집을 철거했을 때 지하실에서 두 남녀의 시신이 발견되었다. 둘은 서로 꼭 끌어안은 채 움푹 파인 곳에 누워 있었는데, 그 집의 주인이 젊은 아내와 아내의 애인을 산 채로 매장했다는 소문이 나돌았다.

어둡고 음산하면서도 아름다운 공포 소설의 매력

포는 공포 소설의 대표 작가이다. 고딕 소설이라고도 하는데, 이런 문학에는 공포와 신비감을 불러일으키는 요소가 혼합되어 있다. 공포 소설의 효시는 영국 작가 호레이스 월폴이다. 1764년에 발표된 그의 대표작 《오트란토 성》에는 '고딕 소설'이라는 부제가 붙어 있었다.

C. 슈피츠베크 '가난한 시인'
다게르, 금속판 사진술 발명
영국과 중국의 1차 아편전쟁

1839
스탕달 《파르마의 수도원》
포 《어셔 가의 몰락》

포의 모든 단편은 《어셔 가의 몰락》처럼 어둡고 음산하면서도 아름답다. 고문과 관련된 〈구덩이와 추〉, 절단된 시신과 관련된 〈배반의 심장〉, 전염병이 나오는 《붉은 죽음의 가면》 등이 있는데, 읽는 데 시간이 오래 걸리지 않는다. 포의 작품을 읽으려면 강심장이어야 한다. 세련된 공포 영화를 좋아하는 사람이라면 영화로 먼저 만나는 것도 한 방법이다. 영화는 꽤 수준 높게 잘 만들어졌고, 길이도 적당하고, 잠시도 긴장을 늦출 수 없다.

포의 작품을 읽고 나서 추리 소설 작가 코난 도일의 '셜록 홈즈' 시리즈를 읽어보는 것도 괜찮다. 완전히 다른 이야기 속에서 비슷한 점을 발견할 수 있을 것이다. 이밖에 유명한 공포 소설로 메리 셸리의 《프랑켄슈타인》, 브램 스토커의 《드라큘라》, 대프니 듀 모리에의 《레베카》를 꼽을 수 있다. 메이어의 '트와일라잇' 시리즈도 이 장르에 포함할 수 있다.

극적이며 수수께끼 같은 삶을 산 포

포는 알코올 의존증에 걸린 공포 소설 작가, 그 이상이었다. 아니, 그것도 훨씬 이상이었다. 물론 술을 마시기는 했지만 끊임없이 마시는 중독자는 아니었다. 다만 자신을 제어하지 못할 정도로 폭음하는 때가 종종 있었다. 포는 공포 소설의 대가로 불린다. 그러나 그것을 넘어 빼어난 서정 시인이자, 탐정 소설의 창시자이며, 탁월한 평론가이자, 현대 소설의 개척자였다.

포의 《더 레이븐》은 세계에서 가장 유명한 시 중 하나다. 또한 탐정 뒤팽이 나오는 《모르그 가의 살인 사건》이 없었다면 셜록 홈즈도 탄생하지 못했을지 모른다. 포의 열렬한 숭배자 코난 도일은 이렇게 말했다.

"포에게 영감을 받아 작품을 쓴 작가들이 그에 대한 사례로 번 돈의 10분의 1을 내야 했다면 아마 기자 피라미드만큼 높은 포의 기념비가 세워졌을 것이다."

포의 삶은 무척 비극적이었다. 포가 한 살 때 아버지는 집을 나갔고, 이듬해에

포

공포 소설의 대가

1809(미국 매사추세츠) ~
1849(미국 메릴랜드)

*"아름다운 여인의 죽음은
기실 가장 문학적인
테마이다."*

포는 스물일곱 살에 열세 살밖에
안 된 사촌 누이와 결혼했는데,
사촌 누이를 보호하기 위해서였다.

는 어머니까지 죽었다. 양친을 잃은 포는 앨런 부부에게 입양되었다. 똑똑하고 활동적인 소년이었지만 군대에 가려고 학업을 중단했고, 그 뒤엔 사관학교에 들어가 장교가 되려고 군대를 떠났다. 그러나 그 계획도 결국 포기했다.

포는 글을 쓰고 싶어 했다. 시집은 세 권을 냈지만 실질적인 성공과는 거리가 멀었다. 그래서 돈을 벌기 위해 단편 소설을 썼고, 한 잡지사에서 문학 평론가로 활동하기도 했다.

포는 곧 유명해졌다. 단편 소설은 인기를 끌었고, 평론도 기분 좋은 자극제로 받아들여졌다. 그러나 미국인은 포의 작품에 크게 열광하지 않아서 많은 돈을 벌지는 못했다.

그러다 갑자기 수수께끼 같은 죽음을 맞았다. 포는 새로 계약하러 뉴욕으로 갈 계획이었다. 그러나 그곳에 도착하지 않았다. 대신 일주일 뒤 혼수상태의 행려병자로 볼티모어의 거리에서 발견되었다. 포는 며칠 뒤 병원에서 숨졌는데, 사망 원인은 밝혀지지 않았다.

알렉상드르 뒤마 Alexandre Dumas pére

몬테크리스토 백작 Le Compte de Monte-Cristo

열아홉 살 청년 에드몽 단테스는 악당들의 흉계에 걸려 억울하게 샤토 이프 섬의 감옥에 갇힌다. 힘들고 고통스러운 10년여의 세월이 흐르고 단테스는 모든 것을 포기하려고 한다. 그때 땅굴을 파서 섬을 탈출하려다가 단테스의 감방에 들어온 아베 파리아와 만난다. 두 사람은 친구가 되고, 파리아는 단테스에게 몬테크리스토 섬에 묻힌 엄청난 보물 이야기를 한다. 얼마 뒤 파리아는 죽고, 단테스는 파리아의 시신 대신 자루에 들어가 있다가 바다로 던져진다. 이렇게 해서 탈출에 성공한 단테스는 보물을 찾는다.

14년 뒤 프랑스로 돌아간 단테스는 완벽하게 복수하기 전에 자신이 무슨 일로 감옥에 들어가게 되었는지 정확히 밝혀내고, 당시 계략에 관여했던 이들에게 복수한다. 그러다 단테스는 자신의 복수가 너무 지나치지 않았나 생각한다. 너무 많은 사람이 죽고 몰락하고 미치고, 감옥에 갔기 때문이다.

이 작품에서는 사랑도 중요한 역할을 한다.

단테스는 감옥에 갇히기 직전, 아름다운 메르세데스와 결혼할 예정이었다. 그러나 그녀는 이미 단테스를 파멸로 이끈 악당 몬테고와 결혼해서 자식까지 있다. 메르세데스를 다시 만난 단테스는 자신이 여전히 그녀를 사랑하고 있음을 깨닫는다. 그러나 그는 자신의 계획을 실행해야 하고, 그녀는 가정이 있는 여인의 도리를 지켜야 한다.

식지 않는 《몬테크리스토 백작》의 인기

쿠바에서 생산되는 시가 중에 '몬테크리스토 시가'라는 유명하고 비싼 제품이 있는데, 이 담배는 실제로 이 소설에서 이름을 따 왔다. 담배 공장에서는 시가를 마는 동안 항상 책을 읽어 주었는데, 《몬테크리스토 백작》이 특히 인기가 있었다고 한다.

등장인물 목록이 따로 있는 책을 읽는 것이 좋다. 아니면 읽으면서 스스로 목록을 만드는 것도 괜찮다. 특히 2권에서는 인물들의 관계가 복잡해진다. 죽음의 방식과 관련해서는 셰익스피어의 작품이 떠오른다(독살, 광기, 착오). 책은 전체적으로 상당히 두껍지만 지레 겁먹을 필요는 없다. 읽는 내내 지루한 줄 모르는 최고의 모험 소설이기 때문이다. 그래도 겁이 난다면 영화로 봐도 괜찮다.

연작 소설의 대가

뒤마는 연작 소설을 수백 편이나 썼다. 대표적인 작품으로 《삼총사》를 꼽을 수 있다. 달타냥과 그의 친구 아토스, 포르토스, 아라미스가 등장하는 이 소설은 200년 전에 나왔지만, 그 속의 모험은 머리털이 곤두설 정도로 긴장감이 넘친다.

뒤마의 할아버지는 아이티 섬에 농장을 갖고 있었고, 할머니는 거기서 일하는 노예였다. 뒤마는 할머니로부터 숱 많은 검은 곱슬머리에 혼혈인 같은 외모를 물려받았다. 이 때문에 종종 인종을 비하하는 말을 들었지만, 그로 인해 상처받은 것 같지는 않다.

뒤마는 사치스런 생활을 즐기고 여자에게 인기 많은 플레이보이였고, 쉽게 감격하고 씀씀이가 헤픈 사람이었다. 일찍부터 글을 쓰기 시작했는데, 처음에는 주로 역사극을 썼다. 역사극은 당시 제법 성공했지만 오늘날에는 그리 유명하지 않다. 그러다 정말 큰돈을 벌 방법을 생각해냈다. 고용한 사람 몇 명과 함께 끝없이 이어지는 신문 연재소설을 쓰기 시작한 것이다. 독자가 좋아하고, 출판사가 투자

러블레이스, 세계 최초로 컴퓨터 프로그램 개발

뒤마

글쓰기 기계

1802~1870(프랑스)

"여자를 찾아라!"

수많은 추리 소설이나 스릴러에서
사건 해결의 열쇠로 꼽는 "여자를
찾아라!"는 말도 뒤마에서 유래했다.
그의 소설 《파리의 모히칸》에서
한 경찰이 던진 말인데, 모든 사건의
배후에는 항상 여자가 있다는
뜻이다.

를 아끼지 않는 허구적인 역사 모험 소설이었다.
《몬테크리스토 백작》과 《삼총사》가 그런 작품이다.

뒤마는 정치에도 참여하고 다른 작가를 후원했
으며, 연회를 열고 애인을 여럿 사귀었다. 이런 일
에는 당연히 많은 돈이 들었다. 뒤마는 곧 파산했
고, 아들 집에 얹혀살아야 했다. 아들도 이름이 알
렉상드르이고 작가였다. 아들이 쓴 가장 유명한 소
설은 《춘희》인데, 베르디의 오페라 '라 트라비아
타'의 원작 소설이기도 하다. 부자의 이름이 같아
서 혼동을 피하려고 아들을 '알렉상드르 뒤마 피
스'라고 부른다. 여기서 '피스(fils)'는 프랑스 어로
'아들'이라는 뜻이다

아버지 뒤마는 쓸 만한 명언을 많이 남겼다. 무
엇보다 여자와 결혼에 관한 말들인데, 결혼 잡지에
자주 실린다.

- 여자는 우리 남자에게 위대한 일의 영감을 주지만 막
상 그 일을 실행하는 데는 방해가 되는 존재이다.

- 결혼의 멍에는 너무 무거워 그것을 감당하려면 두 사
람이 필요하다. 물론 세 사람이 필요할 때도 있지만.

에밀리 브론테 Emily Brontë

폭풍의 언덕 Wuthering Heights

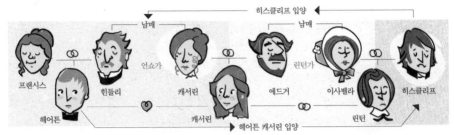

배경은 영국 요크셔의 황량한 지역이다. 이곳의 외딴 저택 워더링 하이츠에는 언쇼 가족이 살고, 스러시크로스 그랜지 농장에는 린턴 가족이 산다. 3대를 거치는 동안 두 집안 사이에는 매우 많은 일이 일어나고 복잡한 관계가 만들어진다. 게다가 등장인물들의 이름이 모두 비슷해서 더욱 복잡한 느낌이다.

모든 일은 언쇼 씨가 여섯 살짜리 집시 소년 히스클리프를 입양하면서 시작된다. 히스클리프와 그가 사랑하는 캐서린은 캐서린의 오빠 힌들리에게 온갖 구박과 학대를 받는다. 힌들리의 악행이 점점 심해지자 캐서린은 에드거 린턴과 결혼해서 힌들리에게서 벗어난다. 캐서린의 결혼에 충격받은 히스클리프는 그곳을 떠난다.

히스클리프는 매력적인 부자 청년이 되어 돌아오지만 다시 분노한다. 사랑하는 캐서린은 임신했고, 그에게 마음을 줄 생각이 없기 때문이다. 히스클리프는 홧김에 에드거의 여동생 이사벨라와 결혼해서 캐서린을 괴롭힌다. 캐서린은 딸 캐서린을 낳고 고통스럽게 세상을 떠난다. 히스클리프는 워더링 하이츠를 차지하고, 이사벨라와의 사이에서 아들 린턴을 낳는다. 나중에 히스클리프는 아들을 강제로 캐서린과 결혼시킨다. 에드거가 죽자 고약한 히스클리프는 스러시크로스 그랜지 농장까지 물려받는다. 그리고는 그만큼 혐오스러운 힌들리에게서 아들 헤어튼을 빼앗아 입양한다.

마지막에는 모든 일이 어느 정도 다행스럽게 끝난다. 헤어튼과 캐서린은 사랑에 빠지고, 히스클리프는 병들어 죽는다. 중간에 캐서린의 유령이 나오는 장면이 있는데, 문학 평론가들은 대부분 이 장면을 별로 좋아하지 않는다.

걸작과 통속극 사이에서

이 작품은 걸작일까, 고전일까, 아니면 과대평가된 통속극일까? 오늘날까지도 평론가의 의견은 나뉜다. 작품이 출간되었을 때 반응은 아주 냉담했다. 주인공이 하나같이 호감이 가지 않는 인물인데다 작품이 전체적으로 너무 어둡고 격정적이고, 비도덕적이었기 때문이다. 오늘날에는 이보다 훨씬 좋지 않은 상황도 자주 그려지지만, 한번 읽어 볼 만한 소설이다. 세계 문학사에서는 드물 정도로 사건이 많은 작품으로 꼽힌다.

샬럿 브론테 Charlotte Brontë

제인 에어 Jane Eyre

　가난한 고아 소녀 제인 에어는 친척 집에서 갖은 구박을 받고 자라고, 이후에는 그 친척 집만큼 끔찍한 기숙 학교에 다닌다. 로우드 자선 학교는 엄격하고 춥고, 먹을 것도 충분치 않다. 그래도 제인은 가정 교사 자리를 맡아 떠날 때까지 이 학교에서 아이들을 가르친다. 제인 에어는 손필드 저택에서 로체스터의 딸을 돌본다. 로체스터는 제인을 사랑하고, 두 사람은 결혼을 생각한다. 그러나 로체스터는 이미 결혼한 몸이었고, 정신병자인 그의 아내는 저택 지하실에 감금되어 있다.

　그 사실에 충격받은 제인은 손필드 저택을 나와 어느 마을의 교사가 된다. 마을의 부목사는 그녀와 결혼해 인도로 같이 떠나려고 한다. 그러나 갑자기 로체스터에 대한 사랑을 깨달은 제인이 손필드 저택으로 돌아간다.

　제인은 거기서 다시 충격을 받는다. 저택은 폐허로 변했고, 로체스터의 아내는 화재로 숨졌으며, 로체스터는 아내를 화염에서 구하려다 실명한 것이다. 아내를 구하려는 착한 마음에 실명이라는 벌까지 더해졌기에 이제 로체스터는 그에 대한 보상을 받을 자격이 생긴다. 제인은 로체스터와 결혼해서 몸이 불편한 남편을 돌보고 아이까지 낳는다. 마지막에는 로체스터의 시력이 돌아온다.

성공한 작가, 브론테 자매

　샬럿 브론테는《폭풍의 언덕》의 작가 에밀리 브론테의 언니이다.《제인 에어》는 여동생 에밀리의 작품과 같은 해에 발표되었지만 내용은 완전히 다르다.《폭풍의 언덕》이 전반적으로 격정적이라면《제인 에어》에서는 이성이 승리한다. 그

모르몬교 신도들 솔트레이크시티 건설
프랑스, 알제리를 식민지로 만듦
최초의 마취제 개발

1847
E. 브론테《폭풍의 언덕》
C. 브론테《제인 에어》

마르크스와 엥겔스 공산당 선언
독일 3월 혁명
캘리포니아 금광 열풍

1848

것은 작가들의 성격에 따른 차이였다. 에밀리는 자제력이 없고 고집스럽고 인습에 얽매이지 않지만, 샬럿은 책임감이 강하고 도덕적으로 흠잡을 데가 없었다. 그럼에도 샬럿은 《제인 에어》를 발표한 뒤 '혁명가'라는 소리를 들었다. 당대의 여성이 얼마나 고달프게 사는지를 생생하게 묘사했기 때문이다.

브론테 자매의 막내 앤 역시 작가였다. 세 자매는 모두 남자 이름으로 작품을 발표했는데, 샬럿은 커러 벨, 에밀리는 엘리스 벨, 앤은 액턴 벨이었다. 앤은 소설 《애그니스 그레이》와 《와일드펠 홀의 소유주》를 썼지만 언니들처럼 유명해지지는 않았다.

짧고 굵게 보는 문학사

하인리히 하이네
Heinrich Heine

독일. 어느 겨울동화
Deutschland. Wintermärchen

운문 서사시로 쓴 여행기이다. 하이네는 이 작품에서 여러 도시와 풍경을 묘사했지만, 단순한 여행 안내서는 아니다. 그보다는 독일 민족주의와 보수적 사회에 대한 폭넓은 비판이 작품의 핵심이다.

"밤에 독일을 생각하면
잠을 이룰 수 없네."
이 유명한 구절이 담긴 시 〈밤 생각〉도 1844년에 발표되었다. 당시 하이네는 프랑스에 오랫동안 살고 있었다. 좀 더 자유롭게 생각하고, 글을 쓸 수 있는 환경 때문이었다. 《독일. 어느 겨울동화》는 출간 직후 독일에선 판매가 금지되었다. 이 작품은 정치적 내용을 담은 서정시의 걸작으로 꼽힌다. 총 500연이지만 연 하나하나가 짧고 재미있다.

허먼 멜빌
Herman Melville

모비 딕
Moby Dick

포경선 선장 에이해브는 흰 향유고래와 싸우다 한쪽 다리를 잃는다. 복수를 결심하고 '모비 딕'이라 불리는 그 흰 고래를 죽이려 한다. 바다로 나간 에이해브는 마침내 모비 딕을 발견하고 사흘간 끈질기게 뒤쫓는다.

그러나 최후의 승리자는 고래였다. 선원들과 배는 깊은 바닷속으로 가라앉는다. 유일한 생존자 이스마엘이 나중에 그동안 있었던 일을 이야기한다.

긴장감 넘치는 모험 소설을 기대한 독자라면 무척 실망할 것이다. 실질적인 고래 사냥은 마지막 세 장에만 나온다. 그 전에는 고래잡이와 관련된 매우 상세한 내용과 철학, 예술사, 과학, 그 밖의 다른 주제에 대한 긴 설명이 이어진다. 이런 요소 때문에 당시 독자들은 무척 애를 먹었다. 오늘날 이 소설은 미국 문학에서 가장 중요한 작품 중 하나로 꼽히지만, 중요하다는 것이 쉽게 읽힌다는 뜻은 아니다. 다양하고 긴 설명 부분을 빼고 새로 만든 청소년용 책과 방송극, 영화가 있으니 어느 것을 선택할지는 여러분 스스로 판단하면 된다.

해리엇 비처 스토
Harriet Elizabeth Beecher Stowe

톰 아저씨의 오두막
Uncle Tom's Cabin

1840년 켄터키 주의 한 농장이 배경이다. 사업 실패로 돈이 궁해진 농장주 아서 셸비는 어쩔 수 없이 충직한 노예 톰을 판다. 처음에 톰은 뉴올리언스의 마음씨 좋은 신사 오거스틴 세인트클레어의 집에 팔린다. 세인트클레어는 톰에게 자유를 주려고 하지만 갑자기 죽으면서 약속을 지키지 못하고 그의 아내가 노예를 모두 팔아치운다. 그렇게 해서 만난 새 주인은 노예를 잔혹하게 다루는 인물이다.

톰은 한 여자 노예의 탈출을 돕다가 주인에게 들켜 무자비하게 매질을 당한다. 그때 원래 주인인 아서 셸비의 아들이 톰을 다시 사들이려고 찾아오지만 이미 늙고 쇠약해진 톰은 심한 매질을 견디지

헨리 데이비드 소로
Henry David Thoreau
월든
Walden

이것은 저자가 약 2년 동안 매사추세츠 월든 호숫가 숲 속의 원시적인 오두막집에서 생활하면서 체험한 내용을 기록한 기이한 책이다.

산업화한 세상과 거리를 둔 자유로운 삶이 어떨지 작가 스스로 궁금했다. 시적인 분위기가 물씬 풍기는 각 장은 고독과 이웃으로서의 동물, 그리고 독서 등에 대한 이야기를 담고 있다.

요즘엔 이 책이 그리 인기가 많지 않지만, 1989년에는 책에 나오는 문장이 갑자기 많은 사람의 입에 오르내렸다. 영화 '죽은 시인의 사회' 때문인데, 학생들을 문학과 시의 세계로 인도하고 싶었던 주인공 교사 키팅이 소로의 작품에 나오는 다음 대목을 따라 읽게 한다.

"내가 숲 속으로 들어간 것은
생각대로 살아 보기 위함이었다.
지금 여기의 삶을 남김없이 즐기고 싶었고, 삶의 진액을 마지막 한 방울까지 빨아먹고 싶었다."

월트 휘트먼
Walt Whitman
풀잎
Leaves of Grass

휘트먼은 근대 영어 시의 창시자로서 영문학을 공부할 때 빼놓을 수 없는 인물이다.

이런 측면에서 휘트먼이 영화 '죽은 시인의 사회'에서 중요한 역할을 한 것도 그리 놀랄 일이 아니다. 영화에서 반 전체 학생이 일어나 키팅 선생을 "오 캡틴, 나의 캡틴"이라고 부르는 대목이 나오는데, 이것은 휘트먼이 에이브러햄 링컨에 관해 쓴 유명한 시에 나오는 구절이다.

휘트먼은 시를 아주 특이한 방식으로 발표했다. 시를 쓰는 대로 《풀잎》이라고 이름 붙인 책에 모아 발표했는데, 1855년 처음 출간되었을 때는 열두 편의 시가 담겨 있었다. 휘트먼은 살아 있는 동안 이 시집을 계속 수정했고, 편수를 늘려 갔다. 죽은 뒤에 발표된 열 번째 판에는 다양한 주제를 담은 힘차고 감성적인 400여 편의 시가 실렸다.

21세기 독자가 머리를 식힐 겸 가볍게 읽을 수 있는 시는 아니지만, 퍽 흥미로운 시임에는 틀림없다. 휘트먼의 말처럼 한번쯤 세계의 지붕 위에서 야수처럼 소리를 질러보는 것은 어떨까?

"나는 세계의 지붕 위에서 들짐승처럼 포효한다!"

못하고 죽고 만다.

이 소설은 미국 남북전쟁이 일어나기 10년 전에 출간되어 엄청난 반향을 불러일으켰다. 소설은 출간되자마자 날개 돋친 듯이 팔려 나갔을 뿐 아니라, 그 해에 여러 나라 언어로 번역되어 국제적인 베스트셀러가 되었다.

이 작품에 대한 비판의 목소리도 있었다. 주인공 톰이 너무 비굴하고, 모든 농장주가 흑인 노예를 학대하지는 않았다는 이유였다.

어쨌든 이 소설이 노예제도 반대 투쟁에서 결정적인 역할을 한 것은 사실이다. 1862년 에이브러햄 링컨은 스토를 만나 이렇게 말했다. "당신이 그렇게 큰 전쟁을 일으키게 한 장본인이신가요? 이렇게 작은 분이?"

나이팅게일, 크림 전쟁에서 군인 돌봄	리빙스턴, 빅토리아 폭포 발견 깡통 따개 발명	네안데르탈인 화석 발견 크림 전쟁 끝남	
1854 소로 《월든》	**1855** 휘트먼 《풀잎》	**1856**	**1857** 플로베르 《보바리 부인》 보들레르 《악의 꽃》

사실주의

귀스타브 플로베르
Gustave Flaubert
보바리 부인
Madame Bovary

엠마는 시골 의사 샤를 보바리와 결혼한다. 남편은 아름다운 아내를 떠받들고 살지만, 아내는 결혼 생활에 금방 실증낸다. 시골 생활과 남편이 너무 지루한 것이다. 그에 비하면 연애 소설 속의 사랑은 참으로 흥분되고 흥미진진하다. 그녀의 삶의 열정은 어디에 있을까?

보바리 부부는 좀 더 큰 도시로 이사하고, 엠마는 딸을 낳는다. 그러나 딸과 새로운 환경도 그녀에게 만족감을 주지 못한다. 쇼핑도 별 도움이 안 되고, 빚만 쌓여 간다. 그러다 부유한 루돌프가 나타나 유혹하자 그녀는 일시적으로 행복감에 빠진다. 그러나 곧 거짓과 기만이 드러나고, 빚과 고통은 더 늘어난다. 루돌프가 떠나자 엠마는 병들고 또다시 새로운 관계를 시작한다. 그동안 쌓인 빚을 갚을 길이 막막해지자 절망한 그녀는 끝내 자살을 선택한다. 그러나 이것으로 끝이 아니다. 모든 사실을 알게 된 남편은 충격으로 숨지고, 딸도 가난한 친척 집에 맡겨져 힘들게 살아가야 한다.

이 소설의 새로운 점은 1인칭 화자도 핵심 주인공도 없고, 작가가 사건에 대해 어떤 식으로든 판단하지 않는다는 것이다. 책이 나왔을 때 플로베르는 당국에 체포되어 조사를 받고, 미풍양속을 위반하고 간통을 미화했다는 이유로 책도 검열받았다. 그러나 플로베르는 풀려났고, 소설도 삭제된 곳 없이 그대로 인쇄되어 나왔다.

샤를 보들레르
Charles Pierre Baudelaire
악의 꽃
Les Fleurs du Mal

이 작품을 원문으로 읽어야 한다고 말하는 사람은 외국어 실력을 과시하는 것 같아 조금 재수없지만, 사실 보들레르의 시집은 프랑스 어를 안다면 원문과 번역을 대조해 가며 읽는 것이 가장 좋다. 딱 들어맞는 표현으로 번역하기가 몹시 어렵기 때문이다. 문학 중에서도 '시' 번역이 가장 어렵다고 하는데, 그중에서도 보들레르의 시는 특히 어렵다.

시에 담긴 내용은 익명성과 소외, 고독, 거짓, 매춘, 마약 등으로 표현되는 대도시의 끔찍한 현상들이다. 시집이 출간되자 보들레르는 공중도덕을 모욕했다는 혐의로 고소당했다. 이 일로 보들레르는 벌금을 물고 시 몇 편을 삭제해야 했다. 이 시집의 진가를 세대로 알아본 사람은 위고가 거의 유일했다. 다른 사람들은 보들레르의 시를 별로 대단하게 여기지 않았고, 그 시들은 곧 잊혔다. 그러다 보들레르가 죽은 지 30년쯤 뒤에야 젊은 시인들이 이 작품의 의미를 재발견했다.

빅토르 위고
레 미제라블
Les Misérables

이 작품을 뮤지컬로 생각하는 사람이 많겠지만 원래는 프랑스 대표 작가의 소설이다. 위고는 살아 있을 때부터 프랑스의 영웅이었고, 《레 미제라블》은 그의 대표작이다. 그는 천 쪽이 넘는 이 작품을 약 17년 동안 썼다.

배경은 1830년대 프랑스이다. 장발장은 사소한 잘못으로 19년이나 감옥에 갇힌다. 자유의 몸이 된 장발장은 사회에서 다시 자리잡는 데 성공하고, 심지어 작은 마을의 읍장까지 된다. 그러다 과거의 행적이 밝혀지는 바람에 파리로 도망쳐 사랑하는 수양딸 코제트와 숨어 지낸다. 어여쁘게 성장한 코제트는 마리우스라는 학생 혁명가와 사랑에 빠지지만, 장발장은 처음엔 둘의 관계를 반대한다. 마리우스는 파리에서 일어난 6월 봉기(공화주의자들이 루이 필리프 왕에 반대하며 군주제 폐지를 내걸었다)에 가담한다. 장발장은 위기에 처한 마리우스를 구하고 두 사람의 결혼을 허락한다.

사회 비판적 내용과 역사적 사실이 듬뿍 담긴 흥미진진한 줄거리로, 프랑스에서는 여전히 가장 많이 읽히는 소설이다. 뮤지컬도 전 세계적으로 성공했다.

쥘 베른 Jules Verne

지구 속 여행 Voyage au centre de la terre

　50대 후반인 오토 리덴브로크 교수는 상당히 별난 사람이다. 함부르크 대학에서 광물학과 지질학을 가르치는데, 전문 서적에 나오는 그리스 어와 라틴 어 발음을 잘 못하고 그런 자신을 늘 못마땅해한다.

　1인칭 화자 악셀은 리덴브로크 교수의 열아홉 살 조카로 겁이 많다. 별로 내키지 않으면서도 리덴브로크와 함께 머리카락이 곤두설 정도로 긴장감 넘치는 모험에 나선다. 지구 속 여행이 그것이다. 아르네 사크누셈이라는 인물이 암호화된 문서에 지구 속으로 들어가는 길을 기록해 두었는데, 아이슬란드의 한 화산 분화구로 내려가면 지구 중심에 도달할 수 있다고 했다.

　악셀이 암호를 풀면서 본격적인 여행이 시작된다. 리덴브로크와 악셀은 아이슬란드에서 행동이 굼뜬 아이슬란드 인 한스를 안내인으로 고용한 뒤 화산 분화구로 내려간다. 여행이 오래 걸릴 수도 있다는 생각에 챙겨 가는 물건도 엄청나게 많다.

　일행은 지구 중심을 향해 터널과 갱도, 협곡을 지나간다. 목이 말라 거의 죽을 것 같은 상태에서 기적적으로 물을 발견하고, 그 물줄기를 "한스 바흐 개천"이라 부른다. 일행은 화석화된 나무로 뗏목을 만들어 "리덴브로크 해"라고 이름 붙인 지하 바다를 지나고, 선사 시대의 거대 물고기가 서로 싸우는 광경을 목격한다. 심지어 매머드 무리를 지키는 화석 인류도 만난다.

　그러다가 갑자기 여행이 끝난다. 세 사람은 지구 중심에 이르지 못한 채 뗏목과 함께 이탈리아 스트롬볼리 화산 밖으로 내동댕이쳐진다. 마지막엔 무사히 독일로 돌아와 부와 명성을 얻는다.

출발

함부르크

사실주의

한스 바흐 개천

목표

리덴브로크 해

스트롬볼리 화산

집으로

쥘 베른의 소설 세계 여행법

작가는 프랑스 인인데 주인공은 왜 독일인일까? 별로 이상할 것이 없다. 프랑스 사람들은 으레 유별난 학자는 다 독일에 살고 있다고 생각했기 때문이다. 쥘 베른은 함부르크를 여행한 적이 있어서 그 지역에 대해 잘 알고 있었을 뿐 아니라 함부르크는 아이슬란드로 건너가기에도 좋은 위치였다.

이 소설은 지금도 흥미롭게 읽히지만, 다른 한편으론 문체가 매우 격정적이고 시대에 뒤떨어진 감이 있다. 영화와 만화, 오디오북뿐 아니라 게임까지 있으니, 소설 말고 다른 방법으로 접근할 수 있다.

무엇을 상상하든 그 이상을 보여 주다

쥘 베른은 세상을 구경하고 싶어 열한 살 때 몰래 배에 숨어들었다. 그러나 마지막 순간에 아버지에게 들통 나 배에서 내리며, 앞으로는 꿈속에서만 여행하겠다고 약속했다. 그 뒤부터 얌전히 학교에 다니며 아버지의 변호사 사무실을 물려받기 위해 법학을 공부했다.

그러나 일은 계획대로 되지 않았다. 쥘 베른은 글쓰기가 천직임을 깨닫고, 극장에서 일하며 작품 몇 편을 발표했다. 하지만 직업 작가로서의 길은 만만치 않고 벌이도 시원찮았다. 결국 쥘 베른은 돈을 벌기 위해 증권 중개인이 됐다. 물론 그 뒤로도 글쓰기를 완전히 포기하지는 않았다.

1863년 마침내 첫 장편 소설 《기구를 타고 5주일》이 나왔고, 그로써 공상 과학 소설이라는 자기만의 장르를 발견했다. 이 장르는 쥘 베른이 발명한 것이나 다름없다. 아니, 최소한 이런 종류의 소설을 쓴 초기 작가 중 하나임은 분명하다.

첫 소설의 좋은 반응에 고무되어 쥘 베른은 거의 해마다 새 소설을 발표했다. 형식은 다 비슷했다. 가장 유명한 작품으로는, 네모 선장이 노틸러스 잠수함을 타고 다양한 해저 세계를 모험하는 《해저 2만 리》, 우주 비행사 셋이 달나라로 날아

사실주의

가는 《달 여행》, 2만 파운드를 걸고 80일 동안 세계 일주에 나서는 영국 신사 필리어스 포그의 모험담 《80일간의 세계 일주》, 미하일 스트로고프 대위가 황제의 밀명을 받고 황제의 동생에게 반역자를 조심하라고 알리기 위해 시베리아로 여행하는 《황제의 밀사》가 있다.

모든 작품이 공상 과학 소설은 아니지만 몇몇 소설에서는 어떤 것이 진짜 공상 과학 소설인지 잘 보여 주었다. 그래서 나중에 소행성 하나와 달의 분화구, 우주선 운반체에 그의 이름이 붙은 것은 그리 놀랄 일이 아니다. 그밖에 요트 세계 일주 대회에도 '쥘 베른 트로피'라는 이름이 붙었고, 세계 최초의 핵잠수함 역시 네모 선장의 잠수함 이름을 따 'USS 노틸러스 호'라 불렀다.

쥘 베른은 소설로 돈을 벌고 명성도 얻었다. 그럼에도 문단에서는 그를 순수 작가로 받아들이지 않았다. 그 사실이 신경에 거슬렸을 테지만, 그는 크게 신경 썼던 것 같지는 않다. 1860년대 초반에 쥘 베른을 찍은 유명한 사진이 한 장 있는데, 짧은 흰머리에 덥수룩한 수염, 반짝거리는 눈이 마치 네모 선장처럼 삶을 즐기는 사람 같다.

빌헬름 부쉬 Wilhelm Busch

막스와 모리츠 Max und Moritz

막스와 모리츠는 끊임없이 짓궂은 장난 거리를 찾아다니는 악동이다.

처음에는 과부 볼테 아주머니의 닭들을 괴롭힌다. 막스와 모리츠는 새끼줄에 빵조각을 매달아 닭들을 유인한다. 닭들은 빵조각을 먹으려다 줄에 엉켜 사과나무에 매달려 죽는다. 볼테 아주머니는 죽은 닭들을 보고 울다가 할 수 없이 닭들을 구워 먹기로 한다.

두 번째 장난에서 막스와 모리츠는 다 구운 닭고기를 굴뚝으로 낚아 먹어치운다.

세 번째 장난에서는 재단사 뵈크가 골탕을 먹는다. 막스와 모리츠는 뵈크 아저씨 집 앞의 판자 다리를 미리 톱질해 두고는 아저씨를 밖으로 유인한다. 아저씨는 판자 다리가 부러지면서 물에 빠진다.

네 번째 장난에서는 마을의 렘펠 선생이 위험에 빠진다. 막스와 모리츠는 렘펠의 파이프에 탄약 가루를 채워 넣는다. 렘펠이 기분 좋게 불을 붙이자 파이프가 폭발하면서 산산조각이 난다. 그 바람에 렘펠은 머리카락이 타고 얼굴에 화상을 입지만 다행히 목숨은 건진다.

다섯 번째 장난은 다른 것들에 비해 심하지 않고 순진하기까지 하다. 막스와 모리츠는 프리츠 삼촌의 침대에 무당벌레를 넣어 둔다. 밤에 무당벌레들이 프리츠 삼촌의 얼굴 위로 기어오르자 삼촌은 벌떡 일어나 벌레들을 밟아 죽인다.

그런데 못된 장난이 늘 생각대로만 흐르지는 않는다. 막스와 모리츠는 빵집에서 빵을 훔쳐 먹으려다 밀가루 반죽이 든 단지에 빠진다. 빵집 주인은 그것도 모르고 잽싸게 반죽을 오븐에 집어넣는다. 다행히 두 소년은 바삭거리는 밀가루 껍질을 벗고 무사히 빠져나온다.

결국 일곱 번째 장난에서 막스와 모리츠는 죽음을 맞는다. 두 소년은 농부 메케의 곡식 자루에 구멍을 내는 장난을 치다가 붙잡힌다. 메케는 막스와 모리츠를 자루에 담아 방앗간으로 끌고 가고, 방앗간 주인은 두 아이를 탈곡기에 넣어 갈아 버린 뒤 거위 두 마리에게 사료로 준다.

독일, 말이 끄는 최초의 전차 등장
멘델, 유전 법칙 발표
미국, 노예 해방

1865
쥘 베른《지구에서 달까지》
부쉬《막스와 모리츠》

이야기 만화의 창시자 부쉬

처음 이 작품을 출간하려는 출판사는 한 군데도 없었다. 내용이 너무 잔인하고 끔찍해서 아무도 읽지 않으리라 생각했기 때문이다. 그러다 마침내 한 출판사가 나섰다. 그 결과 출판사는 이 장난꾸러기 이야기로 큰돈을 벌었다. 처음에는 판매가 순조롭지 않았지만, 그림책으로 나오면서 대대적인 성공을 거두었다. 부쉬가 살아 있을 때 10개국의 언어로 번역되었고, 그중에는 일본어 번역도 있었다.

부쉬는 이야기 만화의 창시자로 여겨진다. 《막스와 모리츠》는 나쁜 장난이 혼란과 파괴를 부르고, 출구가 없어 보이는 상황에서도 주인공은 무사히 빠져나온다는 점에서 만화 영화 '톰과 제리'와 상당히 비슷하다. 오븐에 구워진 뒤에도 막스와 모리츠는 멀쩡하지 않는가. 하지만 최초의 현대 만화는 32년 뒤 미국에서 나왔다. 아마도 부쉬의 《막스와 모리츠》에서 영감을 받은 것으로 보인다. 실제로 두 소년의 장난이라는 설정은 어느 정도 비슷하다.

사실주의

루이스 캐럴 Lewis Carroll

이상한 나라의 앨리스 Alice's Adventures in Wonderland

꿈속에서 앨리스는 말하는 흰 토끼를 만난다. 심지어 토끼는 조끼 주머니에서 회중시계를 꺼내 보기도 한다. 앨리스는 뭔가 좀 이상하다는 생각을 하면서도 토끼를 따라 토끼 굴로 들어간다. 밑으로 계속 추락하던 앨리스는 마침내 많은 문이 있는 넓은 홀에 도착한다. 문은 모두 닫혀 있고, 홀 안의 탁자 위에 놓인 작은 황금 열쇠가 가장 작은 문에 딱 들어맞는다. 그런데 문을 열자 통로가 너무 작다. 돌아보니 탁자 위에 마법의 묘약이 담긴 작은 병이 준비되어 있다. 묘약을 마시자 몸이 줄어들면서 앨리스는 작은 문을 통해 이상한 나라로 들어간다.

그곳은 모든 것이 이상하다. 앨리스의 몸은 엄청나게 커졌다가 작아지고, 그런 다음 다시 원래의 크기로 돌아온다. 앨리스는 거기서 히죽거리며 웃는 고양이와 3월의 토끼, 살아 있는 트럼프 속 인물을 만난다. 그때마다 학교에서 배운 것을 응용해 보고, 방금 일어난 일들을 이성적으로 분석하려고 한다. 그러나 이상한 나라에서는 통하지 않는다. 이곳에는 자기만의 논리가 있기 때문이다. 즉 우리가 아는 논리는 먹히지 않는다. 모든 규칙은 그 자체로 모순된다. 마지막에 말도 안 되는 재판이 열리고, 그 와중에 앨리스는 잠에서 깨어난다.

좀 더 이상한 《거울 나라의 앨리스》

캐럴은 6년 뒤 속편으로 《거울 나라의 앨리스》를 발표했다. 전편보다 복잡하고 뒤죽박죽이다. 거울 이미지를 활용해서 전편과 상반된 세계를 보여 준다. 전편이 따뜻한 5월 야외에서 이야기가 시작되고 카드놀이의 이미지가 사용되었다면, 속편은 추운 11월 실내에서 시작되고 시공간도 자주 바뀌고, 체스의 이미지가 사용된다. 캐럴은 이 작품을 거울에 비추어야만 읽을 수 있는 글자로 쓸 계획이었지만 포기했다.

난센스 문학에 규칙이 있어야 할까?

어떤 사람들은 앨리스의 이상한 나라 이야기가 마약으로 인한 환상이라고 주장한다. 앨리스가 마법의 묘약과 버섯으로 몸의 크기를 조절하는 것도 이상하고, 토끼가 잠시도 가만있지 못하고 바쁘게 움직이는 것도 이상하다고 한다. 게다가 물담배를 피우는 애벌레까지 등장하는 것이 몹시 수상쩍다는 것이다. 그러나 어차피 증명할 수 없는 주장이다.

《이상한 나라의 앨리스》는 최초의 본격 어린이 책으로 여겨진다. 그러니까 도덕적 교훈을 싹 빼 버리고 순수하게 이야기로만 읽히기를 바라는 책이라는 뜻이다.

처음 읽을 때는 약간 옛날 냄새가 나는 앙증맞은 소설이라는 느낌이 들지만, 다시 읽으면 좀 잔인하고 허무맹랑하다고 느껴진다. 이 작품에는 재치 있는 말장난이 많이 나오는데, 그런 말장난은 영어로 읽을 때만 맛을 느낄 수 있다. 그런 것을 신경 쓰지 않는 사람은 여러 버전으로 만들어진 영화나 방송극, 연극 중에서 하나를 골라 봐도 된다.

재능이 많은 천재

'루이스 캐럴' 하면 많은 사람의 머릿속에 떠오르는 첫 마디가 있다. "아, 어린 여자애들을 좋아한다는 작가?" 캐럴의 작품은 한 줄도 읽어 보지 않고서 그냥 그렇게 쉽게 말해 버린다. 슬픈 일이다. 캐럴은 놀랄 정도로 재능이 뛰어나고, 다른 많은 작가에게 큰 영향을 끼친 작가였다. T. S. 엘리엇, 울프, 조이스, 킹 모두 캐럴의 팬이었다.

캐럴은 옥스퍼드에서 학업을 마친 뒤 대학에서 수학을 가르쳤다. 그때까지는 '찰스 러트위지 도지슨'이라는 본명을 사용했는데, 나중에 울림이 좋은 '루이스 캐럴'로 바꾸었다. 스물세 살의 캐럴은 자신이 가르치는 재능 없는 학생들보다 사진에 관심이 더 많았다. 자신의 모습도 사진으로 남겼는데, 물결치듯 옆으로 흘

루이스 캐럴

천재

1832~1898(영국)

캐럴은 어릴 때부터
문학과 대수학에
관심이 많았다.

캐럴의 작품은
'난센스 문학'이라고도 한다.
모든 것이 머릿속에서 만들어지고
새로운 현실이 창조된다.
그곳에는 그 세계만의 논리가
존재하는데, 아마 수학 천재의
머릿속에서 소설이
탄생했기 때문일 것이다.

러내린 머리에 연미복을 입고 나비넥타이를 맨 모습이 퍽 인상적이다.

캐럴의 삶에서 열 살짜리 한 소녀가 매우 중요한 역할을 한 것은 사실이다. 학장의 딸 앨리스 리델이 그 주인공이다. 캐럴은 1862년 리델 자매들과 함께 템스 강에서 뱃놀이를 했고, 거기서 소녀들에게 토끼 굴로 떨어지는 앨리스 이야기를 들려주었다. 이것이 책으로 나올 수 있었던 것은 앨리스가 캐럴에게 이 이야기를 반드시 글로 써 달라고 부탁했기 때문이다.

2년 뒤 캐럴은 손으로 직접 쓰고 삽화까지 그린 책을 앨리스에게 보냈다. 책 앞장에는 이렇게 적혀 있었다. "어느 여름날을 기억하며 사랑스러운 아이에게 주는 크리스마스 선물." 그로부터 1년 뒤 《이상한 나라의 앨리스》가 출간되었다.

표도르 도스토예프스키 | Fyodor Mikhailovich Dostoevskii

죄와 벌 Prestuplenie i nakazanie

주인공은 법학을 공부하는 라스콜리니코프이다. 라스콜리니코프는 사회의 벌레 같은 늙은 전당포 여주인을 살해한다. '완벽한 살인'이 가능한지 알아보기 위해서였다. 그런데 노파의 여동생이 살인 현장을 목격하자 입을 다물게 하려고 여동생까지 죽인다. 이렇게 해서 그는 완벽한 이중 살인을 저지른다. 라스콜리니코프를 의심할 만한 단서는 어디에도 남아 있지 않다. 살해 동기도 없고, 사라진 물건도 없으며, 범인과 피해자들 역시 아무 관계가 없다.

이로써 그의 계획은 성공했지만 문제는 양심이다. 살인을 저지르기 전에는 모든 것이 분명했다. 가치 있는 인간이 아무짝에도 쓸모없는 인간을 제거하는 것은 결코 문제되지 않는다는 확신이 있었다. 그럼에도 그것은 범죄였다. 라스콜리니코프는 나중에 그 사실을 분명히 깨닫는다. 그는 죄를 지었고, 마음의 안정을 찾지 못한다.

마침내 한 수사 판사가 라스콜리니코프가 범인이라는 사실을 알게 되지만 증명해 내지는 못한다. 많은 도덕적인 갈등과 고민 끝에 결국 주인공은 자수한다.

어려운 러시아 어 그럼에도 재미있는 소설

러시아 어 원제목을 정확히 옮기기는 상당히 어렵다. 원제목이 도덕보다는 법률적인 의미에 더 가까워서 '죄와 벌'이 더 적절해 보인다.

기본적으로 러시아 작가의 작품은 아주 잘 읽힌다. 언어는 힘차고, 이야기 구성은 손에 땀을 쥐게 하고, 현대 소설에 자주 나오는 공허한 말도 없다. 그러나《죄와 벌》은 일단 두껍고, 발음이 어려운 러시아 이름이 많이 나오고, 참회 부분은 그리 흥미진진하지 않다. 도스토예프스키의 작품을 처음 읽는다면《도박꾼》으로 시작하는 것이 좋다. 긴장감이 넘치는 짧고 격정적인 작품으로서 도스토예프스키에 관해 많은 것을 알 수 있다.

소설 속 주인공 같은 삶을 산 도스토예프스키

도스토예프스키 자신도 상습적인 도박꾼이었다. 그 외에도 여느 러시아 소설에 나올 법한 삶을 살았다. 20대 초반에 발표한 첫 장편 소설 《가난한 사람들》로 큰 성공을 거두면서 많은 돈을 벌었지만 모두 탕진했고, 혁명가들과 교류하다가 시베리아로 추방당했다.

그는 불행한 사랑으로 끊임없이 괴로워했고, 도박 중독으로 빚에 허우적거렸다. 그런 사람이 어디서 마음의 평정을 찾아 그런 세계적인 장편을 썼는지 의문이다.

마크 트웨인 Mark Twain

톰 소여의 모험 The Adventures of Tom Sawyer

　배경은 19세기 중반 미국 미주리이다. 고아인 톰은 이복동생 시드와 함께 폴리 이모 집에서 산다. 톰은 머릿속이 기발한 생각으로 가득 차 있고, 몸을 잠시도 가만두지 못한다. 그래서 사고도 많이 치고 벌도 많이 받는다. 어느 날 밤 톰은 단짝 친구 허클베리 핀(어머니는 죽고 아버지는 술주정뱅이다)과 공동묘지에 갔다가 나쁜 인디언 조가 마을 의사를 죽인 뒤 부랑자 머프 포터가 죽인 것처럼 꾸미는 장면을 본다.

　포터는 감옥에 갇힌다. 톰과 허크는 안타까워하면서도 인디언 조가 무서워 진실을 말하지 못한다. 대신 집에서 도망쳐 미시시피 강의 한 섬에 숨어 해적놀이를 한다. 마을 사람들은 두 소년이 물에 빠져 죽었다고 생각하고 장례식을 준비한다. 그런데 장례식 도중에 톰과 허크가 큰 소리로 인사를 하며 불쑥 나타난다.

　포터의 재판에서 톰은 조가 범인이라는 사실을 밝힌다. 그러나 조는 도망친다. 계속해서 몇 가지 모험과 장난이 이어지다가 긴장감 넘치는 절정에 도달한다. 톰은 좋아하는 여자 친구 베키 대처와 동굴에서 길을 잃는다. 그곳은 조가 숨어 사는 은신처이다. 다행히 조는 톰을 알아보지 못한다. 톰과 베키는 굶어 죽기 직전에 동굴 밖으로 빠져나온다. 마을 사람들은 또다시 누군가가 동굴에서 길을 잃지 않도록 입구를 막아 버린다. 톰은 그 사실을 나중에야 알게 된다. 그러나 그때는 이미 조가 동굴에서 굶어 죽은 뒤였다. 톰과 허크는 인디언의 보물을 발견해 부자가 되고, 허크는 마음씨 좋은 과부 아주머니의 양자가 된다. 그러나 자유를 갈망하는 허크는 한곳에 오래 머물지 못하고, 결국 그 집을 나와 새로운 모험을 시작한다. 그 이야기가 《허클베리 핀의 모험》이다.

사회 비판적인 안목을 기를 수 있는 책

　트웨인은 당시 사람들이 일상적으로 사용하는 말로 글을 썼다. 그래서 온갖 비속어가 등장한다. 그 때문에 책이 처음 나왔을 때 이 작품을 좋지 않게 보는 시선

노이반슈타인 성 건축 시작

이 많았다. 하지만 그것이 작품의 성공을 막지는 못했다.

100년 뒤에는 다른 부분에 대한 비판이 일었다. "검둥이"라는 표현이 문제였다. 특히 속편인 《허클베리 핀의 모험》에는 이 단어가 219번이나 등장한다. 그 때문에 미국의 진보 정치인들은 이 책의 판매를 금지하려 했다. 하지만 결국 순화된 표현으로 바꾸는 선에서 마무리되었다. 검둥이라는 표현이 노예로 바뀐 것이다. 현재까지도.

초보자에게 더없이 좋은 책이다. 《톰 소여의 모험》은 흥미진진하고 위트가 넘친다. 속편 《허클베리 핀의 모험》만큼 잔인하지 않고 여러 사회 문제를 담고 있지도 않다. 하지만 바로 이 점이 모두가 《허클베리 핀의 모험》을 더 나은 책으로 여기는 이유이기도 하다. 다시 말해 《허클베리 핀의 모험》이 훨씬 힘차고 사회 비판적인 요소가 많다. 이 말이 맞을 수도 있지만, 어쨌든 《톰 소여의 모험》은 다른 생각 없이 그냥 재미있게 읽을 수 있는 문학 작품이다. 다만 번역자들은 이 책에 나오는 미국 남부의 비속어를 옮기는 데 많은 어려움을 겪었다.

두 길 물속 작가가 되다

트웨인은 핼리 혜성이 나타난 직후에 태어났다. 그래서 죽기 얼마 전에는 이렇게 말했다고 한다. "내년에 핼리 혜성이 다시 나타날 거야. 그럼 나도 그 뒤를 따라갔으면 좋겠어." 실제로 1910년 4월 20일 핼리 혜성이 나타났고, 트웨인은 하루 뒤에 숨졌다. 왠지 기분이 으스스해진다.

트웨인의 본명은 새뮤얼 랭혼 클레멘스다. 열한 살 때 아버지가 죽었는데, 그 뒤 학교를 그만두고 인쇄소에서 일했다. 그러다 얼마 있다가 신문사에 여행기를 기고하기 시작했다. 그런데 클레멘스가 원래 원했던 것은 미시시피 강을 오가는 증기선의 수로 안내인이었다. 실제로 미국 독립전쟁이 일어날 때까지 수로 안내인으로 일했다. 그러다 전쟁으로 미시시피 강에 배가 다니지 못하게 되자 실업자

마크 트웨인
여행자

1835~
1910(미국)

"인간은 사랑받기 위해
많은 일을 하지만,
시샘 받기 위해선
못 하는 일이 없다."

코네티컷 주 하트퍼드에 있는
트웨인의 집은 이상야릇한 스타일로
유명한데, 지금은 박물관으로
바뀌었다. 이곳에 가면 트웨인의
침실을 볼 수 있고, 매점에서 명언이
새겨진 찻잔도 살 수 있다.

가 되었다. 그 뒤 군대에 잠시 몸담았고, 금광에서 일하다가 리포터를 거쳐 마침내 작가가 되었다.

클레멘스의 필명 '마크 트웨인'은 원래 수로 안내인들이 사용하는 말로, 배가 지나다니기에 안전한 '두 길 물속(3.75미터)'을 뜻한다. 미시시피 강은 물이 맑지 않아 수시로 수심을 재야 하는데, 수로 안내인이 "마크 트웨인!" 하고 외치면 배가 안전하게 지나갈 수 있다는 뜻이었다. 이것은 클레멘스의 필명에 대한 낭만적인 해석이다. 반면에 별로 낭만적이지 못한 해석도 있다. 어떤 선장이 보고서에 서명하는 것을 보고 그 이름을 훔쳤다는 것이다.

트웨인은 여행을 좋아해서 곳곳을 돌아다녔다. 처음에 쓴 글들도 주로 여행에 관한 이야기였다. 30대 중반에 아내와 딸을 데리고 코네티컷으로 이사한 그는 창작에만 전념하면서 《톰 소여의 모험》, 《왕자와 거지》, 《미시시피 강에서의 생활》, 《허클베리 핀의 모험》을 잇달아 발표했다.

그는 작품의 큰 성공과 함께 명성을 얻었다. 그러나 개인적으로는 고통스러운 일이 많았다. 아내와 네 자녀 중 셋이 먼저 세상을 떠난 것이다. 일흔다섯 살 무렵에 혜성을 따라 가고 싶어 했던 것도 그 때문일지 모른다. 트웨인은 미국 문학사에 길이 남을 작가이다.

사실주의

타자기 발명

1874

벨, 최초의 전화기 발명

1876
트웨인 《톰 소여의 모험》

레프 톨스토이 | Lev Nikolayevich Tolstoy

안나 카레니나 Anna Karenina

많은 이름과 관계가 얼기설기 얽혀 있는 꽤 복잡한 소설이다. 주요 등장인물 여덟 명의 이야기는 그럭저럭 따라갈 만하다. 그러나 모두 제2, 제3의 이름이 있어서 상황을 정확히 파악하기 어렵다.

뒤얽힌 관계와 여러 갈래의 이야기를 요약하면 다음과 같다. 레빈은 키티를 사랑하지만 키티는 브론스키를 사랑한다. 그리고 원래 독신주의자였던 브론스키는 유부녀인 안나와 사랑에 빠진다. 이들의 관계는 극단으로 치닫는다. 안나는 임신하고, 키티는 그 사실에 충격받고, 레빈도 그런 키티 때문에 상심한다. 양심의 가책을 느낀 안나는 남편 알렉세이에게 임신 사실을 털어놓는다. 알렉세이는 안나를 쫓아내지는 않지만, 안나는 괴로움을 견디지 못하고 자살까지 생각한다. 힘들게 딸을 낳은 안나는 북받치는 감정에 사로잡혀 남편에게 사랑한다고 말한다. 그 때문에 브론스키는 괴로워하고 자살할 생각을 한다.

그런데 갑자기 알렉세이가 이혼에 동의한다. 안나와 브론스키는 딸을 데리고 도시를 떠난다. 대신 아들은 두고 가야 한다. 1년 뒤 안나는 아들을 보고 싶어 하지만 알렉세이는 만남을 허락하지 않는다. 안나와 브론스키의 시골 삶은 순조롭게 흘러가지 않는다. 브론스키는 일에만 빠져 지내고, 안나는 점점 미쳐 간다. 결국 그녀는 달리는 기차에 몸을 던진다.

키티와 레빈의 관계는 이보다 훨씬 낫다. 두 사람은 결혼하고 몇 번의 위기 끝에 행복을 찾는다. 다만 레빈이 마지막에 가족을 떠나 신의 품에 안길지는 확실치 않다.

톨스토이가 생각한 행복한 가정이란?

"행복한 가정은 모두 비슷하지만, 불행한 가정은 저마다의 방식으로 불행하다."

이것이 세계 문학사에서 가장 유명한 소설의 첫 문장이다. 멋진 말처럼 들리지만, 과연 맞는 말일까? 오히려 반대로 말해야 하지 않을까?

르누아르 '물랭 드 라갈레트의 무도회'
강화도 조약으로 개방
차이코프스키 '백조의 호수'

1876
쥘 베른 《황제의 밀사》
헨리크 입센 《페르귄트》

이름부터 제대로 부르자 '레프 톨스토이'

2000년대 초만 해도 '레프'가 아닌 '레오' 톨스토이라 불렸다. 거의 100년 이상을 다들 '레오'로 알고 있었다. 그러다 러시아 문학의 새로운 번역본이 나오고 원어 발음이 중시되면서 톨스토이의 이름도 레프로 수정되었다.

톨스토이의 소설은 비교적 잘 읽힌다. 항상 사건으로 이야기하기 때문이다. 다만 수백 쪽이 넘는 분량은 부담이다. 그래서 인물 목록을 작성해 놓지 않으면 맥락을 놓칠 때가 많다. 물론 목록이 있어도 전체를 파악하기는 쉽지 않다.

그런 점에서 중편 소설 《크로이처 소나타》로 시작하는 것도 괜찮은 방법이다. 결혼과 성애라는 흥미로운 주제를 다룬 작품인데, 한눈에 내용이 들어온다. 당시 상황에 비추어 보면 상당히 직설적인 소설이다.

러시아 민족 작가

톨스토이는 대농장의 소유주에 군인, 교육자, 채식주의자, 종교적 광신자, 무정부주의자였고, 살아 있을 때부터 슈퍼스타였다. 크림 전쟁 뒤에는 자신의 영지 야스나야 폴랴나에 농노 자녀를 위한 학교를 세우고, 아이들을 직접 가르치면서 수준 높은 교재를 만들었다. 또한 독일과 영국, 프랑스, 이탈리아를 여행하면서 교육자와 작가를 만났다. 그러나 이렇게 모범적인 삶만 산 것은 아니다. 그는 젊은 시절 술과 도박에 빠져 지냈고, 많은 여자를 유혹했다.

톨스토이는 서른네 살에 지인의 딸인 열여덟 살 소피아와 결혼했고, 아내와 함께 자신의 영지로 돌아가 5년 동안 《전쟁과 평화》를 썼다. 무수한 교정 끝에 나온 1,500쪽의 대작이었다. 밤이면 아내는 남편이 만족할 때까지 다섯 가지 글씨체로 원고를 정서했다. 전기도 없는 곳에서 손으로 직접 썼는데, 낮에는 농장에서 온종일 일하고 열세 자녀까지 돌보아야 하는 상황에서 어떻게 그럴 수 있었는지 놀라울 따름이다. 그런 노력 끝에 세계 문학의 걸작이 나왔다. 등장인물만 수백 명에

〈워싱턴 포스트〉지 창간
에디슨, 축음기 발명
윔블던 테니스 대회 첫 개최

1877
톨스토이 《안나 카레니나》
안나 스웰 《블랙 뷰티》

1828~1910(러시아)

"책의 인쇄가 인간의
행복을 키우지는 않았다."

톨스토이는 결혼 직후 아내
소피아에게 자신의 일기장을
보여 주었다. 소피아는 남편의
인생 편력에 경악했다.
'그렇게 많은 여자와 사귀었다니!
게다가 그런 것들을 글로 쓰다니!'
한마디로 충격이었다.

이르고, 나폴레옹 전쟁 시기를 배경으로 러시아의
역사와 운명, 사랑, 열정을 묘사했다. 톨스토이는
이 작품으로 단숨에 유명 작가가 되었다.

톨스토이는 여기에 만족할 수 없었다. 삶의 의미
란 무엇일까? 그래서 삶의 의미를 찾으려고 지금
까지와 다른 길을 걷기 시작했다. 채식으로 식성을
바꾸고 담배와 술도 끊었다. 또한 세상의 모든 종
교를 통합해서 하나의 종교로 만들었고, 사회 비
판적 글을 발표했으며, 농민의 권리를 위해 싸웠
고, 소박한 삶의 신봉자가 되었다. 이런 의미 찾기
의 최고봉은 자기 작품의 모든 저작권을 러시아 민
족에 양도한 것이었다. 그의 아내는 당연히 분노로
미쳐 날뛰었다.

그사이 여든두 살이 된 톨스토이는 중대한 결심
을 했다. 더는 야스나야 폴랴나에 있는 것을 견디
지 못하고, 기차를 타고 다른 곳으로 떠난 것이다.
주치의와 막내딸만 데리고 출발했는데, 그 사실을
안 소피아는 연못에 빠져 죽으려고 하다가 목숨을
건진 뒤 남편의 뒤를 따라나섰다. 여행 중에 병에
걸린 톨스토이는 아스타포보 기차역에 내렸다. 많
은 의사와 그를 사랑하는 독자들, 기자와 성직자들
이 그곳으로 몰려갔다. 마지막으로 소피아도 도착
했다. 그러나 톨스토이는 아내를 보려고 하지 않았
고, 의식불명 상태에 빠진 뒤 곧 운명했다.

황제 빌헬름 1세에 대한 암살 시도
1878
헨리 제임스 《데이지 밀러》

74

노선도로 보는 문학 일람표
문학에 관심 있는 독자들을 위한 안내

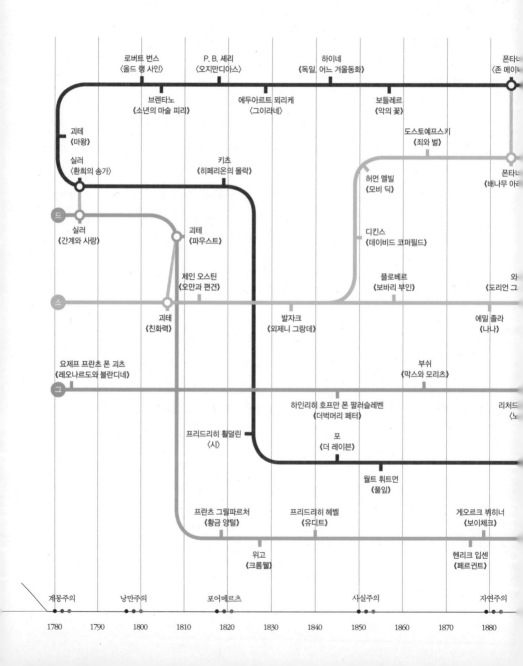

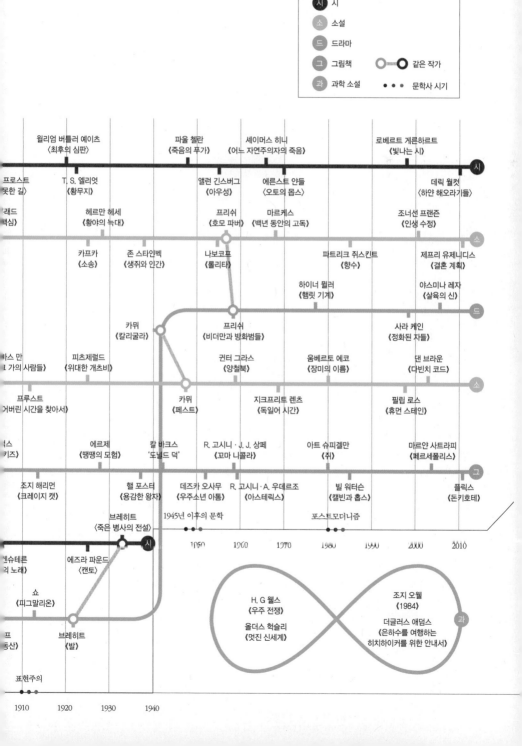

짧고 굵게 보는 문학사

헨리 제임스

Henry James

여인의 초상

The Portrait of a Lady

게오르크 뷔히너

Karl Georg Büchner

보이체크

Woyzeck

로버트 루이스 스티븐슨

Robert Louis Balfour Stevenson

보물섬

Treasure Island

평범한 병사 프란츠 보이체크는 아무리 열심히 일해도 가난을 벗어나지 못한다. 애인 마리와의 사이에 아이까지 있는 주인공은 식구를 부양하려고 위험한 임상 실험도 마다치 않는다. 그런데 장교가 나타나 마리를 유혹한다. 그 사실을 안 프란츠는 이성을 잃고 만다. 마음속에서는 마리를 죽이라는 목소리가 들끓는다. 결국 프란츠는 칼을 사 배신한 애인을 찔러 죽인다.

뷔히너는 의도적으로 등장인물의 대사를 당시의 일상어로 썼다. 그것이 책을 읽을 때 조금 거슬리기는 하지만, 작품에 현실성을 더할 뿐 아니라 계급 사회에서 살아가는 보통 사람의 문제를 다루려 했다는 점을 드러내는 효과가 있었다. 스물세 살에 요절한 뷔히너를 두고 많은 사람이 지금도 이 재능 있는 작가가 더 오래 살았더라면 얼마나 뛰어난 작품을 남겼을까 하고 안타까워한다.

천박한 미국과 교양 있는 유럽의 대립을 보여 준다. 젊고 아름답고 똑똑한 미국 여성 이사벨 아처는 영국의 친척 집을 방문한다. 그녀는 자유롭고 독립적인 삶을 위해 두 번의 청혼을 뿌리치고, 유산을 상속받은 뒤 유럽을 두루 여행한다. 그러다 미국인 길버트 오스먼드를 소개받는다. 다른 특별한 계획이 없던 이사벨은 그의 묘한 매력에 빠져 이탈리아에서 그와 결혼한다. 그런데 길버트는 매력적이긴 하지만 이기적이고 속물적이며, 겉과 속이 다른 인간이다. 길버트가 바라는 것은 오직 이사벨의 재산인데, 이사벨은 그 사실을 너무 늦게 깨닫는다. 그녀가 이 불행한 결혼에서 빠져나올 길은 없다. 도덕관념을 헌신짝처럼 차 버리고, 예전에 자유로운 삶을 누리기 위해 청혼을 거부한 남자와 달아날 수는 없었기 때문이다.

'고약하게 꼬여 버린 인생'을 묘사한 고전적 이야기로서 아름답고 부유한 사람들의 세계를 엿보는 재미가 있다.

보물 지도, 용기 있는 선원으로 가득 찬 배, 외발 요리사, 영리한 소년 짐 호킨스. 한마디로 모험 소설에 딱 맞는 배경이다. 항해를 시작한 지 얼마 지나지 않아 선원의 절반이 해적으로 밝혀진다. 요리사 롱 존 실버의 지시에 따라 움직이는 해적은 보물을 찾는 즉시 반란을 일으킨다는 계획을 세운다.

보물섬에 도착한 뒤에는 엎치락뒤치락한 끝에 성실한 선원과 해적 사이에 싸움이 벌어진다. 1인칭 화자와 주인공 소년 짐도 그 싸움 한가운데로 말려든다. 마지막에 실버가 보물을 갖고 달아나지만 일행 몇 명과 호킨스도 일부를 손에 넣는다.

스티븐슨은 어려서부터 폐병을 심하게 앓아 반평생을 침대에 누워서 지내야 했다. 그럼에도 긴 일정으로 남태평양을 일주했고, 마흔 살에는 사모아 섬에 정착해서 4년 뒤에 숨을 거두었다.

에디슨 전구 발명

조선, 일본에 신사유람단 파견

임오군란
독일·오스트리아·이탈리아 삼국동맹

1879	1880	1881	1882
뷔히너 《보이체크》 졸라 《나나》	H. V. 클라이스트 《O. 후작부인》 요하나 슈피리 《알프스 소녀 하이디》	H. 제임스 《여인의 초상》	

자연주의

에미 폰 로덴
Emmy von Rhoden

고집쟁이
Trotzkopf

열다섯 살 앳된 소녀 일제 마케트는 고집쟁이에다 말괄량이다. 그래서 얌전하고 정숙한 아가씨로 자라도록 엄격한 기숙 학교로 보내진다. 일제는 학교에서 몇 번 반항해 보지만 서서히 자신의 운명에 순응하고, 친한 친구도 생긴다. 영국에서 온 넬리가 그 친구다. 넬리는 일제와 반대로 상냥하고 모범적이고 겸손한 소녀다. 일제와 넬리는 기숙 학교에서 있을 수 있는 온갖 일을 겪는다. 그 과정에서 일제는 여전히 반항적이고 충동적으로 행동하는 데 반해 넬리는 그런 친구를 미덕으로 이끈다. 결국 두 친구는 훌륭한 남자들과 약혼한다. 여기까지가 1권의 내용이다.

2권에서는 훌륭한 아내가 되려면 어떻게 행동해야 하는지를 보여 주고, 여자는 절대 직업을 가져서는 안 된다고 말한다. 3권에서는 고집쟁이 일제와 남편 레오 사이에 두 딸이 태어나고, 다른 여성 작가가 쓴 4권에서는 일제가 마음씨 좋고 지혜로운 할머니로 나온다.

《고집쟁이》 연작 소설은 시대를 뛰어넘지 못했다. 오늘날의 독자가 읽기엔 너무 통속적이고 답답하고 케케묵은 느낌이 든다. 그런 것에 개의치 않는 독자라면 '어린 아가씨들의 이야기'(작품의 부제다)에서 19세기 말의 삶과 여성의 모습에 대해 많은 것을 배울 수 있을 것이다.

에밀 졸라
Émile François Zola

제르미날
Germinal

배경은 1860년 프랑스이다. 대도시 출신의 청년 에티엔 랑티에는 광산에서 직장을 구하지만, 그곳의 열악한 환경에 경악한다. 광부들은 비인간적인 환경에서 쥐꼬리만 한 임금을 받으며 등골 빠지게 일하지만 정작 이익은 고스란히 광산 소유주 손에 들어간다. 에티엔은 이대로 가만히 앉아 있어서는 안 된다고 생각하고 노동자의 저항을 조직화하다 마침내 파업이 벌어지지만 돌아온 것은 더 큰 불행뿐이다. 광부들은 파업으로 인해 한 푼도 벌지 못하게 되었고, 이웃 탄광이 동참하지 않는 바람에 파업의 실질적인 효과도 없었기 때문이다. 결국 군대가 진입해서 파업 광부들을 진압한다. 그로써 광부들은 예전보다 더 적은 임금을 받고 다시 일을 시작해야 한다. 파업은 자본주의 시스템의 승리로 끝나고, 마지막에는 큰 광산 사고까지 일어난다. 작품은 총체적인 실패와 좌절로 마무리된다.

졸라는 프롤레타리아 계급의 고통을 핍진절진으로 묘사했지만, 절망적인 결말에 대해서는 출간 당시부터 불만을 표출하는 사람이 많았다. 이 소설은 게르하르트 하우프트만의 희곡 《직조공》과 비슷한 문제를 다루고 있는데, 둘 다 자연주의를 대표하는 주요 작품이다.

테오도어 슈토름 Hans Theodor Woldsen Storm

백마의 기사 Der Schimmelreiter

하우케 하이엔은 좀 괴상한 아이다. 또래 친구는 뒷전이고 밀물과 썰물, 제방 축조, 측량에만 관심이 많다. 그러니 당연히 친구도 없다. 하지만 무서울 정도로 탐구심과 의지력이 강하다. 나중에 제방 감독관 밑에서 일하는데, 지적 능력에 비하면 한참 성에 안 차는 일이다.

다행히 기회가 찾아온다. 늙은 제방 감독관이 죽자 하우케는 감독관의 딸 엘케와 결혼하고 새 제방 감독관이 된다. 이제 평생 꿈이던 제방 쌓는 일을 시작하지만, 마을 주민들은 그를 못마땅하게 여긴다. 경사진 제방보다 평평한 제방이 더 낫다는 사실을 이해하지 못하기 때문이다. 주민들은 하우케를 늘 이상한 인간으로 취급했고, 그가 타고 다니는 백마를 길들인 유령 말이라 믿었다. 19세기 작은 마을에서는 얼마든지 있을 수 있는 일이었다.

하우케는 새 제방을 쌓는 데는 성공하지만, 옛 제방 관리는 소홀히 한다(이 소설에서는 제방 축조에 관해 많은 것을 배울 수 있지만, 여기에 일일이 기술할 수 없다). 폭풍우가 심하게 몰아치던 날 옛 제방이 터지면서 하우케의 아내와 딸이 물에 빠져 죽고, 절망에 빠진 하우케도 직무 태만에 대한 용서를 빌며 백마와 함께 물속으로 몸을 던진다.

이 소설에는 원래 이야기 안에 다른 이야기가 두 편 더 들어 있다(이런 소설을 '액자 소설', 혹은 '틀 소설'이라 한다). 하나는 제방 위에서 유령 기사를 만났다고 하는 사람의 이야기이고, 다른 하나는 여관에서 만난 늙은 교장 선생이 1인칭 화자에게 풀어 놓는 하이엔에 대한 이야기이다.

실화와 허구 사이

실제로 독일 북프리슬란트에는 제방으로 바닷물을 막은 '하우케 하이엔 간척지'가 있다. 또한 평평하게 제방을 쌓는다는 이론도 맞다. 그런 측면에서 소설 속 하우케를 실존 인물이라고 생각할 수도 있다. 그러나 작가가 아무리 어떤 역사적 사실을 염두에 두고 소설을 썼다고 하더라도 그 등장인물을 실존 인물로 볼 수는 없다.

《백마의 기사》는 문체가 예스럽지만 이야기 자체는 짧고 흥미롭다. 그런 점에서 슈토름의 작품을 처음 읽는 독자들에게는 안성맞춤이다. 그밖에 단편 소설 《임멘 호수》나 동화 《꼬마 헤벨만》은 온 가족이 읽을 수 있다.

후줌의 위대한 아들, 슈토름

슈토름은 북부로 갈수록 인기가 많고, 특히 북프리슬란트에서 가장 사랑받는 작가이다. 그래서 《백마의 기사》는 독일 북부 학생의 필독서이다. 슈토름은 법학을 공부했고 은퇴할 때까지 판사로 일했다. 판사로 재직하면서 시와 동화, 단편 소설을 썼는데, 대부분 그가 살았던 슐레스비히 지역이 배경이다.

특히 그가 태어난 후줌에서는 '도시의 위대한 아들'로 추앙받는다. 슈토름은 〈도시〉라는 시에서 후줌을 "바닷가의 잿빛 도시"라며 도시의 잿빛 모래와 잿빛 바다, 안개를 그렸다. 시에서 묘사한 도시를 그리 매력적으로 상상하기는 어렵지만, 고향에 대한 작가의 강한 애착이 느껴진다. 잿빛으로 칠한 슈토름의 집은 현재 '슈토름 박물관'으로 바뀌었다.

반 고흐 '해바라기'
빌헬름 1세 사망

에펠탑 완성

1888
슈토름 《백마의 기사》

1889
스트린드베리 《줄리 양》

오스카 와일드 Oscar Fingal O'Flahertie Wills Wilde

도리언 그레이의 초상 The Picture of Dorian Gray

화가 바질 홀워드는 아름다운 청년 도리언 그레이의 초상화를 그린다. 도리언은 그림 속 자신의 모습에 감동한다. 그러다 문득 불안감이 치솟는다. 현실 속 자신은 점점 나이 들고 추해질 텐데 그림 속 자신은 영원히 젊고 아름다운 상태로 있을 테니까 말이다. 혹시 반대로 될 수는 없을까?

이 소망은 곧 현실이 된다. 지적이지만 냉소적이고 불쾌한 쾌락주의자 헨리 워튼 경의 나쁜 영향으로 도리언은 무엇을 잃게 될지 생각지도 않고 방탕한 생활로 빠져든다.

도리언은 여배우 시빌과 사랑에 빠져 약혼하지만, 시빌은 별로 재능이 없는 배우다. 그녀의 형편없는 공연을 본 도리언은 약혼녀를 버린다. 그러자 초상화가 변하기 시작한다. 도리언은 초상화의 입가에 잔인한 미소가 피어오른 것을 보고 충격에 빠진다. 마음을 돌려 시빌에게 돌아가려 하지만 이미 늦었다. 시빌이 스스로 목숨을 끊은 것이다. 도리언은 다시 충격을 받지만 그것도 잠시뿐, 계속 방탕한 생활을 즐긴다. 곧 그의 나쁜 행실과 마약, 여자관계, 자기밖에 모르는 이기적 태도에 관한 소문이 퍼져 나간다.

도리언은 그런 것에 전혀 신경 쓰지 않는다. 그리고 점점 늙고 추악한 모습으로 변해 가는 초상화를 꼭꼭 숨겨 둔다. 몇 년 뒤 화가 바질 홀워드가 찾아와 도리언의 양심에 호소하며 올바른 길로 이끌려 한다. 그러나 도리언은 오히려 모든 불행의 책임을 화가에게 돌리며 자제력을 잃고 그를 찔러 죽인다. 그 뒤 도리언은 계속 추락한다. 아편으로 환각 상태에 빠지고, 공포 속에서 공격 성향을 보인다. 마침내 새 삶을 시작하기로 마음먹고 초상화를 없애려 하지만, 칼로 초상화를 찌르는 순간, 그 칼은 자신의 몸에 꽂힌다.

하인들은 죽은 사람을 알아보지 못한다. 쓰러져 있는 사람은 '늙고 주름지고 추한 얼굴'인 반면, 초상화 속의 인물은 '아름다움과 젊음이 넘치는 매혹적인 청년'으로 변해 있었다.

1854(아일랜드) ~**1900**(프랑스)

와일드는
예술은 세상을 통틀어
가장 중요하면서도
동시에 아무 쓸모가
없다고 말했다.
탐미주의 예술관의
핵심 내용이다.

"나는 모든 것을 뿌리칠 수 있다.
유혹만 빼고는."
유혹에 관한 이 경구는 와일드가
직접 한 말이 아니라 작품 속
등장인물의 대사다. 그래도 이 말은
와일드의 삶에 딱 들어맞는다.
물론 그 때문에 그의 삶은 무척
힘들었지만 말이다.

모더니즘

인용하고픈 경구가 가득

《도리언 그레이의 초상》은 누구나 잘 아는 세계적인 작품이다. 영화로도 만들어질 만큼 이야기도 흥미롭지만, 늘 추문에 둘러싸여 있던 작가의 파란만장한 삶은 더욱 독자의 흥미를 자극한다. 이런 이유로 젊은 독자들이 뷔히너의 《보이체크》보다 이 작품을 필독서로 꼽는 것은 당연해 보인다.

이 작품에 구조적인 약점이 있고 경구가 너무 자주 나온다고 지적하면 많은 사람이 반발할 것이다. 이 작품은 줄거리가 기발할 뿐 아니라 인용하고 싶은 경구도 많기 때문이다. 어쨌든 이 작품보다 오스카의 희곡과 몇몇 수필이 훨씬 훌륭하다고 말하는 사람도 있다는 사실을 잊지 말기 바란다.

"적을 고를 때는 신중하고 또 신중해야 한다."

오만한 헨리 경이 도리언 그레이에게 하는 말이다. 헨리는 어떤 주제에도 적합한 경구를 구사할 줄 아는 인물이다.

해학과 재치가 넘치는 신사

아일랜드 출신의 와일드는 멋쟁이였다. 세련된 외모에 우아한 옷차림, 재기발랄한 유머, 유별난 행동, 이것이 그를 따라다니는 말이었다. 와일드는 단번에 이름을 날렸다. 처음에는 유일한 장편 소설

《도리언 그레이의 초상》으로, 그 뒤에는 재치 있는 대사와 코믹한 상황으로 웃음을 폭발시키는 사회 풍자 코미디로 큰 호응을 얻었다. 그의 희곡 중 가장 유명한 작품은 해학과 재치가 넘치는《진지함의 중요성》이다. 원제목에서 진지함을 뜻하는 영어 단어는 어니스트(earnest)인데, 주인공 잭도 '어니스트(Ernest)'라는 가명을 쓴다.

와일드는 경구의 천재였다. 철학 사상을 단 몇 단어로 축약해서 독자를 놀라움과 성찰로 빠져들게 하는 기술은 완벽에 가깝다.

런던의 연극계는 지적이고 위트가 넘치는 이 작가에 열광했다. 그래서 성 정체성이 다름에도 명성에 큰 해가 되지 않았다. 그러나 1895년에 들어서면서 모든 것이 달라졌다.

와일드는 음란 혐의로 고소당해 2년 형을 선고받았다. 이 사건의 배후에는 퀸즈베리 후작이 있었다. 그는 자기 아들과 동성애 관계를 맺고 있던 와일드를 끔찍이 싫어했다. 와일드는 감옥에서 중노동을 했고, 죽을 때까지 그 후유증으로 고생했다. 경제적인 측면뿐 아니라 육체적 사회적으로도 몰락한 와일드는 감옥에서 나온 뒤 파리로 떠났다. 와일드가 묵은 파리 알자스 호텔의 주인은 그에게 퍽 호의적이었던 모양이다. 무일푼이었는데도 오스카는 최고급 방에 묵고 최고급 음식을 먹었기 때문이다.

"나는 살아왔던 대로 죽는다. 분에 넘치게."

말년에 와일드가 한 말인데, 마지막까지 경구를 만들어 내는 능력은 사라지지 않았다. 그의 마지막 말은 이랬다.

"이 흉물스런 벽지와 나, 둘 중 하나가 없어질 것이다."

아서 코난 도일 Sir Arthur Conan Doyle

셜록 홈즈의 모험 The Adventure of Sherlock Holmes

도일은 1887년에 첫 번째 셜록 홈즈 소설 《주홍색 연구》를 썼다. 홈즈와 왓슨 박사는 하숙집을 같이 쓰기로 하고 런던 베이커 가 221b 번지로 들어간다. 그 직후 첫 사건이 발생한다. 그러나 이 소설은 거의 주목받지 못했다. 그러다 1891년 한 잡지에 홈즈와 왓슨 2인조 탐정 이야기가 연재되면서 홈즈가 주목받기 시작했다.

《셜록 홈즈의 모험》은 연재된 이야기 열두 편을 묶어 이듬해에 출간한 것이다. 이 책에 실린 유명한 이야기로는 〈빨간 머리 연맹〉(살인자가 은행을 털려고 한다), 〈얼룩무늬 끈〉(얼룩무늬 뱀이 살인 무기로 사용된다), 〈블루 카벙클〉(보석 도둑이 거위의 모이주머니에 보석을 숨긴다)이 있다.

홈즈 이야기에서는 범인을 잡는 것보다 탐정 활동이 더 중요하다. 서두에는 항상 홈즈 앞에 풀어야 할 수수께끼(반드시 범죄는 아니다)가 던져진다. 홈즈는 날카로운 이성과 왓슨과의 분석적인 대화를 통해 사건의 비밀을 끝까지 파헤치고, 그로써 모든 시대를 통틀어 가장 유명한 탐정이 된다.

문학 역사상 가장 매력적인 캐릭터

홈즈의 외모는 화자인 왓슨에 의해 꽤 정확히 묘사되어 있다. 180센티미터가 넘는 키에 몸은 말랐고, 눈은 예리하고, 코는 길쭉한 매부리코다. 저녁에는 항상 붉은색 가운을 입는다. 나중의 이야기지만, 귀 덮개가 달린 격자무늬 모자는 홈즈의 상징이 된다.

홈즈는 끊임없이 파이프 담배를 피운다. 심심할 때는 코카인이나 모르핀을 흡입한다. 당시에는 이 두 약물이 마약으로 규정되지 않았기에 자유롭게 구할 수 있었다. 그러나 도일은 마약중독자 탐정을 원하지 않았다. 그래서 코카인과 모르핀의 평판이 나빠지자 홈즈의 약물 복용을 즉시 중단시켰다.

당시에는 홈즈가 실존 인물일 거로 생각한 사람이 많았다. 게다가 작가가 항상

모더니즘

실제 사건을 이야기 속에 끌어들여 현실감이 강했고, 사건이 벌어지는 현장도 현실에 있었다. 심지어 홈즈와 왓슨이 살던 베이커 가도 실제 존재하는 거리였다. 다만 221b 번지는 없었다.

역사 소설 마니아, 코난 도일

도일은 작가가 되기 전에 의사였다. 작품 속의 왓슨 박사가 작가의 예전 모습이다. 도일은 홈즈로 유명해졌지만, 정작 자신은 역사 소설을 더 좋아했다. 결국 다른 책을 쓰려고 《마지막 사건》에서 홈즈를 죽이는데, 그것은 홈즈의 가장 열광적인 팬이었던 그의 어머니에게 큰 충격을 주었다.

도일은 영국이 승리한 2차 보어 전쟁에 참전해서 그 체험을 책으로 펴냈는데, 그 책 덕분에 기사 작위를 받았다. 훌륭한 탐정 소설 때문에 받은 것이 아니었다.

유명 작품들의 아름다운 첫 문장

행복한 가정은 모두 비슷비슷하지만, 불행한 가정은 저마다의 방식으로 불행하다.
- 레프 톨스토이《안나 카레니나》
: 가장 유명한 첫 문장이다.

나를 이스마엘이라 불러다오.
- 허먼 멜빌《모비 딕》
: 원어가 어렵지 않으니 외워 두는 것도 괜찮다. Call me Ismael.

일제빌은 소금을 더 쳤다.
- 귄터 그라스《넙치》
: 독일어권 문학에서 가장 멋진 첫 문장으로 뽑혔다.

어느 날 아침 불안한 꿈에서 깨어난 그레고르 잠자는 자신이 침대 위의 한 마리 흉측한 벌레로 변해 있는 것을 발견했다.
- 프란츠 카프카《변신》
: 독일어권 문학에서 두 번째로 아름다운 첫 문장으로 뽑혔다.

당신들이 정말 이 이야기를 듣고 싶어 한다면 아마 내가 어디에서 태어났고, 내 어린 시절이 얼마나 끔찍했고, 부모님은 무슨 일을 했고, 내가 태어나기 전에 무슨 일들이 있었는지 따위의 아무 짝에도 쓸모없는 데이비드 코퍼필드식 이야기들을 가장 먼저 알고 싶어 할 테지만, 사실 난 그런 이야기를 들려줄 마음이 없다.
- 데이비드 샐린저《호밀밭의 파수꾼》

아프리카 은공 언덕 기슭에 내 소유의 농장이 있었다.
- 카렌 블릭센《아웃 오브 아프리카》

"첫 문장은 독자가 두 번째 문장을 꼭 읽고 싶은 마음이 들도록 써야 하고, 그다음도 계속 그런 식으로 써 나가야 한다."

미국 소설가 윌리엄 포크너의 말이다. 다음 예들을 보며 그 말이 맞는지 여러분이 직접 판단하기 바란다.

유명 작품들의 아름다운 첫 문장

화창하지만 싸늘한 4월 어느 날, 시계는 13시를 알렸다.
- 조지 오웰《1984》

스칼렛 오하라는 딱히 미인이라고 할 수는 없었다.
- 마거릿 미첼《바람과 함께 사라지다》

나는 오래전부터 일찍 잠자리에 들었다.
- 마르셀 프루스트《잃어버린 시간을 찾아서》

예술의 여신이여, 말해 주오, 세상을 널리 돌아다닌 저 사나이의
행적을.
- 호메로스《오디세이아》

작디작은 어느 마을 변두리에 잡초 무성한 오래된 정원이 하나
있었다.
- 아스트리드 린드그렌《내 이름은 삐삐 롱스타킹》

강은 아담과 이브 교회를 지나 해안의 변곡점에서 만의 머리 쪽
으로 올라가다가 쾌적한 비코 거리에서 유유히 원을 그리며 돌
아 우리를 다시 호스 성채와 그 주변으로 데려간다.
- 제임스 조이스《피네간의 경야》
: 이 문장은 최소한 무엇을 말하는지는 짐작할 수 있다.

달빛이 비치는 어느 날 밤, 나뭇잎 위에 작은 알이 하나 있었어요.
- 에릭 칼《배고픈 애벌레》

톰!
- 마크 트웨인《톰 소여의 모험》

나는 슈틸러가 아니다.
- 막스 프리쉬《슈틸러》

그는 혼자 작은 배를 타고 멕시코만류를 따라가며 고기를 잡는 노인이었는데, 84일째 바다에 나갔지만 고기는 한 마리도 건지지 못했다.
- 어니스트 헤밍웨이《노인과 바다》

땅속 어느 굴에 한 호빗이 살고 있었다.
- J. R. R. 톨킨《호빗》

한여름 한 평범한 청년이 고향 함부르크를 떠나 그라우뷘덴의 다보스 플라츠로 향하고 있었다.
- 토마스 만《마의 산》

이제 그것은 연례행사가 되었다.
- 스티그 라르손《여자를 증오한 남자들》

카를 마이 Karl Friedrich May

비네토우 1 Winnetou 1

1인칭 화자 올드 섀터핸드('때려 부수는 손'이라는 뜻)는 독일 출신의 측량사로 미국 철도 건설 공사에 참여한다. 이제 공사 구간은 세인트루이스에서 인디언 아파치족의 땅을 지나간다. 그런데 아파치족은 '불을 뿜는 말', 즉 기차가 자기네 영토를 지나는 것을 절대로 원치 않는다. 아파치 추장 인추 추나는 측량을 막으려고 아들 비네토우와 클레키 페트라를 데리고 백인들에게 간다. 그러자 건설 현장을 지키는 경찰 라틀러가 비네토우에게 총을 쏘고, 클레키 페트라가 총에 맞는다. 이는 곧 전쟁을 의미했다.

추장은 아파치 전사를 모아 백인을 공격한다. 양측에 포로가 생기고, 계략과 속임수가 오간다. 마지막에는 많은 백인이 죽고, 살아남은 사람은 아파치의 포로가 된다. 인디언에게 호감을 느끼고 비네토우와 친구가 되고 싶었던 섀터핸드도 잡힌다. 비네토우는 처음엔 섀터핸드를 믿지 않지만, 섀터핸드는 결국 자신이 선한 사람임을 보여 준다.

둘은 곧 진한 우정을 나누고, 비네토우는 새 친구에게 인디언만 할 수 있는 것을 모두 가르쳐 준다. 비네토우의 누이 느쇼 치는 섀터핸드와 사랑에 빠진다. 추장은 딸이 기독교인이 되어야 하는데도 백인과의 결혼을 허락한다. 그러나 백인 강도의 습격으로 추장과 느쇼 치가 목숨을 잃는다. 슬픔과 충격 속에서 비네토우는 복수를 다짐한다. 악당들은 3권 끝에서야 죽는다.

비네토우의 처음은……

비네토우는 1875년에 쓴 마이의 단편 소설에 처음 등장한다. 여기서는 담배를 피우고, 적의 얼굴 가죽을 벗기고, 담배꽁초를 씹어 먹고, 결국 죽음을 맞이하는 늙수그레한 인디언으로 그려진다. 마이는 나중에 비네토우 이야기를 다시 쓰면서 그를 선하고 젊고 잘생기고 정의롭고 고결하고 용감하고 정직한 영웅으로 재탄생시켰다.

스스로 주인공이 되다

마이는 처음엔 단편 소설을 썼지만, 곧 카라 벤 넴지, 섀터핸드, 비네토우가 등장하는 장편 모험 소설을 썼다. 미국이나 중동 지역을 여행한 적은 없지만 풍부한 상상력이 글쓰기의 원동력이 되었다.

그는 자신이 섀터핸드라고 믿었고, 사람들에게도 그렇게 말하고 다녔다. 심지어 비네토우와 섀터핸드가 소설 속에서 사용한 무기들, 예를 들어 은 엽총과 곰 사냥 엽총, 헨리 엽총을 특별 제작해서 섀터핸드의 복장까지 갖춘 뒤 사진을 찍기도 했다. 나중에 사람들은 자신을 그런 전설적인 인물로 만드는 작가의 행동에 눈살을 찌푸렸다. 그는 자신의 주인공을 이렇게 찬양했다. "그의 외모에서 가장 아름다운 곳은 눈이었다. 비단처럼 부드럽고 까만 눈은 상황 상황에 따라 사랑과 호의, 고마움, 연민, 걱정뿐 아니라 때로는 경멸의 감정까지 지극히 순수한 모습으로 담아냈다."

마이의 작품은 40개가 넘는 언어로 번역되었고, 2억 부 넘게 팔렸다. 그런데 미국과 영국에는 거의 알려지지 않았다.

테오도어 폰타네 | Theodor Fontane

에피 브리스트 Effi Briest

서른여덟 살 인슈테텐 남작은 열일곱 살 에피 브리스트에게 반해 청혼한다. 장래가 촉망되는 남작을 보고 에피의 부모는 결혼을 허락한다. 에피는 결혼해서 남편이 사는 시골 케신으로 간다. 큰 저택에 풍경도 아름답지만, 하품이 나올 만큼 지루한 곳이다. 에피는 외로움을 느낄 뿐 아니라 낡은 저택에서 들리는 이상한 유령 소리도 무섭다. 그러나 남편은 그런 아내에게 관심을 기울이지 않는다. 딸이 태어났어도 지루함은 더해 간다.

두려움과 고독 속에서 살아가던 에피 앞에 지역군 사령관 크람파스 소령이 나타난다. 그는 경험이 많고 체면 따위는 가볍게 여기는 남자다. 남편이 업무 차 여행을 떠나자 에피는 소령과 연극 연습을 한다. 극의 제목은 '길에서 한 걸음 벗어나'인데, 앞으로 전개될 에피의 삶을 미리 보여 주는 것이기도 하다.

결국 예견된 일이 일어난다. 에피는 소령과 만나 은밀한 정을 나눈다. 그런 만남은 짜릿하지만 도덕에서 벗어난 일이다. 베를린으로 이사하면서 자동으로 크람파스와 관계가 청산되자 에피는 구원이라도 받은 것처럼 기뻐한다.

그러나 6년 뒤 남편이 크람파스가 보낸 편지들을 발견한다. 이젠 방법이 없다. 남편은 아내의 옛 애인에게 결투를 신청하고 아내를 버려야 한다. 그것이 남자로서의 명예이자 의무이다. 그로 인해 모두가 불행에 빠져도 어쩔 수 없다.

크람파스는 총에 맞아 죽고, 원래 결투와 이혼을 원치 않았던 인슈테텐 역시 아내와 헤어지고, 딸 애니는 엄마를 만나선 안 되고, 에피의 부모는 가문의 명예를 더럽힌 딸을 부끄러워하고, 에피 자신은 괴로움을 견디다 못해 죽고 만다.

동학 농민 운동
프랑스, 드레퓌스 사건
런던 타워 브리지 완공

1894
조지프 러디어드 키플링 《정글 북》
폰타네 《에피 브리스트》

할 말이 없을 땐……

"세상은 참 넓고 복잡해."

에피의 아버지는 어떤 일이나 자신에 대해 딱히 할 말이 없을 때 항상 이렇게 말한다. 소설 마지막도 이 문장으로 끝난다.

사건에 의도를 숨기다

폰타네의 소설은 아주 잘 읽힌다. 그러나 명심할 게 있다. 많은 사건이 일어나지만 정말 하고 싶은 말은 사건 뒤에 숨어 있다. 그래서 행간을 읽고 상징을 해석할 수 있어야 한다. 예를 들어 "뜨거운 키스"에는 굉장히 함축적인 의미가 담겨 있다.

폰타네를 처음 읽는 독자라면 먼저 그의 훌륭한 발라드(〈존 메이너드〉, 〈하벨란트의 리벡에 사는 리벡 씨〉)를 읽는 것이 좋다. 그다음엔 단편 소설《배나무 아래서》가 적합하다. 매우 흥미로운 범죄 소설이다.

라이먼 프랭크 바움 Lyman Frank Baum

오즈의 마법사 The Wonderful Wizard of Oz

주인공은 평범한 소녀 도로시, 강아지 토토, 허수아비, 사자, 양철나무꾼이다. 이들은 오즈의 마법사를 찾아 나선다.

그전에 일어난 일을 설명하면 이렇다. 거대한 회오리바람이 도로시와 토토가 사는 집을 통째로 들어 올려 오즈의 동쪽에 있는 뭉크킨의 나라로 데려간다. 그곳은 나쁜 동쪽 마녀가 지배하는 땅인데, 그 마녀는 도로시의 집에 깔려 죽는다. 도로시가 집으로 돌아가고 싶어 하자 착한 북쪽 마녀는 도로시에게 마법의 은 구두를 주면서 오즈의 마법사에게 가는 길을 가르쳐 준다. 오즈의 마법사가 도와줄 거라는 것이다. 도로시는 가는 길에 여러 친구를 사귄다. 마법사에게 뇌를 만들어 달라고 부탁하겠다는 뇌 없는 허수아비, 용기를 갖고 싶어 하는 겁쟁이 사자, 심장이 필요한 양철나무꾼.

오즈는 흔쾌히 모두를 도와주려고 한다. 하지만 작은 걸림돌이 있다면서 먼저 나쁜 서쪽 마녀를 죽여야 한다는 조건을 내건다. 이 일은 쉽게 이루지 못한다. 오히려 도로시와 사자가 마녀에게 붙잡히고 허수아비와 양철나무꾼은 부서진다.

우여곡절 끝에 도로시는 마녀를 죽이고 친구들을 수리한 뒤 오즈에게 돌아간다. 그러나 그는 진짜 마법사가 아니라 마법사 행세만 하는 사람이다. 그래서 도로시 일행을 실제로 도와주지 못한다. 하지만 뇌 없는 허수아비에게는 겨로 만든 뇌를, 심장이 없는 양철나무꾼에게는 명주실로 만든 심장을, 겁쟁이 사자에게는 용기가 생기는 약을 건네주고, 이들도 소원이 진짜 이루어졌다고 믿는다.

오즈는 도로시와 함께 캔자스로 돌아가려고 기구를 만들지만, 도로시가 고양이를 따라간 토토를 데리러 가는 바람에 오즈 혼자 기구를 타고 떠난다.

실의에 빠진 도로시를 도우려고 친구들은 착한 남쪽 마녀를 만나러 간다. 쉽지 않은 여정이었지만, 사자는 도중에 왕국을 얻는다. 마지막으로 그들은 도로시가 계속 신고 다니던 마법의 은 구두가 집으로 가는 길을 알려 줄 거라는 말을 듣는다. 결국 도로시는 다시 집으로 돌아가고, 양철나무꾼은 서쪽 마녀의 나라를 다스

독립 협회 설립
제1회 근대 올림픽 개최
아관파천

1896

대한 제국 성립

1897
브램 스토커 《드라큘라》

리고, 허수아비는 가짜 마법사 오즈가 다스리던 에메랄드 시의 왕이 된다.

뮤지컬로 유명한 《오즈의 마법사》

세계적으로 원작인 책보다 주디 갈랜드가 '오버 더 레인보우'를 부른 뮤지컬 영화가 더 유명하다. 그런데 영화에서 마법의 구두가 빨간색인 것은 좀 의아하다. 미국에서는 《오즈의 마법사》 이야기를 모르는 아이가 없는데 말이다.

멀티플레이어 바움

처음에 평론가들은 이 작품을 좋게 보지 않았다. 문체도 너무 단순했다.

바움은 원래 사업가였다. 스무 살 때 갑자기 닭을 키워야겠다는 사명감을 느꼈고, '함부르크 닭'(바움이 가장 좋아한 품종이다)의 짝짓기와 사육에 관한 책을 썼다. 바움은 배우로 공연하고 작품도 썼으며, 신문 기자와 외판원 생활도 했다. 그 밖에 진열장 장식에 관한 책을 썼다. 밤마다 아이들에게 재미난 이야기 들려주기를 좋아했는데, 그 와중에 이 작품이 탄생했고, 비평가들의 혹평에도 엄청난 성공을 거두었다. 이 성공에 힘입어 바움은 속편을 16편이나 썼다. 물론 다른 어린이 책도 있다.

모더니즘

	최초의 다이얼 전화기 발명	
마리 퀴리 라듐 발견	남아프리카 보어 전쟁 발발	
1898	1899	1900
허버트 조지 웰스 《우주전쟁》	조지프 콘래드 《암흑의 핵심》	바움 《오즈의 마법사》

토마스 만 Thomas Mann

부덴브로크 가의 사람들 Buddenbrooks

제목이 암시하듯 이 소설은 뤼베크에 사는 어느 가족의 이야기다. 4대에 걸쳐 20명이 넘는 인물이 등장한다.

요한 부덴브로크는 가족 기업인 부덴브로크 곡물상을 운영한다. 아들 장도 아버지의 회사에서 일한다. 경쟁자는 수상쩍은 데가 많은 신흥 부자 하겐슈트룀 가문이다. 요한이 죽자 장이 사업을 물려받고, 곧이어 장의 아들 토마스도 회사에서 일을 시작한다.

장은 딸 토니가 사랑하는 남자가 있는데도 함부르크의 한 상인과 억지로 결혼시킨다. 토니는 많은 지참금을 가져가지만, 결혼한 지 얼마 안 돼 남편이 파산하면서 회사를 위해 이혼한다. 나중에 다른 남자와 다시 결혼하지만 사기꾼으로 밝혀져 이번에도 헤어진다.

부덴브로크 가문을 둘러싼 이런저런 이야기가 진행되던 중에 갑작스레 장이 죽는다. 이후 아들 토마스가 스물아홉의 젊은 나이에 회사 경영을 맡는다. 그러나 그는 사업에 특별한 소질이 없다. 동생 크리스티안까지 회사로 끌어들이지만 그도 별 도움이 되지 못한다. 원래 게으른 난봉꾼이었기 때문이다. 결국 크리스티안은 회사를 그만둔다.

토마스는 게르다와 결혼해서 아들 하노를 낳는다. 하노는 감수성이 예민한 공상가 기질의 아이다. 40대 중반에 벌써 삶의 무게에 지쳐 버린 토마스는 아들이 회사를 물려받기 원한다. 하겐슈트룀 가문은 뤼베크에서 점점 영향력이 커지지만 부덴브로크 가문은 점점 기운다.

토마스는 50세 생일이 지나기 전에 숨지고, 회사를 매각하라는 유언을 남긴다. 아들이 자신의 후계자가 될 수 없다는 사실을 벌써 알고 있었다. 실제로 하노는 열여섯 어린 나이에 티푸스로 죽는다.

복잡한 이야기, 비싼 작품

소설에는 앞에 간추린 내용보다 훨씬 많은 사건이 일어나고, 모든 가족 구성원의 삶도 수십 년에 걸쳐 묘사된다. 누구는 북부 독일어로 말하고, 누구는 프랑스어, 폴란드 어, 프로이센 어, 혹은 여러 방언으로 말한다. 그럼에도 이 소설은 토마스 만의 작품 중에서 가장 단순하다. 하지만 토마스 만을 처음 접하는 독자라면 단편 소설 《베네치아에서의 죽음》이나 《토니오 크뢰거》가 좋다.

도시 이름 뤼베크는 소설에서 한 번도 언급되지 않는다. 그래도 부덴브로크 가문이 한자 동맹*의 도시 뤼베크에 있는 가문이라는 사실은 분명히 드러난다. 소설 출간 후 많은 주민이 소설 속 등장인물이 자기네라며 격분했다. 심지어 서적상들은 뤼베크 주민 중의 누가 소설 속의 인물인지 알려 주는 자료까지 함께 배포했다.

이 소설은 처음엔 가격이 너무 비싸서 잘 팔리지 않았다. 두 권짜리 판본이 12마르크였는데, 오늘날의 가치로 환산하면 70유로(약 10만 원) 정도 된다. 그러다 2년 뒤 두 권을 한 권으로 묶어 5마르크에 판매하자 비로소 판매가 잘되기 시작했다.

가정적인 만

첫 장편 소설 《부덴브로크 가의 사람들》이 출간되었을 때 토마스 만의 나이는 스물다섯이었다. 이 소설은 오늘날 독일 문학을 대표하는 세기의 작품으로 꼽히지만 당시의 평론가들은 특별히 언급하지 않거나 매우 부정적으로 평가했다. 그러니까 뒤늦게 인정받은 것이다

토마스 만은 1905년 카티아 프링스하임과 결혼해 여섯 자녀를 두었다. 자식들도 나중에 유명 인사가 되었다. 에리카는 작가와 배우를 거쳐 정치에 참여했고,

---

* 중세 중기에 북해와 발트해 연안에 위치한 독일의 여러 도시가 뤼베크를 중심으로 상업상의 목적으로 만든 동맹.

토마스 만

마법사

1875(독일)~1955(스위스)

*"내가 지금 있는 곳이
독일입니다."*

토마스 만의 가족에 관심이 있는
사람이라면 하인리히 브렐로에르
감독의 3부작 다큐멘터리 드라마
'만 가족 – 세기의 소설'을
꼭 봐야 한다. 연기자들의 놀라운
연기와 당시의 생생한 영상을 볼 수
있으며, 그때까지 생존했던 만의
매혹적인 딸 엘리자베트가
자기 가족의 흔적을 찾아
실제 장소를 둘러보는 여정을 함께
감상할 수 있다.

클라우스는 유명한 작가가 되었으며, 골로는 역사
학자, 모니카는 작가, 엘리자베트는 생태학자이자
해양법학자, 미하엘은 음악가가 되었다. 토마스 만
이 사육제에서 마법사로 변장한 이후 자녀들은 아
버지를 마법사라 불렀다.

"쉿! 아빠는 일하고 계셔."

토마스 만의 집에서 흔히 들을 수 있는 말이었다.
그는 9시부터 12시까지 글을 쓰다가 점심을 먹으러
나왔고, 오후에도 계속 글을 썼다. 문장을 오래 다
듬었고, 하루에 한 쪽 이상 쓰는 날이 드물었다.

1924년 토마스 만은 《마의 산》으로 큰 성공을 거
두었다. 모두가 이 작품에 열광했고, 노벨문학상에
대한 기대도 높아졌다. 그리고 5년 뒤 마침내 노벨
문학상을 받았다. 그런데 수상작으로 선정된 작품
이 30년 전에 출간된 《부덴브로크 가의 사람들》이
라는 사실에 크게 실망했다.

그 즈음 독일에서는 국가사회주의(나치)가 부상
하기 시작했다. 토마스 만은 그 과정을 혐오스럽게
지켜보았지만 히틀러의 승리가 자신의 삶에 어떤
영향을 끼칠지 오랫동안 알아채지 못했다. 1933년
아내와 함께 외국 강연을 떠났고, 이어 스위스 아
로자로 휴가를 갔다. 그 뒤 에리카는 위험한 정치
상황을 고려해 부모에게 독일로 돌아오지 말라고
당부했다.

쿠바 독립
남아프리카 보어 전쟁 끝남

1902
베아트릭스 포터 《피터 래빗》
막심 고리키 《밑바닥에서》

 토마스 만 부부는 남프랑스로 갔다가 1938년에 미국으로 망명했다. 기자가 망명 생활이 힘들지 않느냐고 질문하자, 토마스 만은 "내가 지금 있는 곳이 독일입니다. 내 속엔 언제나 나의 문화가 깃들어 있습니다. 나는 결코 나 자신을 몰락한 인간으로 생각지 않습니다."라고 덧붙였다.

 1952년에 다시 유럽으로 돌아왔지만, 독일이 아닌 스위스 취리히에 정착했다. 독일과의 관계는 항상 껄끄러웠지만 그는 정기적으로 고향을 방문했고, 1955년 죽기 직전에는 뤼베크의 명예시민이 되었다.

모더니즘

잭 런던 Jack London

야성의 부름 The Call of the Wild

'벅'이라는 개의 삶과 수난사를 그린 소설이다. 세인트버나드와 셰퍼드가 반반 씩 섞인 벅은 캘리포니아의 주인집에서 편안하게 살아간다. 그러던 어느 날 그 집을 드나들던 정원사가 벅을 훔쳐 알래스카로 팔아 버리고, 거기서 벅은 썰매 개로 훈련받는다.

살을 에는 추위와 함께 그동안의 평안한 삶은 끝난다. 여기서는 강자의 법칙만 이 지배한다. 썰매 개의 무리에서 벅의 경쟁자는 우두머리로 군림하는 스피츠다. 벅은 스피츠를 물리치고 우두머리 자리를 차지한다.

벅은 다시 다른 사람에게 팔려 간다. 이번에 만난 주인은 금을 찾으러 다니는 사람들인데, 이들은 썰매 개에 대해 아는 것이 없다. 그래서 먹이를 줄 때는 한꺼 번에 왕창 주지만, 주지 않을 때는 쫄쫄 굶긴다.

벅은 죽을 뻔한 위기에서 존 손튼의 도움으로 살아나 원기를 되찾는다. 둘은 한동안 자연에서 즐겁고 행복한 시간을 보낸다. 벅은 야생 늑대들의 소리에 끌려 밤이면 황야로 나가고, 얼마 뒤에는 한 늑대와 친구가 된다.

그러던 어느 날 숲에서 돌아온 벅은 사랑하는 주인이 인디언들에게 살해당한 것을 발견한다. 벅은 주인의 복수를 한 뒤 야성의 부름에 따라 야생 늑대 무리에 합류하고, 1년에 한 번씩 손튼을 추모하기 위해 문명 세계로 돌아온다.

종잡을 수 없는 인물

런던은 열세 살 때 학교를 그만두고 돈을 벌어야 했다. 불법으로 굴을 채취하 는 일을 했고, 선원과 물개 사냥꾼으로도 일했다. 그러다 뒤늦게 고등학교를 졸업 하고 버클리 대학에 들어갔다. 그러나 곧 학업을 중단하고 금을 찾으러 알래스카 로 떠났다. 금을 캐는 일은 실패로 돌아가고 무일푼이 되었다.

그 뒤 런던은 글을 쓰기 시작했고, 모험 소설을 발표해 생계를 이어갔다. 여행 기도 썼고, 나중에는 농장을 사 돼지를 사육했다. 그러다 마흔 살에 캘리포니아의 농장에서 생을 마감했다. 이 죽음이 자살인지, 알코올 의존증이나 신장병 때문인지는 미지수다.

원작 읽는 맛이 최고!

이 소설은 영화로도 여러 번 만들어졌다. 그중 찰턴 헤스턴과 라이문트 하름슈토르프가 나온 영화가 가장 유명하다. 영화 자체는 훌륭하지만 소설과는 내용이 완전히 다르므로 영화를 보고 이 작품을 알겠다는 것은 별로 좋은 대안은 아니다.

동물 이야기를 좋아하는 독자라면 이 소설이 아주 흥미로울 것이다. 그밖에 《황금이 유혹하는 소리》나 《바다표범》을 연달아 읽는 것도 괜찮다. 《바다표범》도 영화로 만들어졌는데, 주인공이 바다표범에게 생감자를 으깨 주는 장면은 아주 유명하다. 그러나 이 영화도 원작과 내용이 다르다.

야생의 동물을 다룬 작품들

런던의 《늑대의 피》에서도 주인공 개는 투견에 내보내려는 악독한 주인에게 학대를 당하다가 착한 가족에게 구출된다. 안나 스웰이 쓴 《블랙 뷰티》에서는 '블랙 뷰티'라는 검정말이 나쁜 인간에게 팔려가 고통을 겪다가 마음씨 착한 남자아이에게 구조된다. 디타 홀레쉬가 쓴 《검정말 벤토》는 선한 독일 가정에서 자란 주인공 말이 브라질의 못된 사람에게 팔려갔다가 탈출해 야생마 무리의 우두머리가 되는 이야기를 담고 있다.

제1회 투르 드 프랑스 개최
최초의 서부 영화 '대열차 강도'
라이트 형제, 최초의 동력 비행

1903
런던 《야성의 부름》
체호프 《벚꽃 동산》

문학 초보자에게 좋은 책

켄 폴릿이나 애거서 크리스티, 혹은 존 어빙의 작품은 대부분 부담 없이 읽기 좋다. 다만 이들의 작품은 통속 문학이다. 순수 문학을 읽으려는 독자는 두껍지 않은 작품을 고르는 것이 좋다. 그래서 중편이나 단편 소설, 또는 분량이 적은 장편 소설이 적당하다. 예를 들면 다음과 같은 작품들이다.

- 그레이엄 그린《제3의 사나이》: 긴장감이 넘친다.
- 마르틴 발저《도망치는 말》: 재미있다.*
- 토마스 만《베네치아에서의 죽음》: 훌륭하다.
- 슈테판 츠바이크《체스 이야기》: 인상적이다.
- 제롬 데이비드 샐린저《프래니와 주이》: 삐딱하다.

그런데 주의할 점이 있다. 작가들은 짧은 작품들로 문학적 실험을 할 때가 많다. 그래서 그런 작품은 짧지만 무척 어렵다. 예를 들어 알랭 로브그리예의 단편《질투》는 줄거리가 없고, 카뮈의《이방인》은 독서의 즐거움보다 책을 덮고 싶은 갈등을 안겨 준다.

---

* 이 작품이 재미있다고 하면 문학계에서는 반발하는 사람들이 많을 것이다. 문단에서는 이 작품을 재미와는 상관없이 '독일 산문의 걸작'으로 꼽는다.

배경 지식을 원하는 독자에게 좋은 책

전기, 자서전, 회고록

때로는 작가에 관해 쓴 글을 보고 그 작가의 작품을 찾아 읽는 경우도 있다. 아주 잘 쓴 전기는 그 작가가 살았던 시대를 파노라마처럼 펼쳐 준다. 전기나 자서전처럼 간접적인 방법으로 작가에게 다가가고 싶거나, 작가나 그 시대 배경에 관심이 있는 독자들을 위해 몇 작품을 소개한다.

- 어니스트 헤밍웨이 회고록 《헤밍웨이, 파리에서 보낸 7년》: 잃어버린 세대**의 모습.
- 아서 밀러 자서전 《타임벤즈》: 마릴린 먼로, 매카시 등에 관한 이야기가 나온다.
- 실비아 비치 회고록 《셰익스피어 앤드 컴퍼니》: 다른 시각으로 풀어낸 이야기.
- 알랭 드 보통 《프루스트가 우리의 삶을 바꾸는 방법들》: 프루스트에 관한 모든 것을 알 수 있다. 유머가 넘치는 소설이다.
- 알마 말러-베르펠 《나의 삶》: 작가뿐 아니라 화가와 음악가들에 대한 이야기가 나온다.
- 에리카 만 《나의 아버지 마법사》: 토마스 만 가족의 모습을 보여 준다.
- 지크리트 담의 이중 전기 《크리스티아네와 괴테》: 괴테의 완전히 다른 면을 보여 준다.
- 조이스 메이나드의 자전적 소설 《호밀밭 파수꾼을 떠나며》: 샐린저와 10개월 동안 지낸 생활을 회고한다.

** Lost Generation. 제1차 세계 대전을 겪은 후 사회에 환멸을 느끼고 허무적 쾌락적 경향에 빠진 미국의 지식인층과 젊은 세대를 가리킨다.

짧고 굵게 보는 문학사

안톤 파블로비치 체호프
Anton Pavlovich Chekhov

벚꽃 동산

Vishnyovyi sad

벚꽃 동산은 러시아 한 영지의 자랑거리다. 소유주인 라네프스카야 부인은 파리에서 돈을 펑펑 쓰며 살아간다. 그녀의 오빠 가예프도 마찬가지다.

파산 지경에 이르렀을 때 라네프스카야는 남은 것이라도 지키려고 두 딸과 함께 러시아로 돌아온다. 이웃의 농노 출신 신흥 실업가 로파힌에게 조언을 구하자, 그는 벚나무를 베어 내고 여름 별장을 지을 것을 제안한다. 그러나 벚꽃 동산에 애정이 깊은 라네프스카야는 그 제안을 받아들일 수 없다. 대안을 모색하지만 뾰족한 방법은 없고 꿈은 깨진다. 그 외중에 라네프스카야의 딸 아냐는 대학생 표트르 트로피모프와 사랑에 빠진다. 영지는 결국 경매에 부쳐지고, 로파힌이 낙찰받는다. 새 주인이 된 로파힌은 별장지로 분양할 계획을 실행에 옮긴다.

이 작품은 4막으로 이루어진 체호프의 대표적 희곡으로 여러 상징을 담고 있다. 벚꽃 동산은 여전히 아름답지만 아무 쓸모가 없는 러시아 귀족을 의미한다. 아냐와 퍄트르는 미래의 희망을 보여 주는 신세대로 능동적인 성격에 도시에서 행복을 찾는다. 가장 유명한 러시아 희곡이지만, 러시아 작품치고는 예외적으로 그리 침울하지 않고, 가볍고 유쾌하기까지 하다.

제임스 매튜 배리
James Matthew Barrie

피터 팬

Peter Pan

피터 팬은 아무도 늙지 않는 환상의 섬 네버랜드에 산다. 거기서 집 잃은 아이들의 대장 노릇을 하며 호시탐탐 자신을 노리는 해적 선장 후크와 싸운다. 어느 날 요정 팅커벨과 함께 자신의 그림자를 찾으러 온 피터 팬은 웬디와 두 동생의 방으로 들어온다. 피터 팬은 아이들에게 하늘을 나는 법을 가르쳐 준 뒤 웬디와 두 동생을 데리고 네버랜드로 날아간다. 웬디는 거기서 집 잃은 아이들의 엄마가 된다. 네버랜드의 아이들은 다 함께 신 나고 아찔한 모험을 한다 (인디언, 해적, 악어, 독).

웬디와 두 동생이 집으로 돌아가려고 하자 피터 팬은 마지못해 아이들을 집으로 데려다 준다. 다행히 웬디의 부모는 네버랜드의 집 잃은 아이들을 입양하기로 한다. 그러나 피터 팬은 어른이 되는 것이 두려워 네버랜드로 돌아간다.

피터 팬은 세계적인 스타이지만, 특히 영국인들이 좋아한다. 런던에는 피터 팬 동상도 있다.

하인리히 만
Heinrich Mann

운라트 선생

Professor Unrat

주인공 이름은 라트다. 그런데 폭군처럼 학생들을 너무 심하게 괴롭혀서 다들 운라트(독일어로 '운라트'는 '오물'이라는 뜻이다) 선생이라 부른다.

어느 날 운라트는 자신이 미워하던 학생들을 뒤쫓아 '푸른 천사' 카바레에 들어가고, 거기서 학생들을 처벌할 근거를 찾는다. 그러다 '로자 프륄리히'라는 카바레 여배우의 관능적인 공연을 보게 된다. 고약한 심보의 늙은 운라트 선생은 젊고 아름다운 여배우에게 첫눈에 반한다. 로자에게 꽃을 사 주고, 식사에 초대하고, 집세를 대신 내 주며 호의를 보인다. 그런 행동은 남들의 조롱을 받고 결국 학교에서도 쫓겨난다. 그러다 로자와 결혼해 사치를 즐기는 무정부주의자가 된다. 나중에는 매춘업소와 도박장을 운영하다가 감옥에 들어간다.

이 소설에는 이중적 윤리와 시민적 억압, 짓눌린 충동 등의 문제가 가득 담겨 있다.

존 골즈워디
John Galsworthy
포사이트 가의 이야기
The Forsyte Saga

3부작 장편 소설로 1886~1920년까지 영국 중산층 일가의 이야기를 다루고 있다. 수천 쪽에 달하는 분량과 수많은 인물이 등장하는 대하소설인 점을 고려하면 다루는 시기는 짧은 편이다. 하지만 파탄 난 결혼부터 연애, 정열, 복잡한 갈등, 원수가 된 가족, 화해에 이르기까지 모든 이야기가 들어 있다.

간략하게 정리하면 다음과 같다. 솜즈 포사이트는 아이린과 이혼한다. 아이린은 건축가 필립과 연애하지만 필립이 교통사고로 죽는다. 아이린은 나중에 전남편의 사촌인 졸리온과 재혼한다. 솜즈는 프랑스 출신의 아네트와 결혼해 딸 플뢰르를 낳고, 아이린과 졸리온 사이에 아들 존이 태어난다. 중간중간에 다른 가족의 삶과 사랑, 죽음이 그려지고, 나중에는 플뢰르와 존이 사랑하는 사이로 발전한다. 양쪽 부모는 적대감 때문에 둘의 결혼을 완강하게 반대한다. 결국 플뢰르는 한 귀족과 결혼하는데, 그로써 포사이트 가문은 신분 상승을 한다.

골즈워디는 우아한 표현 기법을 인정받아 이 작품으로 노벨문학상을 받았다.

셀마 라게를뢰프
Selma Lagerlöf
닐스의 모험
Nils Holgerssons underbara resa genom Sverige

이 작품은 원래 아이들에게 조국에 대해 가르칠 목적으로 스웨덴 교육 당국이 의뢰하여 탄생했다. 작가로 활동하기 전에 교사로 일했던 라게를뢰프는 이 의뢰를 무척 기쁘게 받아들였다.

라게를뢰프는 아이들에게 이 나라를 소개해 줄 좋은 생각이 떠올랐다. 장난꾸러기 꼬마를 난쟁이로 변신시킨 뒤 집에서 키우던 거위를 타고 기러기 떼와 함께 스웨덴 곳곳을 날아다니게 하는 것이다. 아이들은 닐스의 모험을 통해 스웨덴 사람들과 각 지방의 사람과 풍속, 그리고 문제점들을 배우게 된다. 심술궂고 게을렀던 주인공 닐스도 이 모험을 통해 상냥한 아이로 거듭난다. 마지막에는 마법이 풀려 난쟁이에서 원래 모습으로 되돌아간다.

이 작품은 출간되자마자 열광적인 반응을 불러일으켰다. 아이뿐 아니라 어른까지 책을 찾아 읽었고, 스웨덴을 넘어긴 세계고 인기기 뻗어 나갔다. 어린이를 위한 동화가 세계 문학이 된 드문 경우이다.

다만 스웨덴 교육 당국은 투덜거렸다. 자기네가 생각하던 책과 달리, 교과서치고는 너무 재미있었던 것이다.

알츠하이머 첫 진단
샌프란시스코 대지진 발생

1906
골즈워디 《포사이트 가의 이야기》

1906~07
라게를뢰프 《닐스의 모험》

조지 버나드 쇼 George Bernard Shaw

피그말리온 Pygmalion

음성학자 히긴스 교수와 언어학자 피커링이 거리의 꽃 파는 소녀 일라이자 둘리틀을 두고 내기를 한다. 일라이자는 상냥하고 아름답지만 투박하고 촌스런 하층민 언어를 쓰는데, 히긴스는 그녀를 런던 상류층의 고급스러운 말을 쓰는 교양 있는 숙녀로 만들겠다고 장담한다.

내기는 성사되고, 수 주간의 훈련 끝에 히긴스 교수는 정말 목표를 달성한다. 가난한 신데렐라가 완벽한 상류층 악센트로 말하는 요조숙녀로 변신한 것이다. 다만 일라이자는 자신이 지금 무슨 말을 하는지 모르면서 말을 하는 경우도 있다. 그녀는 히긴스를 사랑하지만 히긴스는 그녀를 연구 대상으로만 생각한다. 그 사실을 안 일라이자는 화를 내며 히긴스의 집을 나가 그의 어머니를 찾아간다. 처음부터 이 실험에 대해 경고한 사람이다. 마지막에 일라이자는 가난한 프레디와 결혼해서 꽃집을 연다.

어디선가 들어 본 이야기라는 생각이 든다면 그것은 아마 쇼의 이 작품이나 피그말리온 신화를 알고 있어서 그런 것이 아니라, 이 작품을 토대로 만들어진 유명한 뮤지컬 '마이 페어 레이디' 때문일 것이다.

어디서 봤더라?

희곡은 대개 읽기가 쉽지 않지만, 이 작품은 잘 읽히는 편이다. 그래도 가능하면 이 작품은 연극으로 보는 것이 좋다. 그러면 통속적인 뮤지컬 '마이 페어 레이디'보다 훨씬 많은 의미를 알아챌 수 있다.

이 극의 제목은 그리스 신화에서 왔다. 피그말리온은 자신이 만든 여인상에 흠뻑 빠진 예술가였다. 그는 매일 여인상에 입을 맞추고 포옹했고, 그러자 조각은 실제로 살아 숨 쉬는 여인으로 변한다. 이 이야기는 오비디우스의 《변신 이야기》에 나온다.

안중근 의사, 이토 히로부미 사살
피어리, 북극 탐험

마티스 '춤'
포르투갈 왕정 붕괴
대한 제국 멸망

1909
로베르트 발저 《벤야멘타 하인학교》

1910
라이너 마리아 릴케 《말테의 수기》

R. 슈트라우스 오페라 '장미의 기사'
아문센, 최초의 남극 탐험

1911
하우프트만《들쥐》

표현주의

쇼는 이 작품을 영국의 한 유명 여배우를 조금 비꼬기 위해 썼다. 여배우 미시즈 팻은 자신이 상류층 출신인 것처럼 꾸미려고 무대에서 일부러 상류층 영어 억양으로 말했다고 한다.

괴팍한 아웃사이더

쇼는 선동가, 현학자, 사회주의자이자, 젊었을 때부터 괴팍한 아웃사이더였다. 오랫동안 은둔해서 살다가 서른 살에 여자를 알게 되어 여러 여자와 사랑을 나누었다. 때로는 동시에 여러 여자를 만나면서 그에 대한 책도 썼다. 쇼는 마흔에 결혼했지만 아내는 플라토닉 러브의 신봉자였다. 그래서 결혼 이후에도 계속 다른 여자를 만났다.

쇼는 굉장히 오래 살았고 돈도 많이 벌었다. 그러나 부를 과시하지는 않았다. 그의 유일한 사치는 롤스로이스 자동차를 모는 것이었다. 노벨문학상 수상자 중에서 미국의 유명한 아카데미상을 받은 사람은 그가 유일하다. 쇼는 자신의 소설을 영화로 만들 때 각본을 직접 썼다. 그러나 아카데미 각본상 수상자로 선정되었다는 소식을 듣고도 별로 기뻐하지 않았고, 시상식에도 참석하지 않았다. 사람들이 자신의 작품에 대해 전혀 모른다고 생각했기 때문이다.

"나는 셰익스피어가 되기를 원했지만 쇼가 되었다."

그가 남긴 명언은 마우스 패드나 열쇠고리에 자주 등장한다. 물론 이 사실을 안다면 그는 분명 좋아하지 않을 테지만.

포드, 컨베이어벨트 시스템 구축
뉴욕 그랜드 센트럴 기차역 개통
토스터 발명

타이타닉 호 침몰

1912
에드거 라이스 버로스《타잔》
T. 만《베네치아에서의 죽음》

1913
쇼《피그말리온》
츠바이크《일곱비밀》

마르셀 프루스트 Marcel Proust

잃어버린 시간을 찾아서 À la recherche du temps perdu

이 작품은 총 일곱 권이다. 그런데 이 소설의 줄거리를 몇 문장으로 요약하기 어려운 것은 분량 때문만이 아니다. 그보다는 몇 쪽이 지나도록 사건 없이 계속 이어지는 의식의 흐름 때문이다. 등장인물만 약 500명에 달한다.

1인칭 화자는 건강이 좋지 않고, 상당히 게으르고 예민하고 신경질적이다. 이런 면은 작가를 닮았다. 소설은 화자가 행복했던 소년 시절을 떠올리는 것으로 시작된다. 그것도 주로 시골 친척 집에서 보낸 여름이다. 여기서 화자는 스완 가의 사람들을 만나고(이 대목에서 스완과 오데트의 사랑을 다룬 짧은 액자 소설이 삽입된다), 사랑에 빠지고(처음에는 질베르트에게, 나중에는 알베르틴에게), 그리고 동경하던 귀족 사회를 알게 된다. 정치 이야기도 조금 나오지만 드문 편이고, 한 귀퉁이에서 동성애도 다룬다.

화자는 나중에 알베르틴과 같이 산다. 그러나 그녀를 함부로 대한다. 질투심이 불타오르면 그녀를 사랑하다가도 그녀가 신뢰를 보이면 사랑하지 않는다. 결국 그녀는 그를 떠나고, 나중에 승마 사고로 목숨을 잃는다. 그러다 제1차 세계 대전이 발발하지만 병약한 화자는 전쟁에 나가지 않는다. 마지막 권의 끝에서 문득 시간이 모든 것을 얼마나 변하게 했는지 깨닫는다. 남는 것은 기억뿐이다. 그래서 기억에 관한 소설을 쓰려고 책상에 앉는다. 잃어버린 시간을 찾기 위한 가장 좋은 방법이다.

이 빈약한 줄거리는 당연히 7권짜리 소설의 뼈대에 불과하다. 프루스트는 사람들이 줄거리를 과대평가한다고 생각했다. 그에게 훨씬 더 중요한 것은 시간과 공간, 기억, 사랑, 세기말의 예술과 사회였다.

영국의 유명 코미디 극단 '몬티 파이튼'은 한 인상적인 단막극에서 지나치게 복잡한 프루스트 작품의 문제점을 보여 주었다. 그 단막극에서는 프루스트 작품을 15초 동안 요약하는 '전국 프루스트 요약 경연 대회'를 여는데, 거기서 단 한 명이 1권의 한 쪽을 요약하는 데 성공했다.

표현주의

《잃어버린 시간을 찾아서》 사용 설명서

먼저 1권에서 화자가 마들렌 과자를 먹는 유명한 장면까지 읽어 볼 것을 권한다. 약 60쪽 분량이다. 화자는 차와 함께 과자를 먹다가 그 맛과 향에 끌려 불현듯 과거를 떠올린다. 그 뒤로는 과거의 기억이 줄줄이 이어진다.

이 대목까지 읽고 책이 마음이 들었다면 나머지 여섯 권을 구입하라. 그러면 앞으로 몇 개월, 아니 몇 년 동안 최고의 읽을거리가 생기는 셈이다. 그러나 마들렌 장면을 읽을 때까지 너무 길고 어려운 문장으로 괴로웠다면 중단해도 된다. 나머지 3,000쪽도 계속 그런 식이기 때문이다.

대신 알랭 드 보통의 책을 권한다. 《프루스트가 우리의 삶을 바꾸는 방법들》은 프루스트의 특이한 삶과 작품을 재미있게 풀어 주는데, "아무리 훌륭한 책도 구석으로 내던질 수 있다"는 문장으로 끝난다. 스테판 외에가 그린 만화를 보는 것도 괜찮다. 원작의 특징과 묘미를 탁월하게 재현했다.

걱정쟁이 프루스트

프루스트 같은 병적인 인물이 어떻게 그리 많은 작품을 쓸 수 있었을까? 그것도 20세기 가장 중요한 작품 중 하나로 꼽히는 소설을?

프루스트는 갖가지 질환으로 고통받았다. 육체적으로는 천식과 소화 불량, 만성 감기 같은 병을 달고 살았고, 정신적으로는 여행과 쥐, 세균에 대한 공포와 함께 우울증에 시달렸다. 어머니에 대한 의존증도 심했고, 온갖 것에 히스테리 증세를 보였다. 게다가 여자보다 남자를 좋아했지만 금기를 넘지는 않았다. 결혼한 자신의 운전사를 무척 사랑했지만 불행으로 끝날 수밖에 없었다.

프루스트는 무엇보다 추위를 가장 무서워했다. 그래서 모피 외투를 입지 않으면 외출하지 않았다. 겨울이면 집에서도 외투 위에 담요를 걸치고 있었다. 가스

프루스트

신경증 환자

1871~1922(프랑스)

프루스트는 생의
마지막 14년을
거의 침대에서 지냈다.

문예평론가 발터 벤야민은
프루스트는 자기 병의 완벽한
연출자라고 말했다.
그런 사람이어야만 그런 기념비적인
작품을 쓸 수 있었을 거라는 뜻이다.

표현주의

중독에 대한 불안으로 난방을 전혀 하지 않았기 때문이다. 부모님이 돌아가시자 서른일곱 살에 부모님의 집으로 옮겼는데, 거기서도 스웨터를 여러 벌 껴입고 뜨거운 물주머니를 끼고 살았다. 외출은 되도록 피했고, 침대에서 지내는 것을 가장 좋아했다. 저녁까지 자다가 밤중에 침대에서 글을 썼다.

프루스트는 1913년에 이 소설의 첫 권을 쓰기 시작했는데, 그때까지도 이것이 방대한 작품의 첫 권이 되리라고는 예상하지 못했다. 그러나 일단 글을 쓰기 시작하자 너무 많은 것이 떠올랐고, 그 모든 걸 책에 다 넣고 싶었다. 그래서 끊임없이 고치고 삭제하고 보충했을 뿐 아니라 책이 나온 뒤에도 수정과 보완 작업에 매달렸다. 자필 원고를 보면 한 번 이상 줄을 긋지 않은 단어가 없을 정도다.

많은 독자가 그의 작품을 읽기 어려워했음에도 프루스트는 이 작품으로 인정받고, 상도 받았다. 마지막 몇 권은 사후에 출간되었다. 그는 쉰한 살에 폐렴으로 죽었다. 감기에 걸린 상태로 외출했기 때문인데, 외투 세 벌에다 담요를 두 장이나 둘렀는데도 충분치 않았던 것으로 보인다.

제임스 조이스 James Augustine Aloysius Joyce

율리시스 Ulysses

1904년 6월 16일 레오폴드 블룸과 스티븐 디덜러스가 더블린을 산책한다. 둘은 중간에 같은 길을 걷기도 하고 엇갈려 지나치기도 하다가 나중에 마주치고, 다른 사람들을 만난다. 그밖에 다른 이야기는? 음… 말하기 어렵다. 삶, 죽음, 성, 정치, 사회 등 모든 문제를 다루고 있기 때문이다. 이 소설은 오전 8시부터 다음 날 새벽 2시까지 하루 동안 일어난 일을 천 쪽 분량에 담았다.

이것만으로도 입이 쩍 벌어지지만, 사실 이것은 시작에 불과하다. 조이스는 이 작품으로 영문과 학생들에게 정말 기발한 '해석 퍼즐'을 제시할 생각이었던 모양이다. 설명하면 다음과 같다.

첫째, 제목에서 암시하듯 작가는 현대판《오디세이아》를 쓰려고 했다. 열여덟 개 장도 호메로스의 서사시에 나오는 일화와 일치한다. 그러나 각 장의 제목은 원제목과 달라서 독자들이 재구성해야 한다. 예를 들어 하데스 일화에서는 블룸이 장례식에 참석해 죽음에 대해 생각한다. 키르케 일화에서는 블룸과 디덜러스가 사창가에 있고, 블룸은 자신이 임신했다는 환각에 빠진다.

둘째, 장마다 소설, 드라마, 수필, 이야기, 르포, 설교, 논문, 패러디, 교리문답서 등 특정 문체가 나온다. 일부는 아주 잘 읽히고(수필, 르포, 이야기), 다른 것은 무척 난해하다. 특히 내적 독백 부분이 가장 어렵다. 이 부분에서 조이스는 독자를 주인공의 의식 흐름에 완전히 내맡긴 채 갖가지 인상과 회상, 사색을 이어간다. 때로는 몇 쪽에 걸쳐 수많은 단어가 쉼표와 마침표는 물론이고 직접적인 의미 연결도 없이 계속 이어진다. 그렇다 보니 제2차 세계 대전 중에는 이 소설 속에 간첩의 암호문이 숨어 있을 거라는 추측까지 제기되었다.

셋째, 장 대부분에 신체 기관(예를 들어 신장, 귀, 식도)이나 색깔, 학문(의학, 신학, 음악)이 하나씩 배치되어 있다. 친절하게도 조이스는 그 목록을 남겼는데, 이것도 작가의 장난기일지 모른다.

《율리시스》에 대한 작가의 말

"이 책에는 수많은 수수께끼와 비밀이 숨겨져 있기에 대학교수들은 앞으로 수백 년 동안 그게 무슨 뜻인지를 놓고 논쟁을 벌일 것이다."

조이스는 이렇게 말하며 그것이 자신의 불멸을 보장하는 길이라 생각했다. 그의 말은 옳았다.

《율리시스》에 대한 남들의 말

《율리시스》는 1918년 미국의 한 잡지에 연재되다가 음란하다는 이유로 연재가 금지되었다. 의식의 흐름 부분이 문제였는데, 모든 내용이 청소년이 읽을 만하지는 않다.

어쨌든 1922년 젊은 여성 출판업자 실비아 비치가 파리에서 이 소설을 출간했다. 프랑스 인쇄업자들이 영어를 전혀 몰랐기 때문에 가능한 일이었다고 한다. 비치가 운영하던 유명 서점 '셰익스피어 앤드 컴퍼니'에서는 이 책을 마치 다른 책인 것처럼 표지를 바꾸어 판매했다. 금서를 사다가 걸리면 어떡하나 하는 독자들의 마음을 헤아렸기 때문이다.

동료 작가들은 크게 기대하며 이 책을 기다렸다. 어떤 작가는 열광적으로 반응했고(T. S. 엘리엇, 쇼, 에즈라 파운드, 로베르트 무질), 어떤 작가는 거부감을 드러냈다(버지니아 울프, D. H 로렌스).

투홀스키는 이 작품을 '사골 진액'에 비교했다.

"《율리시스》는 그 자체로 먹을 수는 없지만 많은 국을 만들어 낼 수 있는 진액 같은 작품이다."

러시아 혁명과 내전 발발
미국 제1차 세계 대전 참전

러시아 차르 가족 살해됨
제1차 세계 대전 끝남

1917

1918

어려운 작품 쓰기를 즐긴 조이스

조이스처럼 스스로를 강하게 확신한 작가는 드물다. 더욱이 오랫동안 성공이나 돈과는 담을 쌓고, 주변 사람들에게 끊임없이 돈을 빌려야 했는데도 말이다. 그는 연극 무대를 위해 몇 편의 글을 썼고, 술을 마시고 파티를 즐겼다. 그러다 노라를 만났다. 두 사람은 1904년 6월 16일에 처음 만났는데, 조이스는 이날을 훗날 《율리시스》에서 영원히 기억될 날로 만들었다. 노라는 그의 작품을 전혀 읽지 않았지만 평생 그와 함께 살았다.

두 사람은 이탈리아 트리에스테로 떠났고, 조이스는 거기서 10년 동안 영어 교사로 일하면서 마침내 단편집 《더블린 사람들》을 발표했다. 2년 뒤에는 첫 장편 소설 《젊은 예술가의 초상》이 출간되었다. 디덜러스는 이 작품에 처음 등장하는데, 그는 작가의 옛 자아를 대변한다. 디덜러스, 즉 그리스 어로 다이달로스 (Daedalos)는 원래 그리스 신화에 나오는 뛰어난 장인으로, 크레타 섬의 미노스 왕을 위해 나쁜 괴물을 가둔 미궁을 만든 인물이다.

이때부터 미국 작가 파운드를 비롯해 조이스의 열광적인 숭배자들이 생겨나면서 주변 친구들에게 더는 돈을 구걸할 필요가 없게 되었다. 팬들이 조이스에게 기부금을 보냈는데, 그중에는 영국 총리도 있었다.

1920년 노라와 조이스는 파리로 갔고, 거기서 비치를 만났다. 비치가 《율리시스》를 출간하겠다는 용기를 내지 않았다면 이 작품이 어떻게 되었을지는 아무도 모른다. 당시에 조이스는 이미 톱스타였지만 그의 책을 내는 것은 여전히 모험이었다. 그는 계약 사항을 제대로 준수하지 않는데다가 끊임없는 원고 교정으로 출판업자를 미치게 했기 때문이다.

3·1 운동
로자 룩셈부르크와 립크네히트 암살

청산리 대첩

1919
헤세 《데미안》

1920
이디스 워튼 《순수의 시대》
휴 로프팅 《둘리틀 선생 아프리카로 간다》

조이스

자의식 강한

1882(아일랜드)~1941(스위스)

"나는 독자들이
내 작품을 읽는 데
평생을 바치길 기대한다."

조이스의 팬들은 1954년부터
매년 6월 16일에 세계 곳곳에서
'블룸즈 데이'를 개최한다.
주인공 블룸의 이름에서 따온
행사이다. 특히 더블린에서는
여러 행사가 열리는데, 소설 속
일화를 경험하거나, 고르곤졸라
치즈 빵이나 부르고뉴산 포도주를
주문하거나, 블룸이 가장 좋아했던
비누도 살 수 있다.

이후 조이스는 《피네간의 경야》를 쓰기 시작해서 죽기 직전에야 완성했다. 이 작품에 비하면 《율리시스》는 가벼운 산책이나 다름없는데, 《피네간의 경야》는 지난 100년 동안 나온 작품 중에서 가장 난해한 작품으로 꼽힌다. 이야기다운 이야기가 없을 뿐 아니라 새로 만들어 낸 단어가 수두룩하고, 100가지나 되는 언어가 사용되고 있기 때문이다. 조이스는 많은 독자를 염두에 두고 이 작품을 쓰지 않았고, 동료 작가들조차 이 소설을 읽는 데 큰 어려움을 느꼈다.

그렇다면 무슨 생각으로 이런 작품들을 썼을까? 그의 대답은 이렇다.

"평론가들에게 300년 동안 일거리를 주기 위해서였다."

결과적으로 그의 의도는 정확히 맞아떨어진 것처럼 보인다.

표현주의

아인슈타인, 노벨물리학상 받음

카터, 파라오 투탕카멘 무덤 발굴

1921

1922
조이스 《율리시스》
T. S. 엘리엇 《황무지》

언어별 문장 길이

여기서는 독일, 프랑스, 미국 작품의 한 대목을 골라 그 길이를 비교해 보았다. 독일어가 가장 길었고, 문장이 길어질수록 그 차이는 더 벌어졌다. 또한 영어 원본이 독일어나 다른 유럽 번역본보다 평균 3분의 1 정도 짧은 것으로 드러났다.

젊은 베르테르의 슬픔
DIE LEIDEN DES JUNGEN WERTHERS
THE SORROWS OF YOUNG WERTHER
LES SOUFFRANCES DU JEUNE WERTHER

이렇게 떠나오니 얼마나 기쁜지 모르겠네! 더없이 사랑하는 친구여, 인간의 마음이란 참 알 수가 없네. 도저히 떨어질 수 없을 것만큼 사랑했던 자네를 두고 떠나 왔는데도 내가 이처럼 기뻐하다니 말일세! 이런 나를 용서해 주리라 믿네. 내가 자네 외에 다른 이들과 맺은 관계는 운명이 나 같은 사람의 마음을 불안하게 하려고 일부러 선택한 것이 아니었을까? 불쌍한 레오노레! ¶

Wie froh bin ich, dass ich weg bin! … liebe, von dem ich unzertrennlich war … mir's. Waren nicht meine ubrigen … zu ängstigen? Die arme Leonore! ¶

dear friend, what a thing is the heart of man! To leave you, from whom I have been inseparable, whom I love so dearly, and yet to feel happy! I know you will forgive me. Have not other attachments been specially appointed by fate to torment a head like mine? Poor Leonora! ¶

Que je suis aise d'être parti! Ah! mon ami, qu'est-ce que le cœur de l'homme? Te quitter, toi que j'aime, toi dont j'étais inséparable ; te quitter et être content! Mais je sais que tu me le pardonnes. Mes autres liaisons ne semblaient-elles pas tout exprès choisies du sort pour tourmenter un cœur comme le mien? La pauvre Léonore!

긴 소설들
- 로베르트 무질 《특성 없는 남자》
  약 65만 7천 단어
- 데이비드 포스터 월리스 《무한한 농담》*
  약 57만 5천 단어
- 마르셀 프루스트 《잃어버린 시간을 찾아서》
  약 150만 단어

어린 왕자
DER KLEINE PRINZ
THE LITTLE PRINCE
LE PETIT PRINCE

"내 비밀은 이거야. 아주 간단해. 마음으로 봐야만 정확히 볼 수 있다는 거야. 가장 중요한 것은 눈에 보이지 않아." "가장 중요한 것은 눈에 보이지 않는다." 에 새겨 두려고 이 말을 되…

"Hier ist mein Geheimnis. Es ist ganz einfach: man sieht nur … gut. Das Wesentliche ist für die Augen unsichtbar." "Das Wes… die Augen unsichtbar", … kleine Prinz, um es sich zu merken. ¶

"And now here is my … simple secret: It is only with the heart that one can see rightly; what is essential is invisible to the eye." "What is essential is invisible to the eye," the little prince repeated, so that he would be sure to remember. ¶

"Voici mon secret. Il est très simple: on ne voit bien qu'avec le cœur. L'essentiel est invisible pour les yeux." "L'essentiel est invisible pour les yeux", répéta le petit prince, afin de se souvenir.

가장 자주 사용된 단어
- der
- the
- 프랑스 어: le

- 한국어 ● 독일어 ● 영어 ● 프랑스어

트웨인은 독일어에 대해 이렇게 말했다.

"독일 작가가 한 문장에 등장해서 마지막에 동사를 들고 바다 건너편에 다시 나타날 때까지는 정말 길고 긴 시간을 기다려야 한다."

톰은 흰 페인트가 가득 든 양동이와 기다란 붓을 들고 길에 나섰다. 그런데 울타리를 둘러보는 순간 톰의 얼굴에 기쁨이 사라지고, 우울한 감정이 가슴을 짓눌렀다. 울타리

톰 소여의 모험

einem Eimer voller Weißkalk und einem

TOM SAWYERS ABENTEUER

THE ADVENTURES OF TOM SAWYER

Zaun, und der Glanz schwand aus der

ES ADVENTURES DE TOM SAWYER

lang und 3Yard hoch! Das Leben schien ihm hohl und sein Leben eine einzige Last. ¶

Tom came out to the sidewalk with a bucket of whitewash and a longhandled brush. He surveyed the fence, and all gladness left him and a deep melancholy settled down upon his spirit. Thirty yards of board fence nine feet high. Life to him seemed hollow, and existence but a burden. ¶

Tom sortit de la maison armé d'un baquet de lait de chaux et d'un long pinceau. Il examina la palissade autour du jardin. Toute joie l'abandonna et son âme s'emplit de mélancolie. Trente mètres de planches à badigeonner sur plus d'un mètre et demi de haut; la vie n'était plus qu'un lourd fardeau.

nd der Glanz schwand aus der Natur und eine tiefe Melancholie legte sich auf seine Seele. Ein Zaun: 30 Yard lang und 3 Yard hoch!! Das Leben schien ihm hohl und sein Leben eine einzige Last. und der Glanz schwand aus der Natur und eine tiefe Melancholie legte sich auf seine Seele. Ein Zaun: 30 Yard lang und 3 Yard hoch!! Das Leben schien ihm hohl und sein Leben eine einzige La

가장 자주 사용된 동사

● wird

● be

● être

가장 자주 사용된 형용사

● neu(새로운)

● good

● tout(모든, 전부)

가장 자주 사용된 명사

● Prozent(퍼센트)

● person

● homme(사람)

긴 문장

● 헤르만 브로흐 《베르길리우스의 죽음》
1077개 단어

● 제임스 조이스 《율리시스》
12,931개 단어

● 빅토르 위고 《레 미제라블》
823개 단어

길이에 관한 사실

● 독일어 소설의 한 문장은 평균 13개 단어로 이루어져 있다.

● 문장은 점점 짧아지는 추세를 보인다. 옛날 작품일수록 문장 길이가 평균적으로 더 길다.

● 독일어는 약 50만 개 단어를 사용하고, 영어는 그보다 조금 더 많다. 반면에 프랑스 어는 30만 개밖에 안 된다. 대신 기존 단어를 조합해서 사용하는 경우가 많다.

표현주의

가장 긴 단어

● Donaudampfschifffahrtgesellschaftskapitän(도나우 증기선 조합 선장): 알파벳 42개.**
(뒤에 얼마든지 더 붙여 쓸 수도 있다.)

● Antidisestablishmentarianism(국교 폐지 조례 반대론): 알파벳 29개

● anticonstitutionnellement(헌법에 위배되게): 알파벳 25개

*긴 문장은 이 소설을 지탱하는 원칙이다. 엄청나게 많이 나오는 외국어도 마찬가지다. 독일어 번역자는 이 소설을 독일어로 옮기는 데 꼬박 6년이 걸렸고, 번역상을 받았다.

**독일어는 단어와 단어를 끝없이 길게 연결해서 만들 수 있는 특징이 있는데, 그 때문에 간혹 놀림을 받기도 한다.

프란츠 카프카 Franz Kafka

소송 Der Prozess

어느 날 아침 요제프 K는 갑자기 체포된다. 이유는 모른다. 이유를 알려 주는 사람도 없다. 이상한 감시자들이 이웃집 여인의 침실에서 그를 심문한다. K는 감옥에 갇히지 않고 자유롭게 생활하는 상태에서 소송을 기다린다. 누군가의 장난일까? 아니면 착오가 있는 것일까? 그런 것 같지는 않다. K는 심리를 위해 특정 장소로 출두하라는 명령을 받는다. 그런데 심리실이 빈민가의 임대 건물에 있는 어느 방이다. 수상쩍은 판사와 이상한 방청객들이 있다. K는 다음 심리를 기다리는데 출석 요구서가 오지 않자 법원 사무실로 직접 찾아간다. 사무실은 임대 건물 다락방이다. 그곳엔 고소당한 사람이 많이 있다. K는 이해하기 어려운 이 혼란스러운 상황을 빠져나가려고 출구를 찾다가 기절한다.

모든 상황이 점점 말도 안 되는 방향으로 흘러간다. 또 다른 이상한 인물들과 삭막한 장소들, K와 독자들의 마음속에 일어나는 의문 부호들! 그러다 결국 판결이 내려진다. 소송이 시작된 지 1년 뒤 관리 둘이 K의 집으로 들이닥친다. 형의 집행을 위임받은 사람들이다. 그들은 K를 채석장으로 끌고 가 칼로 찔러 죽인다.

해석보다 재미!

이 소설은 미완성이다. 카프카는 각 장을 줄곧 다르게 배치하다가 결국 전체를 미완의 상태로 남겼다. 그래서 판본마다 각 장이 조금씩 다르게 배치되어 있다.

솔직히 카프카가 이 작품으로 무엇을 말하려고 했는지는 아무도 모른다. 권위에 대한 무력감에서부터 독재에 대한 비유까지 해석의 여지는 무척 다양하다. 명석한 비평가들은 즐거운 마음으로 이 작품을 여러 가지로 해석했다. 하지만 그런 해석은 집어치우고 그냥 재미있게 읽기만 해도 된다.

방정환, 어린이날 지정
히틀러, 쿠데타 시도

레닌 사망
거슈윈 피아노 협주곡 '랩소디 인 블루'
레인저, 최초로 대서양 건너 팩스 방송

1923
도로시 L. 세이어즈 《시체는 누구?》

1924
T. 만 《마의 산》

카프카처럼 표현하기

독일어 사전에는 카프카적인 묘사 방법을 나타내는 말로 '카프카에스크(kafkaesk)'라는 단어가 올라 있다. 겉으로 드러난 것과는 완전히 다르고, 누구도 믿을 수 없는 혼란스럽고 암울한 상황을 묘사할 때 즐겨 사용하는 문체이다. 카프카는 이 말을 좋아하지 않을 것이다. 자기 작품의 표면에만 해당한다고 생각할지 모르기 때문이다. 앞서 말했듯이 카프카가 우리에게 무슨 말을 하려 했는지는 아무도 모른다.

극단적인 카프카

카프카는 폭군 같은 아버지와 불행한 사랑, 폐결핵에 시달리다가 마흔 살에 세상을 떠났다. 낮에는 보험 회사 법률 고문으로 일했고, 밤에는 글을 썼다. 빠른 속도로 많은 양을 써내려 갔지만 자기 글 대부분에 만족하지 못했다. 그래서 미완성으로 남겨 둔 채 새로운 것을 시작하곤 했다.

카프카는 극단적이었다. 절친한 친구 막스 브로트에게 보낸 유서에서 자신의 원고를 모두 불태워 달라고 부탁했다. 브로트는 그 부탁을 들어줄 수 없었다. 친구는 카프카의 뛰어난 재능을 확신했고, 카프카의 반대에도 익숙했다. 카프카에게 원고를 발표하도록 강요하다시피 한 사람도 언제나 브로트였다. 카프카가 살아생전에 더 많은 작품을 발표했다면 더 빨리 유명해졌을지 모른다.《소송》은 카프카가 죽은 지 1년 뒤, 작품이 탄생한 지는 10년 뒤에 출간되었다.

표현주의

프랜시스 스콧 피츠제럴드 Francis Scott Key Fitzgerald

위대한 개츠비 The Great Gatsby

미국 중서부 출신의 평범한 닉은 먼 친척 데이지가 사는 롱 아일랜드로 옮겨 간다. 데이지의 남편 톰(부자다)은 그의 동창이기도 하다. 톰의 이웃에 전설적인 인물 개츠비(엄청난 부자다)가 산다. 개츠비는 분홍색 양복을 입고 매일 밤 저택에서 호화 파티를 연다. 어느 날 닉도 그 파티에 초대받는다. 개츠비는 그에게 이상한 부탁을 한다. 데이지와의 만남을 주선해 달라는 것이다. 놀랍게도 데이지는 예전에 개츠비가 무척 사랑한 여인이었다. 당시 개츠비는 가난했고 곧 전쟁에 나갈 상황이어서 데이지는 부모의 반대로 그와 헤어진 뒤 이듬해에 조건이 좋은 톰과 결혼했다.

이제 개츠비는 데이지를 다시 만나고 싶어 한다. 닉은 자신의 집에서 둘의 만남을 주선하고, 개츠비와 데이지는 곧 새로운 관계를 시작한다. 데이지는 이런 상황에 특별히 양심의 가책을 느끼지 않는다. 남편 톰에게도 애인이 있었기 때문이다. 다만 그 애인이 누구인지는 모른다. 그러나 닉은 안다. 자동차 수리공 윌슨의 아내였다.

이제 사건은 정점을 향해 치닫는다. 닉과 톰, 데이지, 개츠비는 함께 뉴욕으로 여행을 떠나고, 술을 마신 뒤 쌓인 감정이 폭발해 싸운다. 돌아오는 길에 데이지는 개츠비의 차를 몰다가 실수로 남편의 애인을 치어 죽인다. 톰은 개츠비가 운전했다고 생각하고 그를 더 증오하면서 윌슨에게 개츠비에 대한 의혹을 말해 준다. 윌슨은 아내의 외도 상대이자 그녀를 죽인 사람이 개츠비라고 믿고 그를 쏘아 죽인 뒤 자살한다.

불행한 일이다. 그런데 데이지는 어차피 남편과 헤어지지 않았을 것이다. 마지막까지도 개츠비가 그 엄청난 재산을 어떻게 모았는지 미심쩍었을 뿐 아니라 남편이 들려준 개츠비의 아름답지 못한 과거에 마음이 몹시 흔들렸기 때문이다.

작가마저 반한 작품

이 작품은 발표 당시엔 별 성공을 거두지 못했다. 그래서 피츠제럴드는 주로 연극과 영화 저작권으로 돈을 벌었다. 훨씬 많은 수입을 안겨 준 것은 단편 소설들이었다.

헤밍웨이는 피츠제럴드의 재능을 높이 평가했고, 너무 강렬한 색의 흉한 표지였음에도 《위대한 개츠비》에 열광했다. 소설을 읽은 뒤에는 작가 대 작가로서 이렇게 당부했다.

"당신은 매우 뛰어난 소설을 썼습니다. 그러니 절대 저속한 것을 써서는 안 됩니다."

이 말은 《헤밍웨이, 파리에서 보낸 7년》에 나온다. 이 회고록에서는 피츠제럴드와 1920년대에 대해 갖가지 흥미로운 사실들을 알 수 있다.

1920년대 재즈 시대 이야기들

《위대한 개츠비》는 쉽게 읽히고, 1920년대의 삶에 빠져 보고 싶은 사람이라면 누구나 흥미롭게 읽을 수 있는 완벽한 작품이다. 제1차 세계 대전 이후의 퇴폐적이고 향락적인 문화, 막대한 부를 누리는 사람들의 호화로운 파티, 특별히 일하지 않아도 되는 사람들의 지루한 삶을 엿볼 수 있다.

이 모든 요소는 피츠제럴드의 뛰어난 단편들에서도 정제된 형태로 나타난다. 가령 〈리츠칼튼 호텔만큼 커다란 다이아몬드〉에서 퍼시는 같은 반 친구에게 이렇게 말한다. "우리 아버지는 세계에서 제일 부자야." 리츠칼튼 호텔만큼 큰 다이아몬드를 갖고 있기 때문이다.

무절제한 시대의 놀라운 이야기들이다.

표현주의

피츠제럴드
미남

1896~1940(미국)

*"내게 영웅을 제시하는
사람에게 나는 비극을
제시할 것이다."*

피츠제럴드가 임대해서 사용한
앙티브 해변의 빌라는 얼마 뒤
벨 리브 호텔로 개조되었다.
이 호텔은 지금도 영업 중이고,
바다가 보이는 객실의 숙박비는
하루에 약 400유로(60만 원)다.

생김새만큼 화려한 삶을 산 피츠제럴드

피츠제럴드의 경력은 영웅적으로 시작했다가 비극적으로 끝났다. 첫 장편 소설《낙원의 이쪽》이 출간된 지 8일 뒤에 젤다와 결혼했다. 당시 그의 나이 스물넷, 젤다는 스무 살이었다. 두 사람은 1920년대의 이상적 부부였다. 둘 다 젊고 아름답고, 좋은 집안 출신에 활력이 넘쳤으며, 항상 모험을 찾아다녔다. 피츠제럴드는 부드러운 얼굴에 잘생긴 남자였고, 젤다는 부드러운 곱슬머리에 최신 유행하는 옷을 입은 1920년대의 전형적인 미녀였다. 부부가 딸과 함께 찰스턴의 성탄 트리 앞에서 행복하게 춤추는 사진도 남아 있다.

부부는 한동안 파리와 코트다쥐르 해안가에 살면서 미국에서 건너온 사람들과 황홀한 파티를 즐겼다. 앙티브 해변이 휴양지로 처음 떠오를 시기에 이곳을 찾은 부부는 1925년에는 이곳 빌라를 빌려 여름을 지냈다. 그런데 여기서 너무 많은 돈을 지출하는 바람에 피츠제럴드는 다시 글을 써야 했다. 여러 잡지에 단편을 실었는데, 작품이 항상 좋지는 않았지만 인기는 높았다.

피츠제럴드는 앙티브 해변에서 장편 소설《밤은 부드러워》를 쓰기 시작했다. 늘 그렇듯 이 소설에서도 그의 주변 사람이 많이 나온다. 그는 아내의 일기에 기록된 내용을 즐겨 썼는데, 그중에는 그녀가 몰래 만난 프랑스 조종사와의 연애, 그리고 그녀의 자살 기도 사건도 포함되어 있다.

두 사람의 삶은 술과 향락에 젖어 있었고, 모든 것이 너무 과하고 위태롭고 아슬아슬했다. 젤다는 신경 쇠약에 걸렸고, 꿈같은 결혼은 악몽이 되었으며, 피츠제럴드의 별은 지기 시작했다. 젤다를 좋아하지 않았던 헤밍웨이는 그녀에게 모든 책임을 돌리고 그녀를 피츠제럴드의 약점이라 불렀다.

한편, 젤다는 자신의 문학적 야망을 이해하지 못하는 이기적인 남편이 늘 불만이었다. 그녀는 남편에게 많은 아이디어를 주었을 뿐 아니라 쇼트스토리 몇 편과 장편《나를 위한 왈츠》를 직접 쓰기도 했다. 물론 쇼트스토리는 대부분 남편 이름으로 발표되었다. 그래야 들어오는 돈이 많았기 때문이다. 어쨌든 젤다는 문학적 재능이 있었지만 그 재능을 마음껏 펼치지는 못했다.

1930년 젤다는 신경 쇠약으로 쓰러진 뒤 계속 심리 치료를 받았다. 부부는 함께 살지는 않으면서도 결혼 상태를 유지했고, 심지어 서로 연애편지를 보내기도 했다. 그사이 피츠제럴드는 급속히 추락했다. 점점 술에 의존하고 우울증을 겪다가 결국 마흔다섯에 심장마비로 죽었다. 젤다는 8년 뒤 입원 중이던 병원에서 화재로 사망했다.

표현주의

버지니아 울프 Adeline Virginia Stephen Woolf

댈러웨이 부인 Mrs. Dalloway

이 소설은 겉으로는 런던의 6월 어느 하루에 일어난 일을 다루고 있다.

댈러웨이 부인과 남편은 저녁에 손님들을 초대했다. 그전에 댈러웨이 부인은 밖에서 처리해야 할 일이 좀 있다. 일을 본 뒤 걱정하며 집으로 돌아온 댈러웨이 부인은 뜻밖에 옛 애인의 방문을 받고, 그 뒤에는 손님 맞을 채비를 한다.

소설에서는 댈러웨이 부인의 이야기 말고도 군인 출신의 셉티머스 워렌 스미스 이야기가 나란히 진행된다. 제1차 세계 대전에 참전한 스미스는 전쟁의 심각한 정신적 상처를 이기지 못하고 자살을 준비한다.

그밖에는 특별한 사건 없이 주인공의 의식 흐름이 줄곧 이어진다. 두 주인공은 온종일 각자의 생각에 파묻혀 지내다가, 매번 실제 세계에서 일어나는 사건들의 자극으로 현실로 돌아온다. 스미스는 참혹했던 전쟁을 생각하고, 댈러웨이 부인은 자신의 삶 특히 젊은 시절과 놓쳐 버린 기회를 떠올린다. 그리고 옛 애인을 만나고 중요한 저녁 모임을 준비해야 하는 쉰한 살의 여자가 떠올릴 수 있는 모든 것을 생각한다. 마지막에 부인은 저녁 식사 자리에서 스미스의 자살 소식을 듣고 잠시 놀란다. 그런 고약한 운명도 있구나 하고 생각하면서.

같은 듯 다른 작품

울프는 조이스의 《율리시스》를 혹평했음에도 두 작품 사이에는 비슷한 점이 꽤 많다. 둘 다 하루에 일어난 일을 다루고 있고, 머릿속에서 무수한 독백이 흘러나온다.

영국 국회 의사당 시계탑의 시계 빅 벤(Big Ben)은 작품에서 외적 시간의 틀을 규정하는 아주 중요한 요소이다. 울프는 원래 이 작품의 제목을 '디 아워스'로 하려다가 그만두었다.

2001년 미국 소설가 마이클 커닝햄은《세월》이라는 제목의 소설을 써서 울프에게 바쳤다. 울프의 삶을 작품 속 주인공인 댈러웨이 부인과 1949년 로스앤젤레스에서 살면서 울프의 소설을 읽는 또 다른 여인의 삶과 연결했다. 그는 이 소설로 퓰리처상을 받았다.

《댈러웨이 부인》에 접근하기

커닝햄의 소설부터 읽는 것이 좋다. 가볍게 읽을 수 있는 책은 아니지만 울프의 작품보다는 한결 접근하기 수월하다. 메릴 스트립과 니콜 키드먼이 주연한 영화 '디 아워스'를 보는 것도 괜찮은 방법이다. 커닝햄의 소설을 각색한 영화라 조금 다르기는 하지만, 울프에 대한 관심을 불러일으키기엔 충분하다.

미국 극작가 에드워드 올비의 유명한 희곡《누가 버지니아 울프를 두려워하랴》는 울프와는 아무 관련이 없는 작품이다. 이것은 디즈니 만화 영화 '세 마리 아기 돼지'에 나오는 노래 '누가 커다란 나쁜 늑대를 두려워하랴'에서 따온 것으로, 작가의 재치 있는 패러디일 뿐이다.

표현주의

모험을 좋아하는 독자에게

다른 세계의 이야기들

3백 년 전 다니엘 디포는 《로빈슨 크루소》와 함께 지금도 인기가 높은 모험 소설 장르를 탄생시켰다. 이 장르의 고전들은 한 번쯤 읽어 볼 만하지만,《모비 딕》과 《몬테크리스토 백작》,《보물섬》,《비네토우》 같은 작품들은 현대 독자에게 모험적이라기보다 구닥다리 같은 인상을 준다. 책·여행을 떠나고 싶은 독자라면 다음의 작품을 읽으면 좋다.

– 알렉스 가랜드 《비치》
 : 배낭여행의 꿈이 악몽으로 변한다.
– 다니엘 켈만 《세계를 재다》
 : 세계를 측량하려 했던 두 학자의 괴팍함과 기상천외한 모험을 재치 있게 묘사했다.
– 프랑크 쉐칭 《변종》
 : 과학 소설 환경 스릴러.
– 윌리엄 블라이 《바운티 호의 반란》*
 : 바운티 호에서 일어난 실제 사건을 새롭게 묘사했다.
– 쥘 베른 《80일간의 세계 일주》
 : 시대에 뒤떨어진 느낌을 주지만 진기한 모험을 기분 좋게 즐길 수 있다.

*청소년을 위한 책이다. 이 작품 외에 토니 호위츠의 《푸른 항해》도 아주 좋은 책이다.
미국 저널리스트이자 퓰리처상 수상자인 저자가 제임스 쿡의 발자취를 찾아 여행하는 내용이다.
무엇보다 18세기 기술로 만든 엔데버 호를 타고 당시의 항해 조건으로 항해한다. 원래는 실용서이지만 재미있게 읽을 수 있다.

시를 좋아하는 독자에게
초보자를 위한 시들

시를 어렵게 생각해서 잘 읽지 않는 사람이 많다. 대개 학교에서 처음 시를 배울 때나, 사랑을 시작하거나 이별을 경험할 때 간혹 읽을 뿐이다. 잠들기 전에 시를 한 편 읽는 사람이 있다면 얼마나 좋을까? 안타깝게도 그런 사람은 거의 없다. 좋은 시는 좋은 노래나 마찬가지인데 말이다. 게다가 국어 시간이나 사랑에 빠졌을 때만 읽는 시만 있는 게 아니다. 그때그때 모든 상황과 감정에 맞는 시들이 있다.

- 에드거 앨런 포 《더 레이븐》

  : 무섭다.
- 베르톨트 브레히트 〈어떤 책 읽는 노동자의 의문〉

  : 생각 거리를 던져 준다.
- 요아힘 링엘나츠 〈공원에서〉

  : 웃음 짓게 한다.
- 로버트 프로스트 〈가지 않은 길〉

  : 용기를 준다.
- 윌리엄 셰익스피어 〈나 그대를 여름날에 비할 수 있을까?〉*

  : 무릎을 꿇게 한다.
- 에두아르트 뫼리케 〈그이라네〉

  : 기쁨을 준다.
- 에드워드 리어 《난센스 시집》

  : 놀라움을 준다.

---

*셰익스피어의 소네트 18번으로, 첫 구절만 읽어도 이 시는 원어로 낭송하고 즐겨야 한다는 것을 알 수 있다. 단어의 뜻을 알든 모르든 상관없다.
"Shall I compare thee to a summer's day? Thou art more lovely and more temperate.
(나 그대를 여름날에 비할 수 있을까? 그대가 훨씬 사랑스럽고 온화한 것을!)"

어니스트 헤밍웨이 | Ernest Miller Hemingway

태양은 다시 떠오른다 The Sun Also Rises

남자와 모험, 술과 여자. 헤밍웨이의 소설 대부분에 등장하는 요소이다. 이 소설에는 스페인 팜플로나에서 열리는 축제와 투우가 그려진다.

이 축제에 참가한 남자 등장인물은 1인칭 화자 제이크와 로버트, 빌(셋은 미국 작가들이다), 그리고 바람둥이 기질이 있는 마이크이다. 이들과 함께하는 여자는 브렛과 프랜시스이다. 로버트의 옛 애인인 간호사 브렛은 끊임없이 제이크의 구애를 받지만, 마이크와 결혼을 약속한 사이이다. 반면에 프랜시스는 로버트와 약혼했지만, 로버트는 이제 그녀를 원하지 않는다.

이 활기찬 젊은 남녀들은 팜플로나에서 만나 술을 마시고 투우를 관람한다. 그러다 얽히고설킨 관계에서 갈등이 폭발한다. 로버트가 다시 브렛에게 관심을 보이자 마이크는 기분이 상하고, 제이크와 프랜시스는 상처를 받고, 당사자인 브렛은 지루해한다. 그녀의 관심은 젊은 투우사 토레로에게 향한다. 그것이 또 마이크와 로버트의 기분을 상하게 하고, 제이크에게 상처를 준다. 결국 모두가 불행해진다.

헤밍웨이는 명쾌하고 단순한 언어로 유명하지만, 그의 작품은 단숨에 읽히지는 않는다. 그래서 헤밍웨이를 처음 접하는 독자라면 그의 인상적인 회고록《헤밍웨이, 파리에서 보낸 7년》이나《노인과 바다》를 먼저 읽는 것이 좋다.

'잃어버린 세대'의 대표 주자, 헤밍웨이

제1차 세계 대전이 끝난 뒤 미국 작가들 사이에서는 파리에서 생활하며 글을 쓰는 것이 대유행이었다. 대표적 작가로는 피츠제럴드, T. S. 엘리엇, 파운드, 더스

패서스, 헤밍웨이를 들 수 있는데, 이들은 파리의 카페에서 토론을 즐기고, 술을 마시고, 글을 쓰고, 사랑하며 살았다.

파리에서 살롱을 운영하던 미국 여성 작가 거트루드 스타인은 헤밍웨이와 그 무리를 "잃어버린 세대"*라 불렀다. 전쟁으로 삶의 모든 희망을 잃고, 술과 환락에만 빠져 사는 세대라는 뜻이다. 그러나 그들은 모두 천재적인 작가였다.

마음껏 삶을 즐기다

헤밍웨이는 아마 가장 유명한 미국 소설가일 것이다. 멋진 작품들을 썼고, 흥미진진한 삶을 살았다.

초등학교 때부터 글쓰기를 좋아하고 잘했다. 고교 졸업 후, 잠시 인턴 기자 생활을 하다가 그만두고, 1918년에 제1차 세계 대전에 참전했다. 당시 열여덟 살의 매력적인 청년이던 헤밍웨이는 구급차 기사로 자원해 이탈리아 전선에 투입되었다. 그러다 중상을 입고 야전 병원으로 옮겨진 뒤 한 간호사와 사랑에 빠졌다(비슷한 내용이 《무기여 잘 있거라》에 나온다).

미국으로 돌아와 다시 기자가 되었고, 해들리와 결혼한 뒤 파리 특파원으로 나갔다. 부부는 파리에서 1920년대 스타일로 살았다. 다른 예술가들과 어울리며 토론하고 술을 마셨고, 가난해도 마음껏 삶을 즐겼다. 1927년 헤밍웨이는 첫 장편 소설 《태양은 다시 떠오른다》로 큰 성공을 거두었고, 아내와 이혼한 직후 폴린과 재혼했다. 그 후 다시 미국으로 돌아가 여행을 많이 다녔고, 아프리카에서 《아웃 오브 아프리카》의 저자 카렌 블릭센의 남편과 맹수 사냥을 다녔으며, 종군 기자

표현주의

*헤밍웨이는 회고록 《헤밍웨이, 파리에서 보낸 7년》에서 스타인이 이 단어를 사용하게 된 경위를 밝혔다. 스타인이 자동차 정비소에 '포드 T 모델' 자동차 수리를 맡겼는데, 수리공들이 차를 제대로 수리하지 못하자 사장이 수리공들에게 "génération perdue (글러 먹은(잃어버린) 세대)"라고 소리쳤고, 이 소리를 들은 스타인은 헤밍웨이와 그의 동료 작가들에게도 이 말을 사용하며 이렇게 말했다고 한다. "당신들은 어떤 것도 존경할 모르고 죽도록 술만 퍼마시는 인간들이에요."

1899~1961(미국)

헤밍웨이는 종군
기자였고, 아프리카에서
맹수를 사냥하러 다녔고,
많은 여성의 사랑을
받았다.

헤밍웨이는 우울증을 앓았고,
예순한 살 때 엽총으로 자살했다.
유난히 자살한 사람이 많은 비극적인
가문이다. 아버지, 남동생, 누이,
손녀딸이 자살했다.

로 스페인 내전에 참가했다. 이 모든 체험이 그의
소설에 고스란히 녹아 있는데, 예를 들어《킬리만
자로의 눈》은 아프리카,《누구를 위하여 종은 울리
나》는 스페인 내전이 배경이었다.

헤밍웨이는 유명 인사이자 숭배받는 작가로서
소설처럼 흥미롭고 다채로운 삶을 살았다. 술과 여
자에 빠져 지냈고, 종군 기자로 세계 곳곳을 누볐
으며, 권투와 사냥을 즐겼고, 아프리카에서는 비행
기 사고를 두 번이나 겪었다. 네 번 결혼해 세 자녀
를 두었고,《노인과 바다》로 퓰리처상과 노벨문학
상을 받았다.

헤밍웨이는 새로운 문체를 만들어 냈다. 미사여
구 없이 간결하고 명료한 문체가 가장 큰 특징인
데, 그의 작품에서 중요한 정보는 행간에서 읽을
수 있다. 헤밍웨이는 생략에 중점을 둔 서술 방식
을 '빙산 이론'이라 불렀다.

"나는 항상 빙산의 원칙에 따라 글을 쓰려 한다.
빙산의 8분의 7은 물에 잠겨 있고, 8분의 1만 밖으
로 나와 있다. 보이지 않는 것이 빙산을 더 강하게
하듯, 생략된 부분이 글에 힘을 더한다. 중요한 것
은 보이지 않는 것에 담겨 있다. 그러나 작가가 잘
몰라서 생략한다면 그것은 이야기의 빈틈이 된다."

앨런 알렉산더 밀른 Alan Alexander Milne

곰돌이 푸 Winnie the Pooh

곰돌이 푸를 정말 좋아하는 사람들은 그냥 '푸'라고 하지 않고 꼭 '위니 더 푸', 또는 '위니 푸'라고 말한다. 그래서 푸를 좋아하는 사람들의 대화에 끼려면 원어로 알고 있는 것이 좋다. 푸는 기억력이 나쁘고 머리가 좋지 않은 노랗고 작은 곰이다. 푸는 헌드레드 에이커 숲에서 작은 돼지 피글렛, 활달한 호랑이 티거, 항상 우울한 당나귀 이요르, 완벽주의자 토끼 래빗, 부드럽고 다정한 엄마 캥거루 캥거, 귀여운 새끼 캥거루 루, 올빼미 오울, 다섯 살 남자아이 크리스토퍼 로빈과 함께 산다.

푸는 각 권에서(총 네 권이다) 갖가지 재미난 모험을 하는데, 긴장감과 흥미 수준이 다섯 살짜리 아이들의 눈높이에 맞추어져 있다. 예를 들어 푸는 토끼를 찾아갔다가 꿀을 바른 빵과 우유를 잔뜩 먹고 배가 불러 토끼 굴에서 빠져나오지 못한다. 혹은 당나귀 이요르는 꼬리를 잃어버려 평소보다 더 우울해하는데, 푸가 우연히 올빼미 집에서 초인종 줄로 사용되는 꼬리를 발견하고 되돌려준다.

어린이를 위한 이야기인데 어른 팬이 많은 이유는 무엇일까? 재미있고 재치 넘치는 표현 때문일 것이다. 원어의 맛을 살린 훌륭한 번역본이 있긴 하지만, 푸를 좋아하는 사람은 원어로 읽는 것이 훨씬 재미있다고 한다.

영국 작가 밀른은 원래 희곡과 시나리오 작가였다. 그런데 《곰돌이 푸》를 써서 세계적으로 유명해졌다. 밀른은 늘 곰 인형을 끼고 사는 아들을 위해 이 이야기를 썼고, 아들과 나눈 대화가 이 이야기에 많은 영향을 끼쳤다.

현실에서 가져온 아이디어

《곰돌이 푸》에 나오는 등장인물들은 실제로 있었다. 가령 크리스토퍼 로빈은 작가의 아들이었다. 크리스토퍼는 첫 생일에 곰 인형을 선물로 받았는데, 나중에 이 인형에 '위니'라는 이름을 붙여 주었다. 크리스토퍼가 런던 동물원에서 본 진짜 곰의 이름이 위니였다. 당나귀 봉제 인형 이요르는 같은 해에 크리스마스 선

표현주의

물로 받았고, 피글렛은 이웃 어른이 선물로 준 것이었다. 티거와 캥거, 루는 작가가 곰돌이 푸를 쓰면서 등장인물을 늘리려고 추가한 인형이다.

그중에서 새끼 캥거루 루의 인형은 없어졌지만, 나머지 인형들은 뉴욕 공공 도서관에 전시되어 있다. 깨끗이 씻거나 새로 꾸미지 않고 크리스토퍼가 갖고 놀던 모습 그대로이다.

푸를 보면서 디즈니 영화의 푸만 떠올려서는 안 된다! 원작은 영국 삽화가 어니스트 하워드 쉐퍼드가 그렸다. 그는 크리스토퍼를 아주 사랑스럽게 그렸고, 푸를 진짜 곰처럼 그리고 싶지 않았다. 대신 아들이 갖고 놀던 곰 인형에서 영감을 얻어 푸를 그렸다.

헤르만 헤세 Hermann Hesse

황야의 늑대 Der Steppenwolf

주인공 하리 할러는 자신을 황야의 늑대라 부른다. 자신을 반은 인간(약간 지적이고 문화에 관심이 있는 지극히 평범한 시민), 반은 늑대(온갖 동물적 유혹에 민감하게 반응하는 아웃사이더)로 느낀 것이다.

할러는 쉰 살이 다 되어 삶의 위기에 빠진다. 그 이유는 정확히 알 수 없지만 명성과 돈, 아내를 잃은 것은 분명해 보인다. 이것만으로도 총체적 위기라 부를 만하다. 할러는 자살을 생각하다가 매춘부 헤르미네를 만나고, 헤르미네는 그에게 인생이 살만한 가치가 있음을 보여 준다. 우선 그녀는 할러에게 쾌락의 세계를 가르쳐 준다.

이어 마술 극장으로 넘어간다. 여기서는 꿈인지 현실인지, 환각인지 실제인지 분간하기 어렵다. 하리는 남자로 분장한 헤르미네를 만나고, 그녀의 모습에서 옛 친구 헤르만을 떠올린다. 게다가 라디오로 헨델의 음악을 듣는 모차르트를 만나기도 한다.

그러다 언젠가 할러는 헤르미네(혹은 헤르만)를 칼로 찌르려고 하지만, 그런 일이 실제로 일어나지는 않는다. 어쨌든 그런 환각 상태가 할러에게 삶의 의미를 새롭게 열어 주고, 그는 미래를 낙관적으로 보게 된다.

이런 줄거리를 보면 단테의 《신곡》이나 괴테의 《파우스트》가 떠오르지 않는가? 그것이 헤세의 의도였다!

이름으로 상부상조

헤세는 1960년대 독일에서는 별로 인기가 없었다. 사람들이 이 작품을 지나치게 감상적이고 격정적이라고 여겼기 때문이다. 그런데 미국인들이 갑자기 헤세와 《황야의 늑대》에 열광하기 시작했다. 미국의 한 록밴드가 헤세의 소설에서 이름을 따와 '슈테펜 볼프(황야의 늑대)'라고 밴드 이름을 지었는데, 그 밴드가 부른 노래 '본 투 비 와일드'가 엄청나게 히트한 것이다. 그로써 독일에서도 《황야의

표현주의

늑대》가 인기를 끌게 되었다.

격정적으로 때로는 아름답게

헤세를 처음 읽는 독자에게 늘 권하는 책이 있다.《데미안》과《수레바퀴 아래서》가 그것인데, 독일에서는 중학생 이상부터 필독서이다.

낭만적인 것을 좋아하는 독자라면《나르치스와 골드문트》를 읽는 것도 괜찮다. 이 작품도 두 세계의 대립이 주제이다. 이것저것 별로 따지지 않는 독자라면《황야의 늑대》부터 시작해도 상관없다. 읽기 까다로운 부분이 더러 있기는 해도 누구나 자기 그릇만큼 이해하고 감동하는 법이다. 더구나 분량도 많지 않다.

헤세의 시를 읽는 것도 좋다. 지나치게 격정적인 대목도 일부 있지만, 전체적으로는 아름답다.

동양 정신의 신비로움에 반해 버린 헤세

작품에서도 어느 정도 느낄 수 있지만 헤세는 동양 정신의 신비적 경향을 동경했다. 한 예언자의 동굴에서 생활하기도 했고, 정신적 영감을 찾아 아시아를 두루 여행하기도 했다. 헤세는 여러 개인적 위기를 겪은 뒤 심리 치료까지 받았다. 그러다 세 번째 아내 니논과 스위스 테신의 '카사 로사'에 정착하면서 마음의 안정을 되찾았고, 거기서 마지막 소설《유리알 유희》를 썼다.

베르톨트 브레히트 Eugen Berthold Friedrich Brecht

서푼짜리 오페라 Die Dreigroschenoper

배경은 18세기 런던이다. 피첨은 '거지들의 친구'라는 회사를 차려 전 런던의 구걸 사업을 독차지한다. 거지들은 수입 절반을 피첨에게 상납하는 대신 그의 보호와 지원을 받는다.

그러나 피첨의 사업이 마냥 쉬운 것은 아니다. 늘 거지들과 문제가 생긴다. 그러던 어느 날 딸 폴리가 '칼잡이 맥'으로 불리는 갱단 두목 매키와 몰래 결혼한다. 마구간을 결혼식장으로 화려하게 꾸미고 광란의 결혼식 파티를 연다. 선물은 온통 훔친 물건들이다. 그런데 경쟁자인 매키에게 구걸 사업권을 빼앗길까 노심초사하던 피첨은 결국 그를 경찰에 신고한다.

폴리는 그 사실을 매키에게 알려 주고, 매키는 경찰의 추적을 피해 사창가로 숨어든다. 그러나 옛 애인 제니의 배신으로 경찰에 체포되어 감옥에 들어간다. 경찰청장의 딸은 매키의 옛 애인이었던 덕분에 다시 도주에 성공하지만 또 다른 애인에게 배신당한다.

매키는 결국 다시 체포되어 교수형에 처할 운명에 놓인다. 그런데 처형 직전 기적 같은 일이 벌어진다. 여왕의 사면을 받은 것은 물론이고, 귀족으로 신분도 상승하고 성과 연금까지 하사받은 것이다.

갱단 두목이 승리하고 관객은 열광한다.

아름다운 음악극

이 작품의 모델은 영국 극작가 존 게이가 쓴 《거지 오페라》이다. 실제로 줄거리가 매우 비슷하지만 차이도 뚜렷하다. 《서푼짜리 오페라》는 정식 오페라가 아니라 노래를 곁들인 희곡 작품이다. 노래는 총 22곡이 나오는데, 그중 가장 유명한 것이 '칼잡이 매키 매서의 살인 노래'이다. "상어에게는 이빨이 있지. 누구나 볼 수 있는 이빨이. 매키에게는 칼이 있지. 아무도 볼 수 없는 칼이……." 매키가 어떤 인간인지 보여 주려고 극 서두에 시작하는 이 노래는 지금도 앙코르곡으로 인

<table>
<tr><td>표현주의</td></tr>
</table>

디즈니, 미키 마우스 캐릭터 고안
플레밍, 페니실린 발견
전기 면도기 특허

1928
브레히트 《서푼짜리 오페라》
데이비드 허버트 로렌스 《채털리 부인의 연인》

기가 높다. 초연을 본 관객들은 일곱 번째 노래('대포의 노래')에 이르러서야 열광했지만, 브레히트의 작품 중에서 가장 큰 성공을 거둔 작품이다.

브레히트를 처음 접한다면 이 작품이 제격이다. 물론 책으로 읽는 것보다 무대로 보는 것이 가장 좋다. 작가의 특성상 이 작품도 정치적인 내용을 담고 있지만, 작곡가 쿠르트 바일의 음악 덕분에 매력적인 음악극으로 거듭났다.

서사극의 선구자

브레히트는 20세기 가장 중요한 극작가(시인) 중 한 사람이다. 대표작《억척어멈과 그의 자식들》,《갈릴레이의 생애》,《발》,《사천의 선인》은 여전히 전 세계 무대에서 공연되고 읽힌다.

브레히트는 에르빈 피스카토르와 함께 서사극 이론을 확립했다. 전통극이 등장인물과 관객이 감정 교류를 함으로써 공감을 통해 감정의 카타르시스를 겨냥한다면, 서사극은 다양한 장치와 서사적 기법(자막, 환등, 노래, 사건 해설자)으로 관객과 일정한 거리를 유지함으로써 관객이 극에 몰입하지 않고 무대에서 벌어지는 사건을 비판적으로 생각하게 한다.

표현주의

에리히 캐스트너 Erich Kästner

에밀과 탐정들 Emil und die Detektive

에밀은 작은 도시에서 엄마와 단둘이 사는 남자아이다. 엄마는 미용사로 힘들게 돈을 번다. 에밀은 그런 엄마를 더 힘들게 하지 않으려고 애쓴다. 학교에서는 모범생이고, 집안일도 잘 돕고, 친구들과 싸우지 않는 이상적인 아들이다. 매사에 정확하고, 잘하려는 욕심도 있고, 유머도 없지 않다.

방학 때 에밀은 베를린에 사는 할머니 댁에 가려고 기차를 탄다. 그런데 기차에서 깜박 잠든 사이 할머니에게 드리려고 안주머니에 꼭꼭 숨겨 둔 140마르크가 감쪽같이 사라졌다. 에밀은 도둑이 누구인지 안다. 같은 칸에 탔던 수상한 남자 그룬트아이스다. 남자가 동물원 역에서 내리자 에밀도 따라 내려 뒤쫓는다.

도중에 에밀은 자동차 경적을 갖고 다니는 구스타프를 만나 친구가 된다. 에밀의 사정을 들은 구스타프는 아이들을 불러 모아 함께 본격적인 탐정 게임을 시작한다. 아이들은 마치 군사 작전을 벌이는 것처럼 그룬트아이스의 주변을 24시간 감시하고, 할머니에게는 에밀이 먼저 처리할 일이 있어서 늦는다고 연락한다. 아이들은 돈을 모아 택시를 타고 전화도 이용한다. 틈틈이 에밀의 사촌 포니 휘트헨도 나타나 아이들에게 빵을 나누어 주며 격려한다.

마지막에 그룬트아이스는 은행에서 에밀의 지폐를 바꾸려다가 아이들에게 붙잡힌다. 경찰은 도둑을 체포하고 에밀을 할머니 집에 데려다 준다. 그런데 그룬트아이스가 현상 수배된 은행 강도라는 사실이 밝혀지면서 에밀은 천 마르크라는 큰돈을 포상금으로 받고 엄마에게 빨래 건조기를 선물한다.

아동 문학에 변화를 일으키다

이 작품은 아동 문학 장르에 큰 변화를 일으켰다. 우선 이야기 배경이 환상의 세계나 잘 보호된 세계가 아니라 대도시 한가운데의 위험한 길거리다. 게다가 어른은 거의 등장하지 않는다. 아이들 스스로 모든 것을 판단하고, 과정이나 결과도 경찰보다 낫다. 지금이야 그렇지 않겠지만, 당시에는 이런 새 요소들이 큰 주목을

세계 경제 대공황
광주학생운동
사르트르와 보부아르의 만남

1929
헤밍웨이 《무기여 잘 있거라》
캐스트너 《에밀과 탐정들》

받았다.

작가 자신도 이 작품에 등장한다. 이야기 끄트머리에 에밀을 인터뷰하는 신문 기자로 나와 이렇게 말한다.

"에밀, 잠시 편집국으로 같이 가지 않겠니? 그전에 어디 가서 생크림 케이크부터 사 먹자."

약간 어색하지만 퍽 다정해 보인다.

작품을 더 재미있게 만든 요소들

너무 긴 서문이 오늘날의 어린이에게는 지루하게 느껴질 수 있지만, 이야기 자체는 여전히 어른이 읽기에도 재미있고 흥미진진하다. 아이들이 사용하는 옛 표현들이 우습기도 하고 사람을 움찔하게 하기도 한다(예를 들어, "난 여기서 기형아만큼 유명해").

발터 트리어의 삽화가 없었다면 이 책은 훨씬 재미없었을 것이다. 그는 이 삽화로 세계적인 명성을 얻었다. 약 80년 뒤 여러 번 수상 경력이 있는 삽화가 이자벨 크라이츠도 '발터 트리어 스타일'의 그래픽 소설로 큰 성공을 거두었다.

가난한 집안의 엄친아, 캐스트너

주인공 에밀이 작가 자신임은 분명하다. 캐스트너는 모범생이지만 비호감은 아니었고, 엄마를 끔찍이 생각하는 효자이지만 마마보이는 아니었다. 더구나 캐스트너의 어머니도 미용사였다. 어머니는 아들에게 더 나은 삶을 마련해 주려고 힘들게 일했고, 아들은 힘이 닿는 대로 어머니를 도왔다.

캐스트너는 원래 교사가 되려고 했다. 하지만 전쟁 후, 자신이 가르치는 것보다 배우는 것을 더 좋아한다는 사실을 깨달았다. 아버지는 화를 냈다. 대학 공부를 하려면 돈이 많이 들었기 때문이다. 그러나 어머니는 아들의 뜻을 이해했고, 아들

138

캐스트너
모범 소년

1899~1974(독일)

"어른이 되어서도 아이로
남아 있는 사람이
진정한 인간이다."

캐스트너는 전체적으로
모범생이었을 뿐 아니라 악동 같은
미소로 많은 여자의 마음을
사로잡았다. 결혼은 하지 않았지만
40년 동안 루이제로테 엔데를레와
연인으로 지냈다. 그녀는 공식적으로
'캐스트너 부인'으로 불렸다.
다른 여성과도 연애했지만,
항상 눈에 띄지 않게 처신했다.

과 함께 다니면서 라이프치히 대학 근처에 값싼 방
을 구해 주었다. 아들은 거의 매일 어머니에게 편
지를 썼고, 어머니 역시 아들이 재학 중에 신문 기
고로 돈을 벌었는데도 먹을 것과 담배, 돈을 보내
주었다.

모범생 캐스트너는 1925년에 최고 점수로 대학
을 졸업했고, 그 뒤 전적으로 글쓰기에 매달렸다.
르포와 시사 촌평을 쓰면서 시도 발표했는데, 과장
되고 공허한 시가 아니라 대중적이면서도 예리한
사회 비판적 내용을 담은 시였다. 평화를 사랑한
캐스트너는 시에서 "대포가 꽃처럼 피어나는 나라
를 아느냐?"고 조롱하면서 독일인의 순종주의와
군국주의를 비판했다.

첫 어린이 소설 《에밀과 탐정들》은 세계적으로
큰 성공을 거두었다. 그 뒤 《펑크트헨과 안톤》과
《하늘을 나는 교실》이 발표되었고, 마지막으로 가
장 중요한 성인 소설 《파비안》이 출간되었다.

히틀러가 정권을 잡은 1933년 나치는 그의 작품
을 불태워 버렸다. 참담한 심정으로 지켜보던 캐스
트너는 그 행위를 "후안무치한 시대의 광기"라고
비난했다. 나치는 그를 체포해서 심문하고 감시했
지만, 그 뒤로는 대체로 가만히 내버려 두었다. 캐
스트너는 계속 베를린에 남았고 사랑하는 어머니
곁을 떠나지 않았다. 나중에는 소유권이 나치에 넘

어간 당시 독일 최대 영화사인 우파(UFA)를 위해 가명으로 시나리오를 썼는데, 그 때문에 훗날 종종 비난을 받았다.

 제2차 세계 대전이 끝나고 캐스트너는 12년 전에 중단했던 일을 다시 시작했다. 르포와 시, 어린이 책(《동물 회의》,《로테와 루이제》)을 썼고, 다시 성공했다. 군비 확장과 베트남 전쟁에 반대하는 시위에 참가했고, 독일인의 무분별함에 실망을 드러냈다. 그밖에 위대한 문학 작품을 쓰지 못하는 자신 때문에 괴로워했고, 지나친 음주와 흡연으로 몸을 망쳤다. 그럼에도 독자들은 그의 작품을 사랑했다. 에리히 캐스트너는 언젠가 이렇게 말했다.

 "한 인간의 위대함은 그가 활동하는 영역의 크기에 달린 것이 아니다."

 말은 이렇게 했지만, 속으로는 자신도 이 말을 믿지 않았을지 모른다.

표현주의

필명과 본명

굵은 글자는 지금 우리에게 알려진 이름이다.

노발리스
(게오르크 필립 프리드리히 프라이헤르
폰 하르덴베르크)

잭 런던
(존 그리피스 체니)

커러 벨
(샬럿 브론테)

조지 엘리엇
(메리 앤 에번스)

스탕달
(마리 앙리 벨)

트루먼 커포티
(트루먼 스트럭퍼스 퍼슨)

브린욜프 비야르메
(헨리크 입센)

엘리스 벨
(에밀리 브론테)

리처드 바크먼
(스티븐 킹)

액턴 벨
(앤 브론테)

W.C. 필즈
마하트마 케인 지브스*
(윌리엄 클로드 더킨필드)

도로테아 반 말레
(휘호 클라우스)

몰리에르
(장 바티스트 포클랭)

요아힘 링엘나츠
(한스 뵈티허)

구분   장 아메리 ——— 필명
        (한스 마이어) ——— 본명

존 르 카레
(데이비드 존 무어 콘웰)

장 아메리
(한스 마이어)

아이작 디네센
(카렌 블릭센)

야노쉬
(호르스트 에케르트)

앤소니 버제스
(존 버지스 윌슨)

조지 오웰
(에릭 아서 블레어)

루이스 캐럴
(찰스 러트위지 도지슨)

볼테르
(프랑수아 마리 아루에)

하인츠 G. 콘잘리크
(하인츠 귄터)

페르난두 페소아
(안토니오 노구에이라 데 세아브라)

파블로 네루다
프탈리 리카르도 레예스 바수알토

에리히 마리아 레마르크
(에리히 파울 레마르크)

마크 트웨인
(새뮤얼 랭혼 클레멘스)

한스 팔라다
(루돌프 디첸)

페터 판터, 테오발트 티거, 이그나츠 브로벨
(쿠르트 투홀스키)

어 레이디
(제인 오스틴)

퍼트리샤 하이스미스
(메리 퍼트리샤 플랭먼)

*재미있는 이름이다. '마하트마 케인 지브스'는 "마이 해트, 마이 케인, 지브스"라는 말로도 이해될 수 있는데,
그 뜻은 대충 "모자와 지팡이를 다오"이다(여기서 지브스는 영원한 하인이라는 뜻이다).

짧고 굵게 보는 문학사

알프레트 되블린
Alfred Döblin
베를린 알렉산더 광장
Berlin Alexanderplatz

애인을 죽인 주인공 프란츠 비버코프는 4년 동안 감옥에 있다가 베를린으로 돌아와 남은 삶은 올바르게 살겠다고 다짐한다. 그러나 안타깝게도 인생은 뜻대로 되지 않는다.

비버코프는 잔인한 범죄자 라인홀트의 마수에 걸려 어쩔 수 없이 그에게 협조한다. 비버코프가 다시 정직하게 살아가려고 하자 라인홀트가 차에서 밀어 한쪽 팔을 잃게 한다. 그래도 비버코프는 그 세계에서 빠져나오지 못하고, 포주와 장물아비가 된다.

라인홀트가 비버코프의 애인 미체에게 접근하면서 갈등이 증폭된다. 미체가 거부하자 라인홀트는 그녀를 살해한다. 비버코프는 이 일과 아무 관련이 없는데도 경찰에 대한 두려움 때문에 도망쳤다가 체포된다.

다행히 마지막에는 라인홀트가 유죄 판결을 받는다. 이제 비버코프는 더는 이런 식으로 살 수 없음을 깨닫고 새사람이 된다.

이 작품에는 이런 외적 사건들과 더불어 영화에서나 볼 수 있는 몽타주 기법, 의식의 흐름, 내적 독백, 연상법 등 다양한 기법이 사용된다. 이 작품을 진보적인 소설로 만든 기법이지만, 읽는 재미를 더해 주지는 않는다.

에리히 마리아 레마르크
Erich Maria Remarque
서부 전선 이상 없다
Im Westen Nichts Neues

무척 중요한 반전 소설이다. 세계적인 성공을 거두었고 영화로도 만들어졌다. 파울 보이머와 학우들은 자원해서 전선에 나간다. 그러나 잔인한 훈련 과정에서부터 환상은 깨지고, 실제 서부 전선에 나가서는 전쟁의 공포와 참상, 수많은 군인의 무의미한 죽음을 직접 체험한다. 전쟁이 끝나기 직전 보이머도 죽는다. 그러니까 군 통신문에 '서부 전선 이상 없다'는 한 문장만 달랑 적힐 정도로 조용하고 고요한 어느 날의 일이었다. 그러나 살아남은 자들도 모든 것을 잃었다. 헤밍웨이의 말처럼, 잃어버린 세대는 어린 시절과 청년기, 그리고 그전까지 쌓아 둔 모든 내면적 가치를 전쟁으로 잃어버렸다.

레마르크는 전쟁을 고발하려 하지 않았고, 그저 평범한 군인의 시각으로 전쟁의 참상을 있는 그대로 간결하게 르포 형식으로 기술했다.

리온 포이히트방거
Lion Feuchtwanger

성공
Erfolg

이 작품은 〈정거장 3부작〉의 제1부이다. 모든 일은 1920년대 초 뮌헨에서 시작된다. 까다로운 성격의 박물관장 크뤼거는 거짓 진술 때문에 감옥에 갇힌다. 여자 친구 요한나는 그를 빼내려고 온갖 노력을 기울이지만 수포로 돌아간다. 결국 크뤼거는 죽고, 그의 친구들은 그의 운명을 세상에 알리려 한다.

1부 마지막 부분에서 국가사회주의독일노동자당(NSDAP), 즉 나치 세력이 문제시되지만, 여기서는 '진정한 독일인'이라는 이름으로 암호화된다. 포이히트방거는 나치가 초래할 위험을 간파한 최초의 지식인 중 한 명이었다.

그는 3부작 중 2부는 망명지에서 썼기 때문에 이젠 나치의 이름을 공개적으로 거론한다. 2부 《오퍼만 형제자매》는 1932년과 1933년 한 유대 인 가족의 이야기를 그렸는데, 이 시점까지만 해도 포이히트방거 역시 나치의 이 끔찍한 소동이 곧 끝나리라고 믿었다.

1940년에 출간된 3부 《망명》은 제2차 세계 대전이 일어나기 직전 파리로 건너간 방명사들의 삶과 분세심을 묘사했나. 포이히트방거도 1940년까지 프랑스에서 살았지만 다시 스페인과 포르투갈을 거쳐 미국으로 피신했고, 늘 독일에 남은 지식인들을 원망했다. 이 역시 소설의 주제이다.

로베르트 무질
Robert Musil

특성 없는 남자
Der Mann ohne Eigenschaften

사건이나 행위보다 철학적 사색과 성찰이 중심인 소설이다. 외적인 줄거리는 다음과 같다.

때는 1913년, 배경은 오스트리아-헝가리 제국의 수도인 빈이다. 현실을 사는 데 필요한 '특성'을 상실한 주인공 울리히는 잠시 삶으로부터 휴가를 얻는다. 그전까지 시도한 모든 것이 삶의 진정한 방향과 거리가 있음을 깨닫고 이제 완전히 다른 일을 시작해 보려 하는 것이다. 그래서 프란츠 요제프 황제의 즉위 70주년 기념행사를 준비하는 위원회에 합류한다. 그러나 그 일도 제대로 진행되지 않는다. 모두가 지나치게 자기 자신에만 집착하는 바람에 공통의 이념을 찾아내지 못한다. 울리히도 삶의 의미를 찾지 못한다. 슬프고 기이하면서도 아주 멋진 작품이다.

오스트리아 출신의 작가 무질은 경구의 대가로서 경구를 이렇게 멋지게 정의했다. "경구는 있을 법한 가장 작은 전체이다." 《특성 없는 남자》는 '경구 공작소'라 부를 만큼 경구로 그득하다.

*"이기심은 인간 삶의 가장 확실한 특성이다.
질투는 사랑을 소유로 만들려는 마음에서 비롯된다."*

일관된 사건과 행위는 빈약하지만, 이런 문장과 기발한 생각, 그리고 20세기 초 유럽의 문화와 정신을 꿰뚫는 인식들 때문에라도 충분히 읽어 볼 만한 가치가 있다.

표현주의

쿠르트 투홀스키
Kurt Tucholsky
그립스홀름 성. 여름 이야기
Schloss Gripsholm.
Eine Sommergeschichte

"짧은 연애소설 한 편 써 보는 건 어떻습니까? 한번 생각해 보십시오. 책값은 비싸게 책정하지 않을 것이고, 초판으로만 부를 찍을 계획입니다."
출판업자 에른스트 로볼트가 이렇게 편지를 썼다. 물론 실제 있었던 일은 아니다. 투홀스키는 출판업자와 가상으로 편지를 주고받는 것으로 이 작품을 시작한다. 로볼트는 그동안 계속 펴낸 정치 서적 말고 뭔가 아름다운 것을 출간하고 싶어 하고, 투홀스키는 웬 사랑 타령이냐며 그럴 거면 차라리 여름 이야기가 좋겠다고 대답한다.
두 사람은 의견 일치를 보고, 투홀스키는 1인칭 화자 페터와 애인 리디아가 스웨덴에서 보낸 휴가에 관한 이야기를 쓴다. 둘은 그립스홀름 성에 방을 얻어 약 3주간 함께 지내는데, 처음에는 페터의 친구가, 다음에는 리디아의 여자 친구가 그곳을 방문한다. 그때마다 셋이 함께 밤을 보내는 것은 당시로선 상당히 파격적인 일이었다. 이런 가벼움 속에서 진지한 일도 일어난다. 페터와 리디아가 폭군 같은 고아원장의 손아귀에서 한 소녀를 구해 낸 것이다.
투홀스키는 스물두 살에 첫 단편 소설 《라인스베르크. 사랑에 빠진 자를 위한 그림책》을 발표했는데, 독자들은 그의 경쾌한 문체와 관능적인 분위기를 좋아했다.

카를 추크마이어
Carl Zuckmayer
쾨페닉의 대위
Der Hauptmann von Köpenick

이 작품은 3막으로 이루어진 희비극이다. 주인공 빌헬름 포이크트는 절망에 빠진다. 형을 마치고 출소했지만 주민 등록이 안 되어 있어 일자리를 구하지 못한다. 일자리가 없으면 통행증도 받지 못한다. 포이크트는 우연히 중고품 상점에서 대위 군복을 발견하고 통행증을 구할 계획을 세운다. 우선 대위 군복으로 갈아입은 뒤 막 보초 근무를 마치고 돌아가는 병사 몇을 불러 함께 쾨페닉 시청으로 향한다. 그런데 막상 시청에 도착해 보니 거기엔 통행증을 내주는 부서가 없어 그의 계획은 수포로 돌아간다.
포이크트는 결국 경찰에 자수하고 다시 감옥에 들어간다. 아울러 석방된 뒤에는 통행증을 주겠다는 약속도 받는다.
이와 비슷한 일이 실제로 있었다. 1906년 빌헬름 포이크트가 대위로 속여 병사 몇 명을 대동하고 쾨페닉 시청에 들어갔다. 그런데 현실 속의 포이크트 대위는 작품 속의 인물처럼 고결하게 행동하지 않았다. 시장을 체포한 뒤 곧장 시의 금고를 털었다.
추크마이어의 드라마는 바이마르 공화국 시절에 높은 인기를 누렸다. 그러나 반군국주의적인 내용 때문에 작가는 나치의 박해를 받고 미국으로 망명했다.

올더스 헉슬리
Aldous Huxley
멋진 신세계
Brave New World

이 작품은 디스토피아 소설이다. 디스토피아는 유토피아의 반대말이다. 유토피아가 밝고 희망찬 미래를 그린다면 디스토피아는 부정적이고 암울한 미래상을 보여 준다.
배경은 서기 2540년이다. 이 미래 세상은 철저한 계급 사회다. 인공 수정으로 태어나는 아이들은 다섯 계급, 즉 알파, 베타, 감마, 델타, 엡실론으로 나뉜다. 알파는 모든 면에서 최고의 인간이고, 엡실론은 가장 낮은 계급이다. 이들은 모두 부화실의 시험관에서 태어나 자기 계급에 맞게 양육된다.
주인공 레니나(베타)와 버나드(알파)는 부화 조절 센터에서 일한다. 이 세계에도 예전 방식대로 살아가고 예전의 자연스

엠파이어스테이트 빌딩 완공

간디 단식 투쟁
윤봉길 의사 의거
웨이스뮬러 주연 '타잔'

———
1931
투홀스키 《그립스홀름. 성》
추크마이어 《쾨페닉의 대위》

1932
헉슬리 《멋진 신세계》
요제프 로트 《라데츠키 행진곡》

애거서 크리스티
Agatha Christie

오리엔트 특급 살인
Murder on the Orient Express

벨기에 탐정 에르퀼 푸아로는 터키에서 프랑스로 향하는 오리엔트 특급 열차를 타고 간다. 그런데 밤중에 한 남자가 칼에 열두 번이나 찔려 살해당하는 사건이 발생한다. 다행히 기차가 폭설에 갇히는 바람에 아무도 밖으로 나가지 못한다. 물론 경찰도 올 수 없다. 명탐정 푸아로는 혼자 사건 해결에 나선다. 그런데 승객들을 상대로 탐문 조사를 벌이지만 희한하게도 모두 알리바이가 완벽하다.

작은 단서들로 추리하던 푸아로는 한 사람이 아닌 여러 명이 살인에 참여했다는 결론에 이른다. 죽은 남자는 아기를 유괴해 살해한 범인이었다. 침내긴에 딘 승객은 모두 유괴된 아이의 가족과 친분이 있고 죽은 아이의 복수를 맹세한 사람들이었다. 그래서 다들 유괴범을 한 번씩 찔러 살해했다. 마지막에 승객들은 푸아로가 짜낸 묘책으로 체포되지 않는다.

이 작품은 미국 사회를 발칵 뒤집어 놓은 '린드버그 아기 유괴 사건'에서 영감을 얻었다고 한다. 크리스티가 만들어 낸 링튐킹 푸이토희 어딻 빈쩨 이야기인데, 크리스티의 소설 중 가장 인기가 높았다. 물론 미국의 추리 소설가 레이먼드 챈들러는 수준이 떨어지는 작품이라고 혹평했다. 어쨌든 크리스티는 장편 소설 66권에 상당수의 쇼트스토리를 썼다.

러운 방식으로 아이를 낳는 사람들이 있는데, 이곳은 보호 구역으로 지정되어 있다. 레니나와 버나드는 이 보호 구역을 방문하고, 거기서 야만인 존을 만난다. 존의 어머니는 센터 공장장인 포스터의 실종된 옛날 애인이다. 레니나와 버나드는 존과 그의 어머니를 문명사회로 데려오고, 존은 스타가 된다. 존을 찾아낸 버나드도 마찬가지다.

그러나 결국 파국을 맞는다. 존은 레니나를 사랑하지만 레니나는 인공석인 양육 때문에 전혀 감정을 모른다. 존은 혁명을 일으키지만 실패해서 추방당하고, 버나드도 다른 곳으로 쫓겨난다. 끝 부분에서 존은 광란의 파티에 휩쓸려 들어갔다가 충격을 받고 자살한다.

히틀러, 정권 장악
나치, 반체제 책들을 불태움

뢲 쿠데타
뉴욕에서 독일 망명자 잡지 〈재건〉 창간

1933

1934
H. 밀러 《북회귀선》
애거서 크리스티 《오리엔트 특급 살인》

표현주의

세계적인 베스트셀러들

2012년 기준

1954 존 로널드 로웰 톨킨

반지의 제왕
1억 5천만 부

1937 존 로널드 로웰 톨킨

호빗
1억 부

*사실 톨킨의 책보다 더 많이 팔린 것은 조앤 K. 롤링의
〈해리 포터〉 시리즈다. 대략 4억 부 이상으로 추정되지만,
출판사 측에서 각 권별로 정확한 수치를 발표하지 않았기에
여기서는 〈해리 포터〉 시리즈를 포함시키지 않았다.
《반지의 제왕》은 원래 3부작이 아닌 장편 소설 한 권이었는데,
작가의 반대에도 불구하고 세 권으로 출간되었다.

1937 나폴레온 힐

생각하라, 그러면 부자가 되리라
7천만 부

2003 댄 브라운

다빈치 코드
8천만 부

1887 헨리 라이더 해거드

그 여자
8천 3백만 부

1939 애거서 크리스티

그리고 아무도 없었다
1억 부

1859
찰스 디킨스

두 도시 이야기
2억 부

1759
조설근

홍루몽
1억 부

1950
클리브 스테플스 루이스

사자와 마녀와 옷장
8천 5백만 부

1943
앙투안 드 생텍쥐페리

어린 왕자
2억 부

*종교 서적과 정치 서적은 여기서 제외한다. 《성경》과 《호빗》을 비교하는 것은 불공평할 뿐 아니라 산술적으로 불가능하다. 성서의 판매 부수는 추측만 가능하다(지금까지 약 20~30억 부 이상 팔린 것으로 추정된다). 정치 서적인 《마오쩌둥 어록》(10억 부 이상)과 《공산당 선언》(약 5억 부), 이슬람 경전 《코란》(약 2억 부)도 같은 이유에서 제외한다.

엘리아스 카네티 Elias Canetti

현혹 Die Blendung

주인공 페터 킨은 책 수집을 소명으로 여기는 인물이다. 지금까지 수집한 책만 무려 다섯 자리 수에 이르고, 책 말고 다른 것에는 관심이 없다. 심지어 가정부 테레제와 결혼한 것도 그녀가 보물 같은 자신의 책을 언제나 잘 관리해 주었기 때문이다. 그러나 이 결혼은 큰 실수였다. 테레제는 남편의 책 따위에는 관심이 없다. 그녀가 원하는 건 오직 돈뿐이다. 그래서 결국 남편을 집에서 쫓아낸다.

이제 상황은 점점 터무니없는 방향으로 흘러간다. 집에서 쫓겨나 거리를 배회하던 킨은 괴팍한 포주를 만난다. 이 남자는 노골적으로 킨의 돈을 갈취하고, 갖가지 희한한 아이디어로 사건을 괴상한 방향으로 끌고 간다. 테레제가 죽었다고 말하는 것이 그 한 예이다.

그사이 테레제는 사디스트인 파프와 연애를 시작한다. 그러던 어느 날 킨과 마주친다. 아내가 죽었다고 믿고 있던 킨은 더욱 정신이 나가고, 결국 싸움이 벌어진다. 킨은 경찰서에서 자신이 테레제를 죽였다고 자백하지만 경찰은 그의 말을 진지하게 듣지 않는다. 테레제는 분명 살아 있었기 때문이다. 킨은 테레제와 파프를 직접 보고도 자신이 계속 환영을 보고 있다고 생각한다.

결국 정신과 의사인 킨의 동생 게오르크가 파리에서 찾아와 형을 서재로 데려다 준다. 그러나 정신 이상에 빠진 사람을 치료하는 것은 간단한 일이 아니다. 결국 킨은 서재에 불을 질러 책과 자신을 불태워 버린다.

이 책의 작가 카네티는 주인공 킨과 비슷한 점이 있었다. 정신이 오락가락하는 것과 심지어 파리에서 정신과 의사로 일하는 '게오르크'라는 동생이 있었다는 것이다.

전문가도 허를 내두르다

《현혹》은 전문가조차 이를 악물고 읽어도 끝까지 읽기 어려운 작품이다. 독일의 유명 작가 한스 마그누스 엔첸스베르거(《수학 귀신》의 작가)는 이 작품을 참을 수 없는 '문학적 괴물'이라고 불렀다. 이 작품에도 수많은 독백이 등장하는데, 당시에는 이 기법이 대유행이었다.

카네티의 작품을 처음 접하는 독자라면 세 권짜리 자서전이 훨씬 적합한데, 그중에서도 1921~31년까지를 묘사한 제2권 《귓속의 횃불》이 좋다.

위대한 작품을 쓰겠다는 야망

카네티는 언제나 위대한 작품을 쓰겠다는 야망을 품었고, 그래서 제대로 된 직업을 갖지 못했다. 《현혹》은 그의 유일한 소설인데, 이 작품으로 1981년에 노벨문학상을 받았다. 그밖에 희곡 세 편과 수필, 여행기, 일기, 자서전을 썼다. 대표작은 사회학과 심리학 연구서인 《군중과 권력》이다. 엄청나게 복잡하고 논란의 여지가 많은 책이다.

인간으로서 카네티는 이기적이고 허영심이 강하고 불같이 화를 내는 사람이 아니라면, 최소한 아주 괴팍한 사람임은 분명하다. 자서전에 그런 면이 잘 드러나 있다.

표현주의

뉘른베르크 인종법 제정
최초의 음료수 캔 개발
'펭귄 북스' 탄생, 저렴한 문고판으로 서적 시장에 혁명을 일으킴

1935
카네티 《현혹》
A. J. 크로닌 《별이 내려다본다》

클라우스 만 Klaus Mann

메피스토 Mephisto

　모델 소설(또는 실화 소설)은 실재 인물의 이야기지만 분쟁을 피하려고 그 인물이 누구인지 숨기는 소설이다. 그러나《메피스토》에서는 실재 인물을 숨기는 데 실패했다. 등장인물이 누구인지 꽤 분명하게 알 수 있기에 여기서는 괄호 안에 실명을 표기했다.

　소설의 시간적 배경은 1920년대 중반에서 1936년까지이다. 이 시기에 지방 극단의 배우 헨드릭 회프겐(구스타프 그륀트겐스)은 단기간에 엄청나게 출세하는데, 나치에 영혼을 판 덕분이다.

　출세를 위해서라면 무엇이든 할 수 있는 회프겐의 야심은 처음부터 극명하게 드러난다. 그는 쉴 새 없이 일하고, 함부르크 예술 극장(함부르크 카머슈필레 극장)의 동료 배우들에게 폭군처럼 군다. 또한 율리에테라는 흑인 애인이 있지만 성공을 위해 추밀 고문관 브루크너(토마스 만)의 딸 바바라 브루크너(에리카 만)와 결혼한다. 그러나 결혼 후에도 율리에테를 계속 만난다.

　회프겐은 결혼을 발판으로 베를린에 진출해 국립극장 배우가 된다. '파우스트'에서 필생의 역할인 메피스토펠레스를 연기해 일약 스타가 되고 점점 입지를 굳혀 간다. 그런데 나치가 정권을 잡으면서 위기에 빠진다. 그의 이름이 나치의 감시 대상 명단에 올라 활동을 금지당할 위기에 처한 것이다. 많은 예술가와 바바라가 베를린을 떠나고, 한때 사회주의자였던 회프겐도 부다페스트에 머물며 어디로 가야 할지 고민한다.

　회프겐은 나치는 모두 형편없는 인간이라고 생각하면서도, 동료 여배우가 실세 장군의 애인 로테 린덴탈(에미 괴링)에게 자신에 대해 좋은 말을 해 준 덕을 본다. 과거를 문제 삼지 않겠다는 약속을 전해 듣고 베를린으로 돌아가 린덴탈의 후원으로 다시 메피스토펠레스 역을 맡는다. 이때부터 최고위층의 비호를 받으며 가파른 출셋길로 들어서고, 점점 비양심적인 인간으로 변해 간다.

　회프겐은 공산주의자였던 옛 동료를 도와주기도 하지만, 연인 율리에테를 배신한다. 흑인 애인이 있다는 소문이 돌면 좋을 게 없기 때문이다. 심지어 만일을 위해 백인인 니콜레타(파멜라 베데킨트)와 재혼까지 한다. 그전에 바바라와는 이혼한 상태였다. 그는 국립극장장까지 오르지만 전혀 행복하지 않다. 햄릿 역할을 맡아 안 좋은 연기를 선보였는데도 갈채를 받자 관객이 자신의 재능이 아닌 권력에 환호한다는 사실을 깨닫는다.

소송의 소용돌이에 휘말린 작품

클라우스는 이 작품이 모델 소설이 아니라고 거듭 주장했다. 어떤 특정인의 이야기가 아니라 특정한 인간 유형의 이야기라는 것이다.

당연히 나치에 의해 금지된 이 소설은 한 망명 출판사에서 출간되었다. 그러나 1945년 이후에도 독일에서는 갖가지 소송에 휘말릴까 두려워 이 작품을 출간하려는 출판사가 없었다. 《메피스토》는 1956년 동독 출판사에서 출간되었고, 서독에서는 1963년에 나왔다가 1966년에 판매가 금지되었다. 그륀트겐스의 상속인이 이 소설로 선친의 명예가 훼손되었다며 판매 금지 청구 소송을 제기했고, 연방 대법원이 그것을 받아들였기 때문이다.

1981년 《메피스토》는 서독에서 재출간되었지만, 그륀트겐스의 상속인들은 다시 소송을 제기하지 않았다. 아마 소송을 했더라도 이기지는 못했을 것이다.

이 소설은 쉽게 읽힌다. 클라우스를 처음 읽는 독자에게는 최고의 출발점이 될 수 있다. 더 편안한 방법을 원하는 사람이라면 K. M. 브랜다우어 주연의 영화를 보는 것도 괜찮다.

스페인 내전 발발
런던 크리스털 팰리스 화재
영국 에드워드 8세, 심프슨과의 사랑을 위해 왕위 포기

1936
모리에 《자메이카 여관》
K. 만 《메피스토》

클라우스 만

과소평가된 작가

1906(독일)~1949(프랑스)

"끝날 때까지
안식은 없다."

클라우스 만의 자서전 《전환점》은
꼭 읽어 보아야 한다.
20세기 전반기의 시대 상황과
토마스 만의 가족 이야기,
그 밖의 다른 다양한 삶을
만날 수 있다.

불안한 시대, 불안한 삶을 살다

클라우스는 토마스 만의 장남이었고, 그 때문에 쉽지 않은 삶을 살았다. 아버지는 권위적이고 엄하고, 곁을 잘 주지 않는 성격이었다. 감수성이 예민한 클라우스는 자기 길을 찾기가 쉽지 않았다. 언제나 아버지와 비교되었고, 자신의 훌륭함을 아버지에게 증명하려 했지만 부족함을 느꼈다.

그래서 클라우스는 늘 옳기만 한 아버지가 경멸할 만한 삶을 사는 방식으로 아버지에게 반항했다. 술과 마약, 향락에 빠졌고, 누이 에리카와 뭐라 설명하기 모호한 관계를 유지했으며, 당시에는 처벌 대상이던 동성애 경향까지 보였다.

불안한 시대의 불안한 삶이었다. 클라우스는 처음엔 희곡을 썼다. 첫 희곡 〈아냐와 에스터〉는 1925년 함부르크 카머슈필레 극장에서 상연되었다. 주역은 클라우스 자신과 약혼녀 파멜라 베데킨트, 누이 에리카, 미래의 매제 구스타프 그륀트겐스가 맡았고, 주제는 두 여성의 동성애 관계였다. 당시로선 엄청난 추문이었다.

곧이어 다음 추문이 터졌다. 동성애를 주제로 한 소설 《경건한 춤》이 출간된 것이다. 사람들은 경악하면서도 토마스 만의 아들이 어떤 글을 썼는지 궁금해했다.

1933년 히틀러가 제국 수상이 되자 클라우스는 프랑스로 떠났고, 곧 주요 망명 작가로 이름을 올렸다. 1938년에는 망명자들의 희망과 일상적인 투쟁, 산산이 조각난 꿈을 그린 소설《화산》을 발표했다. 1년 뒤에는 미국으로 망명지를 옮겼고, 낯선 언어와 문화에 놀라울 정도로 잘 적응했다. 두 번째 자서전인《전환점》을 영어로 썼고, 영어로 강연했으며, 심지어 1941년에는 미군에 입대했다. 그럼에도 클라우스는 안식을 찾지 못했다. 마약과 우울증에 빠졌고, 줄곧 크나큰 환멸을 느꼈다. 전쟁이 끝난 뒤에도 독일에서 성공을 거두지 못했다. 애석한 일이지만, 1949년 5월에 스스로 목숨을 끊은 것도 어느 정도 예견된 일이었다.

표현주의

마거릿 미첼 Margaret Mitchell

바람과 함께 사라지다 Gone with the Wind

이 소설은 예쁘고 고집 센 스칼렛 오하라가 매력적이고 흥미로운 남자 레트 버틀러의 사랑을 받으면서도 지루하기 짝이 없는 애슐리 윌키스를 끝없이 열망한다는 것이 기본 내용이다. 애슐리는 오래전부터 스칼렛이 자신과 맞지 않는 여자임을 잘 안다. 그래서 한 가든파티에서 멜라니와의 결혼을 발표한다. 그러자 스칼렛은 반발심으로 멜라니의 오빠 찰스의 청혼을 수락한다.

그 직후 남북전쟁이 터지고 스칼렛은 온갖 고초를 겪는다. 찰스는 전쟁에서 죽고, 애슐리는 변한 현실에 적응하지 못하고 꿈속에서만 살아간다. 전쟁으로 폐허가 된 고향에서 애슐리의 가족까지 책임지게 된 스칼렛은 직접 밭에 나가 억척스럽게 일하지만 생활은 더 어려워진다. 농장에 부과된 세금을 낼 수 없게 되자 온갖 욕을 먹으면서도 동생의 약혼자이자 재력가인 프랭크와 결혼한다. 그러나 얼마 지나지 않아 프랭크도 비밀 결사에 가입했다가 사살되고 스칼렛은 다시 과부가 된다.

스칼렛은 여전히 애슐리를 좋아하면서도 경제적인 이유로 또다시 레트 버틀러와 결혼한다. 두 사람은 한동안 행복하게 살지만, 애슐리에 대한 고집스러운 미련 때문에 자주 다툰다. 그러다 둘 사이에 태어난 딸이 승마 사고로 죽자 레트는 더는 견디지 못한다. 스칼렛도 마침내 레트에 대한 사랑을 깨닫지만, 이미 지칠 만큼 지친 레트는 그녀를 떠난다.

이 작품은 미국에서만 3개월 만에 100만 부가 팔렸다. 미첼은 1937년에 퓰리처상을 받았고, 1939년에는 비비안 리와 클라크 게이블이 주연한 영화가 상영됐다.

세기가 바뀌어도 기억에 남는 대사

작품 마지막에서 레트에 대한 사랑을 깨달은 스칼렛은 떠나려는 그를 붙잡으며 자기는 이제 어떡하느냐고 묻는다. 그 말에 레트는 마지막으로 이렇게 답한다.

"Frankly, my dear, I don't give a damn."

"솔직히, 그건 내 알 바 아니지."

스칼렛이 지금 당장 뭔가 결정할 수 없을 때마다 하는 말이며, 작품의 마지막 대사이기도 하다. 눈물을 흘리며 소설을 읽는 독자들도 이 대사를 보는 순간, 다음날 스칼렛에게 레트를 데려올 좋은 아이디어가 떠오를 거라는 희망을 품을지 모른다. 미첼은 원래 이 문장을 제목으로 정하려고 했다.

"After all, tomorrow is another day."

"내일은 내일의 태양이 떠오를 거야."

표현주의

역사가 만든 불행한 사랑 이야기

불행한 사랑과 역사가 어우러진 작품이 마음에 든다면 파스테르나크의 《닥터 지바고》(불행한 사랑과 러시아 혁명. 좀 수준이 높다)나 안네마리 셀린코의 《데지레》 (불행한 사랑과 나폴레옹. 좀 통속적이다)를 읽어도 좋다.

미국 흑인 육상 선수 제시 오언스, 베를린 올림픽 4관왕
프로코피예프 '피터와 늑대'
채플린 '모던 타임즈'
조지 6세, 영국 국왕 즉위

존 로널드 로웰 톨킨 John Ronald Reuel Tolkien

호빗 The Hobbit

호빗은 허구의 세계인 '중간계'에서 살아가는 종족이다. 어느 날 위대한 마법사 간달프와 난쟁이 열세 명이 빌보 배긴스를 찾아 호빗 마을에 온다. 그들은 무서운 용 스마우그가 빼앗아 간 보물을 되찾게 도와주면 빌보에게도 보물을 나누어 주겠다고 제안한다. 빌보는 겁이 나면서도 그들과 모험을 떠난다.

빌보 일행은 먼저 중간계 전 지역을 통과해야 하는데, 도중에 사악한 괴물 오크 족에게 붙잡힌다. 도망치던 중에 일행과 떨어진 빌보는 동굴 입구에서, 사람을 보이지 않게 해 주는 절대 반지를 발견한다. 반지는 원래 혐오스럽게 생긴 골룸의 것인데, 골룸은 반지를 잃고 무척 화가 나 있다. 다행히 빌보는 골룸으로부터 반지를 지켜내고, 일행을 다시 만나 여행을 계속한다.

중간에 간달프는 다른 일로 일행과 헤어진다. 그 직후 난쟁이족과 빌보는 숲의 요정 엘프 족에게 붙잡힌다. 빌보는 반지와 몇 가지 꾀로 모두를 구해내고 목적지인 에레보르 산에 도착한다. 예전에는 난쟁이족이 살았지만, 지금은 사악한 용 스마우그가 지배하는 곳이다. 빌보는 상황을 살펴보다가 스마우그에게 발각된다. 스마우그는 빌보를 잡지 못하자 인근 도시 에스가로트를 쑥대밭으로 만든다. 그러다 빌보 덕분에 유일한 약점을 알아낸 명궁 바르드가 스마우그를 화살로 쏘아 죽인다.

스마우그가 죽자 보물을 둘러싸고 격렬한 싸움이 벌어진다. 파괴된 도시의 주민들은 보상을 원하고, 난쟁이들은 보물이 자기 거라고 우긴다. 큰 싸움이 벌어지기 직전 간달프가 와서 오크 군대의 침입을 알린다. 그러자 모두 힘을 합쳐 오크 족을 물리친다.

이제 부자가 된 빌보는 집으로 돌아와 편안하게 휴식을 취하며 지금까지 겪은 일들을 기록하기로 한다.

피카소 '게르니카'
중일 전쟁
샌프란시스코 금문교 완공

1937
존 스타인벡 《생쥐와 인간》
J. R. R. 톨킨 《호빗》

톨킨의 시작은 가벼운 이야기부터

양이 많은 《반지의 제왕》을 읽을 엄두가 나지 않는다면 이 소설을 읽는 것이 좋다. 비슷한 배경에 더 쉽고 재미있게 읽힌다. 톨킨은 이 이야기를 자기 아이들이 잠들기 전에 들려주었다. 그러다 대학교수 생활이 몹시 지루해졌을 때 호빗의 모험을 글로 옮기기로 작정하고 이야기에 살을 붙였고, 중간계에 관한 내용이 점차 많아져 어른들도 읽을 수 있겠다는 생각이 들자 몇 가지 내용을 수정 보완했다.

"땅속 어느 굴에 한 호빗이 살고 있었다."
세계적으로 기적 같은 성공을 거둔 판타지 소설의 첫 문장이다. 기억하기 좋고, 아름답고 짧고 함축적인 문장이어서 인용하기도 좋다.

판타지 세상의 창조자

톨킨은 다른 아이들이 공놀이하는 동안 이상한 것들을 배우기 좋아하는 특이한 아이였다. 일찍부터 언어에 남다른 관심을 보이자 어머니는 프랑스 어와 라틴어, 독일어를 가르쳤다. 학교에 들어가서는 처음엔 고대 영어에, 나중엔 고트 어에 푹 빠졌다. 고트 어는 보존 상태가 좋지 않아 톨킨은 몇 가지 단어를 직접 만들기도 했다.

그는 옥스퍼드 대학에서 고전 언어를 전공했고, 웨일스 어와 핀란드 어를 배웠으며, '퀘냐(Quenya)'라는 완전히 새로운 언어를 만들어 냈다. 이 말은 나중에 그의 판타지 소설에서 중간계에 사는 엘프 족의 언어가 된다.

톨킨은 첫사랑 에디스와 결혼했고, 제1차 세계 대전에 나가 끔찍한 솜 전투를 겪었으며, 전장에서 열병에 걸려 후방으로 후송되었다. 병이 회복되는 동안 머릿속에서 펼쳐지는 판타지 세계를 글로 썼다. '크게 생각하라'가 신조라도 되는 양 중간계의 탄생에 방대한 신화를 집어넣었다. 그러나 끝까지 완성하지 못했다.

1892(남아프리카)~1973(영국)

톨킨은 어려서부터
외국 낱말에 감탄했다.

《반지의 제왕》은 세 권으로
출간되었지만 3부작은 아니다.
톨킨은 이 책을 한 권으로 내야
한다고 주장했지만, 한 권으로 내면
가격이 너무 비싸져 독자들이 책을
사기 어려울 거라는 출판사의 설득에
어쩔 수 없이 세 권으로 내는 데
동의했다. 전쟁 여파로 종잇값이
비싸져서 독자들은 책을 한 권씩
살 수밖에 없었다.

전쟁이 끝난 뒤 톨킨은 옥스퍼드 영어 사전 편찬 작업에 참여했고, 나중에는 옥스퍼드 대학에서 앵글로색슨 어를 가르쳤다. 그는 대학교수로 일하면서 《호빗》을 썼고, 이 소설을 출간할 출판사도 찾았다. 출판사는 곧 후속편을 원했고, 톨킨은 그 요구에 기꺼이 응했다. 그러나 소설이 완성되기까지는 시간이 오래 걸렸고, 어린이를 위한 책도 아니었다. 어쨌든 1954년 《반지의 제왕》이 탄생했고, 판타지 소설에 혁신을 일으켰다. 톨킨 이후 판타지는 문학 장르로 자리 잡기 시작했다. 이전의 어떤 작가도 그처럼 완벽한 판타지 세계를 창조하지는 못했다. 《반지의 제왕》은 출간 직후엔 별 반응이 없었지만 1960년대에 세계적인 베스트셀러가 되었다. 이 작품의 팬이라면 다음의 유명한 구절을 누구나 알고 있을 것이다.

"그들을 지배할 반지, 그들 모두를 찾아내고 어둠으로 몰아가 영원히 묶을 반지."

톨킨은 남은 생을 《실마릴리온》 집필에 바쳤고, 이 작품은 사후에 아들 크리스토퍼가 정리해서 출간했다. 이 작품을 읽어 보면, 작가가 판타지 세계의 등장인물들을 서로 싸우게 하려고 한 게 아니라 그들 하나하나가 모두 그에게 중요했다는 사실을 알 수 있다.

짧고 굵게 보는 문학사

A. J. 크로닌
Archibald Joseph Cronin
성채
The Citadel

의과 대학을 갓 졸업한 앤드루 맨슨은 웨일스의 가난과 질병이 만연한 한 탄광촌 진료소에서 보조 의사로 일한다. 그는 훌륭한 의사가 되려는 포부를 안고 밤낮 없이 일하지만 견고한 성채 같은 현실의 벽에 부딪힌다. 이상과 현실의 괴리에서 고민하던 그에게 여교사 크리스틴과의 사랑이 큰 힘을 준다. 그러나 맨슨은 점점 자신의 신념을 버리고 시류에 편승한다. 런던에 병원을 개업한 뒤 돈 많은 우울증 환자들을 위약으로 치료해 많은 돈을 번다. 이제 가족은 안락한 삶을 누릴 수 있게 되었지만, 아내 크리스틴은 젊은 이상주의자에서 멋이나 부리는 비양심적인 의사로 변한 남편에게 실망한다. 그러다 아내의 죽음이라는 절망적 사건을 겪으면서 맨슨은 자신의 추악한 모습을 반성하고 예전의 정체성을 되찾는다.

이 소설은 크로닌의 자전적 성격이 강하다. 가난하지만 재능 있는 스코틀랜드 출신의 크로닌은 웨일스에서 의사로 사회에 첫발을 내디딘다. 그 뒤 런던에서 병원을 개업해 상류층에게 불필요한 주사를 놓아 많은 돈을 번다. 그러다 30대 중반에 위궤양 때문에 요양하면서 소설을 쓰기로 한다. 1931년에 발표한 첫 상편 《모자집의 성》은 세계적 베스트셀러가 되었지만, 오늘날엔 아는 사람이 거의 없다. 《성채》와 광부 소설 《별이 내려다본다》는 통속 소설에 가깝고, 그 덕분에 잘 읽힌다.

카렌 블릭센
Karen Blixen
아웃 오브 아프리카
Out of Afrika

원제목은 '아프리카 농장'이지만 메릴 스트립 주연의 영화 '아웃 오브 아프리카'가 세계적으로 유명해지면서 소설 제목도 《아웃 오브 아프리카》로 바뀌었다. 덴마크 출신의 블릭센은 케냐에서 커피 농장주로 살았던 경험을 소설에 녹였다. 자전적 소설이면서 격정과 아름다운 언어가 돋보이는 연애 소설이기도 하다. 소설은 영화와는 완전히 다르다. 다만 첫 문장은 둘 다 똑같다.

"아프리카 응공 언덕 기슭에 내 소유의 농장이 있었다."

블릭센은 1903년 남편과 케냐로 이주했다. 남편은 블릭센 가족의 돈으로 커피 농장을 인수했다. 하지만 이곳은 커피 재배에는 적합하지 않은 땅이었다. 블릭센이 농장에서 불가능을 가능으로 만들려고 땀 흘려 일하는 동안, 남편은 사냥이나 다니고 바람도 피웠다. 블릭센은 현실에서 멋진 데니스 핀치 해튼과 사랑에 빠졌는데, 그 이야기는 소설에 나오지 않는다. 영화에서처럼 남편과 이혼한 이유도 그 때문이 아니다.

블릭센은 17년 동안 케냐 농장을 운영했고, 나중에 농장이 파산한 뒤 덴마크로 돌아가 창작에 전념했다.

대프니 듀 모리에
Daphne du Maurier
레베카
Rebecca

젊고 순진한 1인칭 화자는 나이 많고 비밀에 싸인 맥심 드 윈터의 두 번째 아내가 된다. 맥심은 아내를 자신의 아름다운 맨덜리 저택으로 데려간다. 그런데 이곳 생활에 적응하는 일이 생각보다 쉽지 않다. 집안 곳곳에 맥심의 첫 번째 아내 레베카의 흔적이 남아 있기 때문이다. 아름답고 사교적인 귀부인 레베카는 원인 모를 보트 사고로 세상을 떠났고, 맥심은 그녀의 시신을 확인했다.

집안 살림을 도맡은 가정부는 새 안주인을 싫어하는 기색을 노골적으로 드러내며 그녀를 힘들게 한다. 그때 잠수부들이 우연히 시신 한 구를 발견하는데, 레베카로 밝혀진다.

맥심은 아내에게 자신이 레베카를 죽였다고 고백한다. 레베카가 자신을 속였다는 것이다. 게다가 어차피 서로 사랑하지도 않았다고 말한다. 경찰 조사에서 데베키가 불치병에 걸렸다는 사실이 밝혀지고, 그녀가 자살한 것으로 판명 난다. 맥심과 아내는 맨덜리 저택으로 돌아오지만 집은 불타 버린다.

동명의 알프레드 히치콕 영화도 훌륭하지만 소설은 한층 흥미롭다.

폭스바겐 딱정벌레 차 첫 출시
비로, 볼펜 발명
토마스 만 미국 망명

알렉산더 S. 니일
Alexander Sutherland Neill

마지막까지 살아남은 사람
The last Man alive

1921년 닐은 영국에 반권위주의를 표방하는 학교 서머힐을 설립했다. 여기서 학생들을 위해 이야기를 지어냈고, 각 장이 끝날 때마다 학생들의 토론과 비판을 토대로 내용을 수정했다.

줄거리는 이렇다. 한 백만장자가 체플린 비행선을 타고 서머힐을 방문해 닐과 몇몇 학생을 비행선에 태운다. 그런데 비행 중에 갑자기 지상에 이상한 초록 구름이 나타났다가 사라진다. 비행선이 착륙했을 때 땅 위의 모든 사람은 돌로 변해 있었다. 그들은 세상이 어떻게 변했는지 알아보려고 다시 비행에 나선다. 그 과정에서 많은 모험을 겪는데, 때로는 정말 잔인한 모험도 있다. 일행은 화합하지도, 새로 질서를 구축하지도 못한다. 결국 모두 죽고 교사만 살아남는다. 학생들의 의견이 대부분 반영된 극적인 결말이다.

손턴 와일더
Thornton Wilder

우리 읍내
Our Town

세기가 바뀌는 무렵 미국의 한 허구적 마을에서 일어난 일을 다룬 희곡인데, 이 마을은 지극히 사이좋고 조화롭고 평온하다. 3막으로 이루어진 이 드라마에서는 1901~13년 사이에 이 마을의 삶이 어떻게 변했는지가 주 관심사다. 처음에 어린아이로 등장하는 주인공 에밀리와 조지는 나중에 결혼한다. 그런데 3막에서는 에밀리가 '죽은 자들의 세계'에 있다. 그녀는 단 하루만 살아 있는 사람들의 세계로 돌아올 수 있는데, 산 자들의 세계가 너무 낡은 것에 깜짝 놀란다.

이 작품은 브레히트 풍의 서사극이다. 무대 장식도 거의 없고, 막도 내려오지 않는다. 그래서 관객들은 장면이 바뀌는 과정을 그대로 지켜볼 수 있다. 극 중에는 공연을 주도하는 사람이 하나 있는데, 어떤 때는 무대로 뛰어들어 연기하다가도 어떤 때는 사건에 대해 주석을 달고, 어떤 때는 관객과 이야기를 나누기도 한다. 이 작품은 삶이 비록 보잘것없어도 사랑할 수밖에 없음을 전하려 한다.

레이먼드 챈들러
Raymond Thornton Chandler

빅 슬립
The Big Sleep

명탐정 필립 말로의 탄생을 알린 작품이다.

말로는 할리우드의 한 노인에게 첫 의뢰를 받는다. 노인은 스무 살 딸이 진 도박 빚 때문에 협박을 받고 있었다. 살인과 범죄가 복잡하게 뒤엉켜 있지만, 말로는 막강한 갱단의 협박이나 벌거벗은 여인의 유혹에도 끄덕하지 않고 진실을 하나하나 파헤쳐 나간다.

이 작품으로 챈들러는 수많은 사립 탐정의 본보기를 만들어 냈다. 말로는 혼자 움직이는 외톨이고, 매력적이고, 쉽게 다가가기 어렵고, 지적이고, 어떤 유혹에도 넘어가지 않고, 간혹 썰렁한 유머를 보여 주는 인물이다. 전설적인 영화 '빅 슬립'(1946년 작)에서 험프리 보가트가 보여 준 모습이다.

프란츠 베르펠
Franz Werfel

횡령당한 천국
Der veruntreute Himmel

소설의 부제는 '한 하녀 이야기'다. 하녀 테타 리네크는 평생 한 가지 소원밖에 없다. 죽은 뒤에 영원한 행복을 얻는 것이다. 테타는 영혼의 안식을 위해 일종의 개인 면죄부를 산다. 지금껏 모은 돈으로 조카에게 신학 공부를 시킨 것이다. 그러나 일흔 살이 되어 일을 그만두고 여생을 조카 집에서 보내려고 했을 때 조카가 그동안 자신을 속였다는 사실을 알게 된다. 조카는 성직자가 되지 않았고, 그녀가 보내 준 돈도 다른 곳에 다써 버렸다. 그런데 테타는 자신의 계획이 원래 신의 뜻이 아니었음을 예감하고, 로마로 순례를 떠난다. 그리고 교황을 알현하는 자리에서 쓰러진다.

베르펠은 1920년대와 30년대에 무척 인기 있는 작가였다. 1938년에 아내 알마와 남프랑스로 망명했고, 2년 뒤에는 아주 위험한 방법으로 포르투갈로 피신했다. 걸어서 피레네 산맥을 넘었는데, 동행한 사람 중에는 하인리히 만도 있었다. 베르펠과 알마는 거기서 다시 미국으로 망명했다.

알베르 카뮈
Albert Camus

이방인
L'étranger

1930년대 알제리가 배경이다. 주인공 뫼르소는 별로 호감이 가는 인물이 아니다. 어머니 장례식 직후 평소 좋아하던 여자와 코미디 영화를 보고, 해수욕을 즐기고, 밤에는 사랑을 나눈다. 얼마 뒤 같은 아파트에 사는 레몽과 친구가 되고, 변심한 아랍인 애인을 괴롭히려는 레몽의 계획에 동참한다. 며칠 뒤 레몽과 해변으로 놀러 간 뫼르소는 자신들을 미행하는 아랍인들과 싸운다. 레몽은 칼에 찔리고, 싸움은 끝난다. 뫼르소는 가슴이 답답해 혼자 그늘진 샘을 찾아가는데, 거기서 레몽을 찌른 아랍인 남자를 다시 만난다. 남자가 칼을 꺼내자 뫼르소는 칼의 강렬한 빛에 자극받아 권총을 꺼내 방아쇠를 당긴다.

소설 2부는 재판 과정을 다룬다. 판사는 합당한 살해 동기를 찾으려 하지만 도무지 찾을 수가 없다. 뫼르소의 삶에는 이유나 관련성이라고 하는 것이 전혀 없었기 때문이다. 모든 것에 무덤덤하고 무심한 인간이다.

《이방인》은 실존주의 문학의 대표작으로 무척 난해하다. 영화도 그렇지만 프랑스 문학이 대부분 그렇다. 행위는 별로 없고 내용은 까다롭다. 그럼에도 프랑스 문학에 관심이 있는 사람이라면 카뮈를 피해 갈 수 없다.

안나 제거스
Anna Seghers

제7의 십자가
Das siebte Kreuz

1937년 일곱 남자가 나치 강제 수용소를 탈출한다. 수용소장은 플라타너스 일곱 그루에 널빤지로 십자가를 만들어 놓고 7일 안에 탈주범들을 잡아 십자가에 매달겠다고 공언한다.

실제로 탈주범들은 붙잡히거나 도주 중에 죽는다. 주인공 게오르크 하이슬러만 탈출에 성공한다. 이어 숨 막히는 탈주극이 벌어진다. 맨 먼저 그는 애인 레니를 찾아가지만 그녀에게 남자(그것도 나치 당원이다)가 생긴 것을 알게 된다. 그러나 다른 이들이 그의 도주를 도와준다. 누구는 차에 태워 주고, 누구는 옷과 음식, 돈을 준다. 모두 자잘한 것들이지만 그에게는 생명줄이나 다름없다. 소설에서 말하고자 하는 것도 사람들 간의 이런 연대이다.

옛 동독에선 《제7의 십자가》가 학생들의 필독서였지만, 서독에서는 별로 주목받지 못했다. 작품의 의의와 중요성을 생각하면 안타까운 일이다. 제거스는 망명 문학의 대표 작가 가운데 한 명이었다. 그녀의 소설 《통과》는 망명자들의 운명을 그린 작품이다. 제거스는 7년 동안 멕시코에 살았고, 그에 대한 멋진 글을 썼다. 1950년에 동독으로 돌아가 20년 넘게 동독작가연맹 회장을 지냈다.

162

슈테판 츠바이크 Stefan Zweig

체스 이야기 Schachnovelle

뉴욕에서 부에노스아이레스로 가는 배 안이다. 별 호감이 안 가는 석유 갑부 맥코너가 마찬가지로 별 호감이 안 가고 거만한 체스 세계 챔피언 첸토비치에게 내기 게임을 제안한다. 챔피언 대 다수의 대결이다. 게임이 시작되자 챔피언이 당연히 손쉽게 이긴다. 맥코너는 다시 한 번 도전한다. 그런데 이번에는 뜻밖에 'B 박사'라는 낯선 사람이 끼어들어 맥코너 측을 도와준다. 첸토비치의 다음 수를 예상하고 최선의 방어책을 알려 준 것이다. 덕분에 두 번째 게임은 맥코너 측이 이기고 승부는 원점으로 돌아간다. 자존심이 상한 첸토비치는 B 박사에게 정식으로 게임을 신청하지만 박사는 당혹스러워하며 체스를 두려고 하지 않는다.

1인칭 화자는 그 이유를 밝혀내려고 하고, B 박사는 자신의 이야기를 들려준다. 나치가 오스트리아로 진군했을 때 박사는 게슈타포에 체포되어 호텔 방에 감금된다. 밖으로 나갈 수도 없고, 이야기할 사람도 없다. 할 일 없이 방에 가만히 갇혀 있어야 하는 것이 바로 고문이었다. 그것도 수개월 동안.

어느 날 박사는 심문을 받으려고 대기하고 있다가 책 한 권을 훔친다. 그런데 실망스럽게도 소설이 아니라 유명한 체스 기보를 모아 둔 책이다. 할 일이 없던 그는 온종일 이 책을 읽고 또 읽고, 마침내 책에 실린 기보를 모두 외운다. 그 뒤부터 체크무늬 침구를 보며 머릿속으로 체스를 두기 시작했다. 그런데 자신을 상대로 체스를 두면서 의식의 분열이 일어난다. 흑을 잡은 자신과 백을 잡은 자신이 꿈속에서까지 불꽃 튀는 대결을 펼친다. 그는 결국 정신착란에 빠지고 그 덕분에 병원으로 옮겨져 치료를 받는다. 그 후 정신이 온전치 않다고 거짓 진단을 내려 준 의사의 도움으로 감방으로 돌아가지 않는다. 다만 의사는 절대 체스를 두지 말라고 경고한다.

B 박사를 설득해서 간신히 세계 챔피언과의 대국이 성사된다. 그런데 박사는 딱 한 판뿐이라고 미리 선을 긋는다. 이어진 대국에서 B 박사가 승리를 거두자 첸토비치는 집요하게 한 판 더 둘 것을 요구한다. 박사도 결국 제안을 받아들인

다. 그러나 그것은 실수였다. 정신착란이 다시 나타나기 시작한 것이다. 침착하게 다음 수를 생각하는 첸토비치와는 달리 박사는 불안하고 조급한 모습을 보이며 자신을 통제하지 못한다. 위기감을 느낀 화자가 다급하게 대국을 멈추게 하자 그제야 박사는 정신을 차리고 판을 거둔다.

체스를 몰라도 체스 이야기는 쓸 수 있다

"킹은 g8에서 h7로, 룩은 c8에서 c4로."

이런 대화를 읽다 보면 작가가 체스에 정통한 사람 같지만, 츠바이크는 체스를 특별히 잘 두지 못했다. 그래서 두 번째 주인공 첸토비치도 별로 신빙성 있는 인물이 아니다. 가난한 집에서 태어난 것도 그렇고, 체스밖에 모른다는 사람이 머릿속으로 체스를 둘 줄 모른다는 것도 의심스럽다. 소설 속 인물로는 매력적이지만 그런 실력으로는 결코 세계 챔피언이 되지 못한다.

《체스 이야기》는 세계 문학을 처음 접하는 사람들이 읽기 좋은 작품 중의 하나다. 짧고 흥미진진할 뿐 아니라 뛰어난 언어 구사력에 비해 쉽게 읽힌다.

"모름지기 이 세상에서 아무것도 하지 않는 것만큼 인간의 영혼을 짓누르는 것은 없다."
B 박사가 자신의 독방 생활에 대해 하는 말이다.

역사를 인간의 이야기로 그려내다

학생들에게 프랑스 혁명에 관한 내용을 가르치려면 지루하기 짝이 없는 역사서보다 츠바이크의 《마리 앙투아네트 베르사유의 장미》를 읽게 하는 편이 훨씬 낫다. 그의 또 다른 전기 소설 《메리 스튜어트》와 《마젤란》, 《에라스무스 평전》도 마찬가지다. 츠바이크는 뛰어난 전기 작가였다. 역사를 삶의 이야기로 만듦으로써 인물과 사건에 생동감을 더했고, 메마르고 딱딱한 사실과 단조로운 연대기 대

슈테판 츠바이크

우울증 환자

1881(오스트리아)~1942(브라질)

"인간은 불행에 빠져서야
진정으로 자신이
누구인지 안다."

츠바이크는 19세기 작가 중에서
발자크, 디킨스, 도스토예프스키,
횔덜린, 클라이스트, 니체, 카사노바,
스탕달, 톨스토이를 "세계의 건축가"
라 불렀다. 관련 내용은
《천재 광기 열정》에 자세히 나온다.

자살했다.

신 열정을 지닌 현실 인간의 면모를 그렸다. 역사
적 사실에 완전히 부합하지는 않지만, 오히려 그
때문에 술술 잘 읽힌다.

츠바이크는 이 모든 것을 훌륭한 저서 《광기와
우연의 역사》에 압축해서 보여 준다. 이 책은 열네
가지 역사적 사건을 생생하고 유려한 언어로 묘사
한다. 드물긴 하지만 역사에서는 때로 시대를 넘어
영향을 미치는 중대한 결정이 단 하루, 단 한 시간,
때로는 단 일 분만에 내려진 사건들이 있다는 생각
이 이 작품의 기본 구상이다. 예를 들어 제5장 '워
털루의 세계 시간'에서는 프랑스 장군이 명령 하나
에만 집착하다가 나폴레옹을 구할 시기를 놓친다.
또한 한 젊은 프랑스 장교는 프랑스 국가 '라 마르
세예즈'의 가사와 멜로디를 하룻밤에 완성하고, 남
극 탐험가 스콧은 아문센이 자기보다 먼저 남극에
도착했다는 사실을 통곡하는 심정으로 확인하기
도 한다.

때로는 비극적으로 끝나는 운명의 순간도 있는
데, 츠바이크의 삶이 그와 비슷했다. 확고한 평화
주의자였던 작가는 나치를 피해 런던으로 도주했
다. 이후 그의 책들은 독일과 오스트리아에서는 출
간될 수 없었고, 스웨덴에서 출간되었다. 그는 망
명 중에도 필명을 떨치고 많은 돈을 번 소수의 작
가에 속했지만, 독일의 정치 상황과 정신적 고향의
상실에 절망하고 브라질로 망명했다가 1942년에

에니드 블라이튼 Enid Mary Blyton

보물섬의 다섯 친구 Five on a Treasure Island

스물두 편으로 이루어진 〈페이머스 파이브〉 시리즈의 1권으로 주인공 다섯 친구가 처음 만난다. 줄리안, 리처드, 앤 삼 남매는 방학을 맞아 삼촌 집에 간다. 괴상한 학자인 삼촌은 파니 숙모와 딸 조지나와 함께 바닷가 근처에 산다.

처음에는 서로 티격태격한다. 특히 고집 센 반항아 조지나는 사촌들에게 전혀 관심이 없고, 아이들이 자기를 '조지'라 부르지 않으면 불같이 화를 낸다. 남자가 되고 싶은 것이다. 그러나 영리한 줄리안이 이 말괄량이를 잘 길들여 네 아이는 곧 절친한 친구가 된다. 다섯 번째 친구는 팀이라는 개이다.

곧 이 파이브의 첫 모험이 시작된다. 폭풍으로 난파된 배가 육지에 떠밀려 오고, 아이들은 배 안에서 나무 상자를 발견한다. 거기엔 보물 지도가 들어 있다. 보물은 조지가 자기 거로 생각하는 작은 섬에 감춰져 있다. 파이브는 보물이 있는 동굴 입구를 찾아내지만 도둑 일당에게 붙잡혀 조지와 줄리안, 팀이 동굴에 갇힌다. 그러나 딕의 꾀로 비밀 통로를 통해 아이들은 무사히 빠져나오고, 악당들은 경찰에 붙잡힌다.

블라이튼의 이야기에서는 늘 그렇듯 음식을 먹는 대목이 자주 나온다. 주로 햄과 버터를 얹은 빵, 과일 주스, 과일 통조림을 싸서 소풍을 가거나 파니 숙모가 스테이크, 달걀, 베이컨, 푸딩, 과자를 만들어 준다.

표현주의

블라이튼이 쓴 작품을 찾아라

블라이튼이 쓴 〈페이머스 파이브〉 시리즈는 원래 스물한 권이다(거기에 쇼트스
토리 한 권이 첨가되어 스물두 권이 되었다). 그런데 작가가 죽은 후로도 작품이 나왔
고, 표지엔 모두 블라이튼의 이름이 찍혀 있다. 스물두 권을 뺀 나머지는 모두 유
령작가가 쓴 것이다.

그것은 블라이튼의 공동 상속인들이 허락했기에 가능했다. 다만 몇 가지 조건
을 달았다. 모험은 원작의 배경 장소와 야외에서만 일어나야 하고, 등장인물을 바
꾸어선 안 되고, 휴대폰과 청소년 은어도 사용하지 말라는 것이다. 그러니까 줄리
안이 조지에게 "레알 멘붕! 개드립치시네!" 같은 말을 해서는 안 된다.

어린이 시리즈의 영웅

블라이튼은 나쁜 엄마였다고 한다. 애정이 없고 독선적이고 무식했다. 작가의
딸 이모젠이 전기에서 주장한 말인데, 멋진 아이들과 어른이 나오는 블라이튼의
책을 읽은 사람은 도저히 상상하기 어렵다. 우리는 모두 블라이튼이 만든 '모험
의 배'에 함께 오르고 싶어 하고, '세인트클레어의 말괄량이 쌍둥이'와 함께 기숙
학교를 다니고 싶어 하고, 스텁스, 바니, 디나와 함께 '항구의 비밀'을 파헤치고
싶어 한다. 또한 블라이튼이 작품 속에서 차려 준 음식을 먹고 싶고, 짜릿한 모험
을 즐기고, 마지막에는 멋진 어른이 나와 사건을 멋지게 처리해 주기를 바란다.
이런 작품을 쓴 작가가 가정의 폭군이었다고? 믿기 어렵다. 게다가 정확히 입증
된 것도 아니다.

원래 교사였던 블라이튼은 스물일곱에 교직을 그만두고 창작에 전념했다. 어
린이 장편 소설 한 편과 몇몇 소설을 발표한 뒤 1940~50년대에 가장 왕성하게
활동했다. 그런데 거의 모든 작품이 시리즈였다. 〈페이머스 파이브〉 시리즈, 〈모
험〉 시리즈, 〈시크릿 세븐〉 시리즈, 〈비밀〉 시리즈, 〈돌리〉 시리즈, 〈쌍둥이〉 시리

블라이튼
어린이의 영웅

1897~1968(영국)

블라이튼은 하루에
1만 단어를 썼고,
700권이 넘는 책을 냈다.

즈. 이 시리즈들은 모두 세계적으로 큰 성공을 거두었다.

한 가지 주의할 점은 표지에 '에니드 블라이튼'이라고 인쇄되어 있어도 실제 블라이튼의 작품이 아닌 것도 많다는 사실이다. 지금도 블라이튼의 작품을 좋아하는 팬클럽이 있지만 청소년 사이에서는 별 인기가 없다. 너무 천편일률적이고 시대에 뒤떨어지고, 긴장감 넘치는 액션이 없기 때문이다. 〈페이머스 파이브〉 시리즈만 여전히 인기를 누리고 있지만, 애초에 블라이튼이 쓴 작품 외에는 같은 시리즈라도 원작과는 거리가 있다.

표현주의

주인공 조지 속에는 블라이튼의
모습이 담겨 있다. 작가 역시 남자가
되고 싶어 했는데, 어릴 적 사진을
보면 투박한 선머슴 같은 조지와
똑 닮았다.

다채로운 내용을 원하는 독자에게
어린이를 위한 책

어린이 책의 고전을 읽다 보면 대부분 낡은 느낌을 받는다. 린드 그렌만 유일하게 시대를 넘어 공감할 수 있는 작품을 남겼다.

지난 수십 년간 아동 문학은 꽤 큰 성취가 있었다. 하지만 안타깝게도 매우 훌륭한 책도 〈해리 포터〉 시리즈와 〈트와일라잇〉 시리즈, 〈헝거 게임〉 시리즈처럼 모든 연령대를 아우르는 베스트셀러가 되지 않는 한 결코 주목받지 못했다. 모든 연령대를 위한 책은 아니어도 아동 문학을 읽어 보려는 사람에게는 다음의 책들을 권한다.

- **마리아 파르 《와플하트》**
  : 아이디어가 기발한 아이들의 이야기.
- **프랭크 코트렐 보이스 《프레임드》**
  : 웨일스를 배경으로 한 특이한 이야기.
- **케이트 드 골디 《밤 10시의 질문》**
  : 끊임없이 질문하는 소년과 정상적이지는 않지만 사랑스러운 가족 이야기.
- **존 D. 피츠제럴드 《꾀돌이 우리 형》***
  : 얄미울 만큼 꾀가 많지만 밉지 않고 정의롭고 현명하기까지 한 톰과 동생 존의 이야기.
- **칼 하이어센 《스캣》**
  : 플로리다의 숲에서 벌어지는 거대 기업의 음모를 파헤치는 청소년 환경 스릴러.
- **존 그린 《종이 도시》**
  : 어른이 되는 과정을 그린 탁월한 청소년 문학.

*존 D. 피츠제럴드의 재발견된 작품이다. 작가는 어린 시절의 경험을 3형제 이야기로 재미있게 풀어냈다. 〈꾀돌이 우리 형〉 시리즈는 1960년대에 큰 인기를 끌었지만 책이 전부 번역되지는 않았다. 전체적으로 《톰 소여의 모험》을 연상시키지만 좀 더 현대적이고 쉽게 읽힌다.

어려운 작품을 좋아하는 독자에게
위대한 작가들의 작품

수준 높은 순수 문학의 세계를 경험하고 싶은 사람은 선택에 어려움을 느낀다. 어려운 책이 많기 때문이다. 대중 문학과는 달리 순수 문학은 수백 년 뒤에도 인류의 문화적 자산으로 보존될 만큼 훌륭한 작품이어야 한다. 예술성과 오락성을 모두 충족시키는 작품은 극히 드물다.

단순히 훑어보는 것이 아니라 깊이 있는 독서를 원한다면 다음의 작품들을 읽어 보아야 한다.

- 제임스 조이스 《율리시스》*
  : 1,000쪽
- 마르셀 프루스트 《잃어버린 시간을 찾아서》
  : 3,000쪽
- 데이비드 포스터 월리스 《무한한 농담》
  : 1,500쪽
- 허먼 멜빌 《모비 딕》
  : 1,000쪽 분량. 상당 부분이 고래잡이에 관한 내용이다.
- 프란츠 카프카 《성》
  : 분량은 400쪽이지만 내용은 만만치 않다.

물론 너무 쉽지도 어렵지도 않은 작품도 상당히 많다. 느긋하게 해변에서 읽을 수 있는 세계적 작품으로는 헤밍웨이와 폰타네, 프랜즌 등을 꼽을 수 있다.

---

*너무 어려워 절망감을 느낀다면 단편집 《더블린 사람들》부터 읽는 것도 괜찮다.
역시 만만치 않은 작품이지만 이해하기가 좀 더 쉬운 편이다.

짧고 굵게 보는 문학사

앙투안 드 생텍쥐페리
Antoine Marie Roger De Saint Exupéry

어린 왕자

Le Petit Prince

어린 왕자는 작은 행성에 산다. 날마다 화산을 청소하고 땅속에 묻힌 바오밥나무(우주의 잡초)의 씨가 자라지 않도록 규칙적으로 뽑아 준다. 어느 날 별에 아름다운 꽃이 자라기 시작하고, 왕자는 정성스럽게 꽃을 가꾼다. 그러나 꽃은 점점 까다롭고 신경질적으로 변한다(여기서 꽃은 여자에 대한 비유다). 그래서 어린 왕자는 고향을 떠나 다른 행성을 탐구하러 간다.

마침내 지구에 도달한 어린 왕자는 여우를 만나 친구가 되고 여우를 길들인다. 여우는 어린 왕자에게 중요한 것을 가르쳐 준다.

"오로지 마음으로 봐야만 정확히 볼 수 있어. 가장 중요한 것은 눈에는 보이지 않아."

여우의 이 유명한 말은 수없이 인용되었다.

이어 어린 왕자는 사막에 불시착한 조종사인 1인칭 화자를 만나 양을 그려 달라고 부탁한다. 그리고 조종사에게 자기 이야기를 들려주고, 함께 우물을 찾으러 나선다. 그러나 어린 왕자는 지독한 향수에 시달리고, 자기 별로 돌아가기 위해 뱀에게 물어 달라고 한다.

어떤 이들은 이 작품을 통속적이라고 하고, 어떤 이들은 감동적이라고 말한다. 어쨌든 큰 성공을 거둔 세계적 스테디셀러임은 틀림없다.

쿠르트 괴츠
Kurt Walter Götz

타탸나

Tatjana

1인칭 화자는 '존슨'이라는 남자를 알게 되고, 존슨은 그에게 자신의 이야기를 들려준다. 중년의 의사가 러시아 출신의 첼리스트인 열세 살 소녀를 사랑한다. 이름이 '타탸나'인 소녀는 첼로 신동이다. 의사는 연주회에서 소녀를 처음 본 순간 정신없이 빠져든다. 연주회 직후 지휘자가 의사를 찾는다. 소녀는 티푸스를 앓고 있었기 때문이다. 주인공 의사는 서둘러 달려가 소녀를 도와준다. 심지어 나중에는 소녀의 죽은 애인을 집 밖으로 옮기는 일도 돕는다. 소녀와 밀회를 나누던 중 심장마비로 죽은 것이 분명해 보였다. 이 일이 끝나자 타탸나는 곧장 주인공을 유혹하기 시작한다. 두 사람은 미국에서 결혼하지만, 얼마 지나지 않아 소녀는 죽는다.

이상의 줄거리를 보면 나보코프가 쓴 《롤리타》가 떠오를지 모른다. 그러나 《타탸나》가 시기적으로 먼저 나왔고, 나보코프는 괴츠의 숭배자였다. 괴츠는 단 두 편의 소설만 썼다. 이 작품 외에 장편 소설 《비버리힐스에서 죽은 여자》가 그것이다. 지금은 거의 잊힌 작가가 되었는데, 그의 뛰어난 희극 작품들을 생각하면 안타까운 일이 아닐 수 없다. 예를 들어 그의 대표적 드라마 《몬테비데오의 집》은 독일에서 영화로 만들어져 큰 성공을 거두었다. 작가는 미국으로 망명한 뒤 MGM 영화사에서 일했고, 여러 편의 시나리오 작업에 참여했다.

바르샤바 게토에서 봉기
미국 작가 케루악, 미 해군 입대

1943
생텍쥐페리 《어린 왕자》
헤세 《유리알 유희》

표현주의

장 폴 사르트르
Jean-Paul Sartre
닫힌 방
Huis clos

"타인이 곧 지옥이다"는 유명한 말을 남긴 희곡이다. 살다 보면 어느 순간에든 할 수 있을 것 같은 말이다.

이 작품에는 죽은 뒤 폐쇄된 방(=지옥)에 갇히는 세 사람이 나온다. 매혹적인 부자 에스텔, 우체국 직원이자 지적인 레즈비언 이네스, 비겁한 저널리스트 가르생이 그들이다. 가르생은 아내를 학대했고 결정적인 순간에 비겁하게 행동했다. 이네스는 사촌의 아내 플로렌스를 유혹했고, 사촌의 죽음과 모종의 관련이 있다. 그 때문에 절망한 플로렌스는 이네스와 함께 독가스로 목숨을 끊었다. 에스텔은 자기 아이를 죽이고 애인을 자살로 내몰았다.

이렇듯 세 사람은 지옥에 떨어질 충분한 이유가 있었다. 닫힌 방은 조금 더운 것만 빼고는 지옥의 불길을 느낄 만한 흔적은 없다. 이곳에서 세 사람은 서로 괴롭힌다. 이네스는 에스텔을 갖고 싶어 하지만, 에스텔은 가르생에게 관심을 보이고, 가르생은 다시 이네스에게 인정받기를 원한다. 누구도 나머지 두 사람에게서 떨어질 수 없고, 함께 있을 수도 없다. 그렇다고 닫힌 방을 나가는 것은 불가능해 보인다. 그러다 갑자기 문이 열린다. 그러나 함정일지 모른다는 생각에 세 사람은 밖으로 나가지 못한다.

철학적이고 지적인 내용이 흥미롭지만 무대에 올리기에는 약간 빈약한 작품이다.

서머싯 몸
William Somerset Maugham
면도날
The Razor's Edge

삶의 의미를 찾는 한 남자의 이야기이다. 래리는 제1차 세계 대전에 참전한 군인으로 친한 전우가 눈앞에서 죽는 장면을 목격한 뒤로 일상생활에 적응하지 못한다(잃어버린 세대). 래리의 우유부단함에 신경이 예민해진 약혼녀 이사벨은 시카고에 직장을 알선하고는 최후통첩을 보낸다.

래리가 이사벨의 제안을 받아들이지 않자 두 사람은 결국 파혼한다. 이사벨은 두 사람 공통의 친구인 게리와 결혼하고, 래리는 삶의 의미를 찾아 탄광과 수도원, 힌두교 수행자들의 공동체인 아쉬람 등을 여행한다. 탄광을 제외하면 20세기에 안식을 원하는 사람들이 즐겨 찾는 장소들이다.

그로부터 몇 년 뒤 래리, 게리, 이사벨, 그리고 화자가 우연히 파리에서 만난다. 래리는 게리를 도와주고, 학창 시절의 여자 친구와 결혼하려 하지만, 이사벨의 방해로 뜻을 이루지 못한다. 이사벨은 여전히 그를 사랑하기 때문이다. 래리는 결국 미국으로 돌아가 소박한 삶을 살기로 한다. 그러나 그 뒤 그의 삶이 어떻게 됐는지는 알려지지 않는다.

연합군, 노르망디 상륙

아스트리드 린드그렌 Astrid Lindgren

내 이름은 삐삐 롱스타킹 Pippi Långstrump

전 세계에서 가장 유명한 동화는 이렇게 시작한다.

"작고 작은 어느 마을 변두리에 잡초가 무성한 오래된 정원이 하나 있었다. 그 정원에는 낡은 집 한 채가 있었고, 그곳에 아홉 살 소녀 삐삐 롱스타킹이 살았다. 부모도 없이 혼자."

'삐삐로타 빅투알리아 롤가르디나 크루스뮌타 에프라임스도테르 롱스트룸프'라는 긴 정식 이름 대신 '삐삐'라 불리는 어린이가 있다. 삐삐가 사는 낡은 집의 이름은 '뒤죽박죽 별장'이다. 얼룩말 한 마리와 '닐슨 씨'라고 이름 지은 원숭이가 함께 산다. 이웃에는 토미와 아니카라는 아주 사랑스럽고 반듯하고 얌전한 남매가 살고 있다.

천방지축 삐삐는 온갖 기발한 생각이 넘치고, 항상 즐겁고 신 나게 사는 아이다. 얌전한 토미와 아니카는 그런 삐삐를 입을 쩍 벌린 채 바라보고, 어떤 때는 신 나는 놀이를 함께하기도 한다. 이야기는 삐삐의 약간 초자연적인 능력 때문에 활력이 넘친다. 삐삐는 높은 곳에서 뛰어내릴 수 있고(이 능력으로 경찰을 따돌린다), 과자도 한꺼번에 엄청나게 많이 먹을 수 있으며, 좁은 공간에서도 체조 선수처럼 기막히게 균형을 잡는다(덕분에 불타는 집에서 아이들을 구해 낸다). 또한 짓궂은 남자아이를 나뭇가지에 매달기도 하고, 도둑을 장롱 위로 번쩍 들어 올리기도 한다.

삐삐의 엄마는 일찍 죽고 아빠는 폭풍우 치는 바다에서 실종되었다. 그러나 삐삐는 아빠가 살아 있다고 믿는다. 그래서 엄마는 천사가 되었다고 생각하고, 아빠는 남태평양 어느 섬의 식인종 왕*으로 살고 있다고 말한다. 어쨌든 엄마 아빠가 없어서 삐삐는 무엇이든 원하는 대로 할 수 있다. 늦게까지 깨어 있어도 되고, 말을 부엌에 데려가도 되고, 밀가루 반죽을 바닥에 놓고 마음대로 모양을 만들어도 되고, 달걀 노른자를 머리에 문질러도 되고, 청소용 솔을 썰매 타듯 타고 다니면서 바닥을 청소해도 된다.

어른들은 그런 삐삐에게 진저리를 치면서 불쌍한 고아 소녀를 제대로 교육하

---

*원작에서 삐삐의 아버지는 검둥이 나라의 왕으로 나온다. '검둥이'라는 단어는 이 책에 자주 나오는데, 당시만 해도 검둥이는 일반적인 표현이었다. 그러다 흑인을 비하하는 이 표현이 삭제되면서, 삐삐의 아버지는 남태평양의 식인종 왕으로, 삐삐는 검둥이 공주가 아닌 타카투카 공주로 묘사된다.

려고 한다. 그러나 그것이 삐삐에게 먹힐 리 없다. 토미 남매의 엄마가 삐삐를 다과에 초대하지만 삐삐는 제멋대로 행동하고, 선생님이 최선을 다해 가르치려 하지만 공부에는 전혀 관심이 없다. 경찰이 찾아와 삐삐를 어린이집으로 데려가려고 하자 삐삐는 이렇게 말한다.

"난 벌써 어린이집에 살고 있어요. 나는 어린이고 여기는 내 집이니까, 이 집이 어린이집이죠."

속편 《꼬마 백만장자 삐삐》와 《삐삐는 어른이 되기 싫어》에서도 어린이의 논리가 언제나 어른의 이성을 이긴다.

상냥한 삐삐를 만나려면

독일에서는 2007년에 아스트리드 린드그렌이 스웨덴 출판사에 보냈다가 거절당한 원본 작품이 출간되었다. 린드그렌이 직접 수정한 작품 속의 삐삐는 훨씬 상냥하고, 전체 줄거리도 덜 혼란스럽다.

진정한 문학 영웅

《내 이름은 삐삐 롱스타킹》은 린드그렌의 데뷔작이다. 1941년 린드그렌의 딸 카린이 폐렴에 걸렸다. 병에 걸린 아이들이 으레 그렇듯 카린도 엄마에게 재미난 이야기를 해 달라고 졸랐다. 린드그렌은 다른 모든 엄마처럼 대답했다.

"무슨 이야기를 해 줄까?"

"삐삐 롱스타킹 이야기요."

이 이름은 카린이 즉석에서 떠올린 이름이었고, 린드그렌은 이 이상한 이름에 어울리는 소녀의 이야기를 바로 지어냈다.

그로부터 4년 뒤, 이번에는 린드그렌 자신이 눈길에 발을 다쳐 침대에 눕게 되었다. 그러자 이 한가한 틈을 이용해 삐삐 롱스타킹 원고를 완성해서 한 출판사

제2차 세계 대전 끝남
국제 연합(UN) 창설
조선 식민지에서 해방

1907~2002(스웨덴)

"나는 언제나
아이들 편이다."

린드그렌에 관한 전기는 수십 권에
이른다. 그중에서도 어린이들을 위해
쓴 전기가 가장 좋다.
케르스틴 룽그렌이 쓴
《아스트리드 린드그렌과의 만남》이
그중 하나다.

에 보냈다. 원고를 보내면서 "청소년 복지국에 통고하지 않기를 바란다"는 메모도 덧붙였다. 출판사는 복지국에 통고하지는 않았지만, 출간도 거절했다.

린드그렌은 원고를 수정해 1년 뒤 다른 출판사에 보냈고, 마침내 거기서 책이 나왔다. 작품이 출간되자 작은 소동이 벌어졌다. 평론가들은 언어가 너무 상스럽고 너저분할 뿐 아니라 삐삐만큼 아이들에게 나쁜 본보기는 없을 거라고 분노했다. 스웨덴의 한 유명한 문예학자는 이렇게 썼다.

"정상적인 아이는 생크림 케이크를 통째로 먹어 치우거나 설탕 위를 맨발로 걸어 다니지 않는다. 미치지 않고서야 어떻게 그런 짓을 하겠는가?"

그에 반해 아이들은 책을 보자마자 삐삐에게 푹 빠졌고, 부모들도 교육자들의 걱정에 공감하지 않았다. 어쨌든 부정적인 논란에도 책은 잘 팔렸고, 그 성공에 힘입어 린드그렌은 계속 글을 쓸 수 있었다. 《소년 탐정 칼레》, 《떠들썩한 마을의 아이들》, 《지붕 위의 카알손》, 《마디타》, 《개구쟁이 미셸》, 《사자왕 형제의 모험》은 여전히 세계의 많은 어린이에게 사랑받는 작품들이다.

오늘날에는 린드그렌에 대해 단 한 마디도 나쁜 말을 하는 사람이 없다. 그녀는 진정한 문학 영웅이었고, 그만큼 상도 많이 받았다.

제1차 유엔 총회
뉘른베르크 전범 재판
베트남 전쟁 발발

1946
니코스 카잔차키스 《그리스인 조르바》
추크마이어 《악마의 장군》

알베르 카뮈

페스트 La Peste

알제리의 도시 오랑은 지극히 평범하고 조용한 해안 도시다. 그런데 언제부터인가 갑자기 쥐가 죽기 시작한다. 처음에는 몇 마리에 불과하더니 곧 수백 마리가 떼로 죽어 간다. 그다음엔 사람들이 죽어 간다. 그러나 누구도 오랑에 페스트가 닥쳤다는 끔찍한 말을 오랫동안 발설하지 못한다.

전체 흐름은 마이클 크라이튼*이나 리처드 프레스턴이 쓴 스릴러 소설과 비슷하다. 도시는 살인 박테리아로 기능이 마비되고, 사람들은 치료제와 예방약을 찾으러 미친 듯이 뛰어다니고, 한 선량한 의사(베르나르 리외)는 쓰러질 때까지 사람들을 구한다.

이 작품은 기본적으로 구역질이 날 만큼 상세한 묘사를 포함해 모든 것이 액션 스릴러 소설과 비슷하다. 다만 카뮈는 그냥 작가가 아니라 철학적인 작가였다. 그래서 작품 속엔 상징과 비유가 가득하다. 페스트는 악(전쟁)을 상징하고, 작가는 그 악에 맞서 어떻게 행동할지 묻는다. 이기적으로 행동할 것인가? 연대할 것인가? 소설에는 종교적 요소를 가미하는 신부도 등장한다.

부조리의 철학으로 써 낸 작품

카뮈는 작가이자 철학자로서 '부조리의 철학'이라는 독특한 사상을 만들었다. 내용을 간단히 설명하면 이렇다. 세상에는 무의미한 고통이 아주 많고, 인간은 그것에 맞서 싸워야 한다. 다른 사람들과 손을 맞잡고(연대!).

알제리에서 태어난 카뮈는 두 번째 아내와 오랑에서 몇 년을 살았다. 그러다

---

*미국의 과학 소설가이자 텔레비전·영화 프로듀서이다. 스티븐 스필버그가 영화화 한 《쥬라기 공원》이 대표작이다.

결핵 때문에 프랑스에서 요양하던 중 오랑이 연합군에 점령되자 고향으로 돌아
가지 못하고 파리에서 작품을 쓰기 시작했다.

살아 있는 사람들의 드라마

작가 마르케스는 《페스트》에 대해 이렇게 썼다.

"카뮈의 소설은 틀리지 않았다. 이 작품은 뒷문을 통해 서둘러 공동묘지로 달아남으로써
페스트에 대한 공포를 떨쳐 버린 사람들의 드라마가 아니라, 병균에 점령당한 도시에서 빠져
나가지 못한 채 역겨운 냄새가 나는 침실에서 피를 흘리는, 살아 있는 사람들의 드라마이다."

《페스트》는 카뮈의 작품 중에서 비교적 쉬운 축에 든다. 작품에 관한 해설을 읽
어도 좋지만, 꼭 그럴 필요는 없다. 사건은 긴장감이 넘치지만, 복잡하게 얽혀 있
거나 혼란스럽지 않다.

볼프강 보르헤르트 Wolfgang Borchert

문 밖에서 Draußen vor der Tür

전쟁에 나갔다가 고향에 돌아온 군인의 이야기를 다룬 희곡이다.

베크만은 3년간의 시베리아 포로수용소 생활 끝에 함부르크로 돌아온다. 누더기를 걸친 몸은 앙상하고, 한쪽 다리까지 전다. 고향에 도착했지만 돌아갈 집은 남아 있지 않다. 아내는 다른 남자와 살고 있고, 한 번도 본 적이 없는 자식은 죽었다. 부모마저 자살했다. 베크만은 어디로 가야 할지 모른다. 엘베 강에 빠져 죽으려 하지만 강물도 그를 받아 주지 않고 육지로 밀어낸다. 물에 젖어 신음하는 베크만을 한 여자가 발견하고 자기 집으로 데려간다. 그러나 여자의 남편이 나타나면서 베크만은 다시 거리로 나온다.

주인공은 옛 상관이던 대령을 만나러 간다. 전쟁 중에 대령은 병사 스무 명을 그에게 맡겼는데, 그중 열한 명이 전사했다. 베크만은 밤마다 전사자들의 소재를 묻는 가족들의 꿈을 꾼다. 내 아버지, 내 아들, 내 형제, 내 약혼자 어디 있나요? 그러나 대령은 병사들의 운명은 각자의 것이지, 베크만의 책임이 아니라고 냉정하게 잘라 말한다. 그로써 죄의식을 떨쳐 버리고, 과거의 일은 가능한 한 떠올리려 하지 않는다.

작품은 절망적으로 외치는 베크만의 독백으로 끝난다.

"왜 아무도 대답이 없어? 왜???"

유일한 희곡

《문 밖에서》는 보르헤르트가 8일 만에 완성한 유일한 희곡이다. 라디오 방송극으로 처음 방영되어 큰 인기를 누렸다. 보르헤르트는 이 작품의 주인공과 여러 면에서 비슷하다. 작가 역시 전쟁에 나갔다가 정신적·육체적으로 피폐해졌다. 작품에서 베크만이 과거의 상관에게 묻는 말을 통해서도 알 수 있다.

"대령님은 단 1분이라도 비명을 지르지 않고 살아갈 수 있습니까? 예?"

표현주의

1946년 하룻밤 만에 단편 〈민들레꽃〉을 썼는데, 평론가들은 혜성처럼 나타난 신예 작가의 재능에 감탄했다.

보르헤르트는 2년 동안 작품 활동을 했는데, 거의 병상에 누워 지내면서도 쇼트스토리를 50편 이상 썼다.

어렵고 침울한 작품 세계

결코 이해하기 쉬운 작품이 아니다. 이름 없는 인물들이 등장하고, 직접적인 관련이 없는 꿈이 현실과 뒤섞인다. 각 꿈에 대한 해석이 무척 다양해서 교사는 좋아하지만 학생은 싫어한다.

결론적으로 말해서 어렵고, 어려울 수밖에 없는 작품이지만 한번쯤 읽어 볼 가치는 있다. 〈빵〉과 〈부엌 시계〉 같은 쇼트스토리는 한결 쉽게 읽히지만, 내용은 마찬가지로 침울하다.

마셜 플랜
대한민국 건국
간디 암살
세계 인권 선언

1948
그레이엄 그린 《사건의 핵심》
노먼 킹슬리 메일러 《벌거벗은 자와 죽은 자》

조지 오웰 George Orwell

1984 Nineteen Eighty-Four

배경은 먼 미래의 런던이다. 세계는 여러 차례 전쟁을 치른 끝에 오세아니아, 유라시아, 동아시아, 이렇게 초강대국 셋으로 재편된다. 오세아니아에 속한 영국은 모든 주민을 24시간 감시하는 전체주의 국가다. 각 가정에 설치된 쌍방향 송수신기 텔레스크린이 주민의 일거수일투족을 촬영하고 대화 내용을 녹음한다. 동시에 이 기계에서 선전도 끊임없이 흘러나온다.

주인공 윈스턴 스미스는 뉴스와 오락, 예술을 담당하는 '진실부'에서 일하는데, 당과 관련한 최고 좋은 내용만 기록실에 보관되도록 뉴스를 조작한다. 국가 지도자는 유명한 '빅 브라더'이지만, 그를 본 사람은 없다. 윈스턴은 서서히 이 체제에 신물을 느낀다. 그러나 그런 생각을 하는 자신에게 소스라치게 놀라며 그 생각을 떨쳐 버리려 애쓴다. 자칫 사상범으로 몰려 사형 선고를 받을 수도 있기 때문이다. 어쨌든 그는 자신의 집에서 텔레스크린의 감시가 미치지 못하는 사각지대가 있음을 우연히 발견하고, 거기서 일기를 쓰기 시작한다. 이 역시 엄격히 금지된 일이다.

그런데 직장에서 '줄리아'라는 젊은 여성이 계속 눈에 띈다. 사상경찰이 아닐까 의심하지만, 어쨌든 어깨에 '섹스반대청년동맹'이라는 띠를 두르고 있다. 그런데 실은 줄리아도 체제에 반대하는 사람이다. 어느 날 그녀가 윈스턴에게 사랑한다는 말이 적힌 쪽지를 건넨다. 두 사람은 채링턴 씨의 골동품 상점에서 몰래 만나는데, 이 채링턴이 바로 사상경찰이다. 두 사람은 체포되어 모진 고문을 받고 끊임없이 세뇌당한다. 그 과정에서 서로 배신한다. 모든 상황이 참으로 고약하고 힘겹다. 윈스턴은 마지막에 빅 브라더만 사랑하게 된다.

지나 버린 먼 미래, 1984

오웰은 작품을 1948년에 완성했는데, 이 연도에서 마지막 숫자 두 개를 뒤집어 제목으로 정했다. 당시에는 1984년을 먼 미래로 느꼈기 때문이다. 그는 작품 제목을 '유럽 최후의 남자'로 할지 오랫동안 고민하다가 결국 '1984'로 정했다고 한다.

표현주의

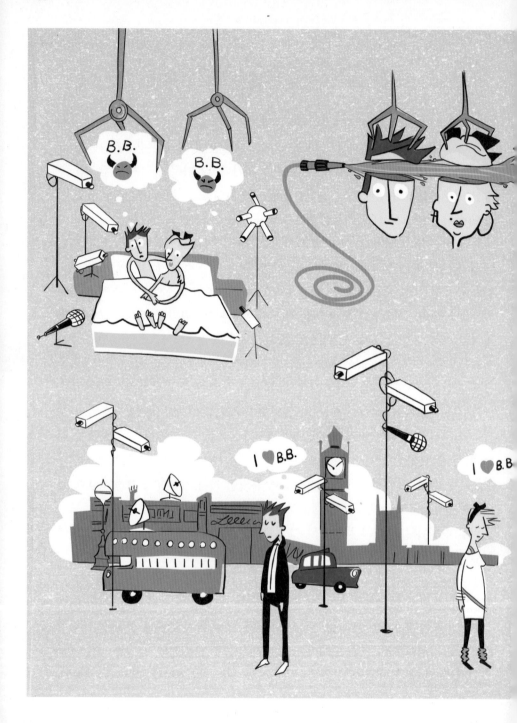

획기적인 과학 소설과 지루한 디스토피아 소설 사이

낙관론자라면 처음 50쪽을 읽으면서 벌써 이런 멋진 과학 소설이 그 먼 옛날에 있었다는 사실에 열광하고, 비관론자라면 작품에서 이야기하는 것이 거의 모두 현실이 된 사실에 우울해할 것이다. 다만 약간 지루할 것이다. 그동안 사람들은 세계의 종말이나 디스토피아를 다룬 소설을 너무 많이 읽었고, 사상을 통제하는 비밀경찰에 대해서도 잘 알기 때문이다.

책을 읽다가 "2분 증오"(사상 통제를 위한 집단 선전 프로그램)나 "신어"(당이 주민의 자유로운 생각을 억제하려고 만든 아주 이상한 언어)를 상세히 설명하는 대목에서 책을 덮은 사람이라면 대안으로 영화 보기를 제안한다. 상영 시간이 105분밖에 되지 않는다.

"빅 브라더가 당신을 지켜보고 있다."

농담으로든 진담으로든 오랫동안 사람들이 유행처럼 쓴 말이다. 그러나 이 말을 인용한 텔레비전 쇼가 만들어진 뒤로는 별로 새롭지 않다.

정의를 실천한 작가

오웰은 평생 사회적 약자를 배려하지 않고 공격적이고 돈과 권력만 탐하는 세상 때문에 괴로워했다. 학업을 마치고 미얀마에서 대영제국의 경찰로 일하면서 매일 부당한 현실을 경험했다. 영국인은 식민지 주민을 무자비하게 다루었고, 오웰도 그 일에 가담했다. 그렇게 5년을 견디다 결국 양심의 가책을 이기지 못하고 경찰을 그만두었다. 그 뒤 수필 《한 남자의 목을 매달다》를 쓰면서 작가가 되기로 했다.

처음에는 홉 농장의 일꾼, 웨이터, 접시닦이, 보조 교사를 전전하며 근근이 생활하다가 나중에야 당시의 생활을 기록한 자전적 소설 《파리와 런던의 밑바닥 생활》을 발표했다. 그 뒤 기고와 수필을 써서 생계를 꾸렸는데, 그가 다룬 주제는

표현주의

오웰

사회주의자

1903(인도)~1950(영국)

"자유에 무언가 의미가
있다면, 그것은 사람들이
듣고 싶어 하지 않는 것을
말할 권리를 가리킨다."

오웰의 본명은
에릭 아서 블레어였다.
그는 1933년에 '조지 오웰'이라는
필명으로 처음 작품을 발표했는데,
이 필명에 대해 이렇게 설명했다.
"나는 앞으로 내 이름을
조지 오웰이라 부를 것이다.
울림이 좋은 영국식 이름이기
때문이다. 아니, 어쩌면 지금은
조지 5세가 통치하고 있고,
에릭이 서퍽 주의 오웰 강으로
소풍을 가고 싶기 때문이기도 하다."

언제나 정의, 인권, 연대였다. 정치 저널리즘을 예술로 승화시키려고 했다.

오웰은 광부들의 참담한 현실을 보도한 신문 기사에 충격받고《위건 부두로 가는 길》을 썼다. 이런 인식은 글쓰기에만 그치지 않고 삶에도 고스란히 반영되었다. 그는 자기 원칙에 충실하게 검소하고 금욕적으로 살았다. 몇 년 동안 작은 마을에 살면서 채소와 과일을 가꾸었고, 가구도 직접 만들었다. 오웰은 말했다. "진정한 행복은 힘든 노동과 검소한 삶 속에 있고, 인간은 소박한 삶을 유지할 때만 인간적이다."

그는 스페인 내전에 대해 글을 쓰는 것에 만족하지 못하고, 직접 나가서 싸우다 중상을 입었다. 그러다 제2차 세계 대전이 발발하자 BBC에서 전쟁 선전물을 만드는 일을 했고, 나중에는 종군 기자가 되었다. 그는 검열을 끔찍이 싫어했고, 지병인 결핵으로 고통받았다. 1945년에 스탈린주의를 비판하는 우화 소설《동물 농장》을 발표하면서 작가로서 이름을 날리기 시작했다. 그로부터 3년 뒤《1984》가 출간되었다. 오웰은 그 직후 마흔여섯 살의 나이에 결핵으로 세상을 떠났다.

아서 밀러 Arthur Miller

세일즈맨의 죽음 Death of a Salesman

　예순세 살 윌리 로먼은 30년 동안 한 회사에서 일한 세일즈맨이다. 나이가 들수록 아메리칸드림이 허망한 꿈이었음을 깨닫는다. 현실에서 입지가 좁아질수록 행복했던 과거를 꿈꾸고, 어느 정도 성취하고 세상을 떠난 형을 떠올린다. 그런 형과는 반대로 윌리는 점점 실패의 나락으로 빠지고 친구 찰리의 도움까지 받아야 할 처지가 된다.

　두 아들 비프와 해피도 아버지가 바라던 모습이 아니다. 비프는 원래 성공한 축구 선수였지만 지금은 별로 가진 것이 없다. 게다가 아버지가 다른 여자와 있는 것을 목격한 뒤로는 완전히 의욕을 잃고 아버지와 싸우기만 한다. 해피도 변변치 않은 직장에 다니고 야망도 없다. 다만 상사에 대한 증오와 좌절감 때문에 상사들의 아내를 유혹한다. 윌리의 아내 린다는 남편을 걱정하는 다정한 사람이지만 현실에 대해 아는 게 없다.

　윌리가 회사에서 해고당하자 비프는 아버지에게 현실을 인정하고 받아들일 것을 강요한다. 그러나 윌리는 여전히 자신의 능력을 확신하고, 아들에 대한 기대도 버리지 않는다. 그래서 마지막으로 미국식 영웅 역할을 자처한다. 비프가 아버지의 사망 보험금으로 사업할 수 있도록 자동차 사고로 꾸며 자살한 것이다.

표현주의

희곡은 연극으로 봐야 제맛

희곡을 책으로 읽는 것은 상당히 의욕적인 일이지만, 사실 연극으로 보는 것이 가장 좋다. 이 작품을 공연하는 극장이 없다면 폴커 쉴렌도르프가 감독한 영화를 보는 것도 좋다. 더스틴 호프만이 주인공 윌리로 나오고, 존 말코비치가 비프 역할을 맡은 탁월한 작품이다.

유명세에 시달린 밀러

밀러는 여배우 마릴린 먼로와의 결혼으로 단숨에 세계적으로 유명해졌다. 물론 먼로 때문에 주목받는 것을 늘 불쾌해했다. 어쨌든 결혼 생활은 4년 만에 끝났다.

그는 이미 그전부터 유명 작가였다. 서른세 살에 《세일즈맨의 죽음》으로 퓰리처상을 받았다. 몇 년 뒤인 1953년에는 희곡 《시련》을 발표해 당시 미국 사회를 휩쓸던 매카시즘* 열풍을 비판했다. 물론 그 때문에 반미 공산주의자로 몰려 곤욕을 치르기도 했다.

*1950년부터 1954년까지 미국 전역을 휩쓸었던 반(反)공산주의 열풍.

그레이엄 그린 Graham Greene

제3의 사나이 The Third Man

때는 제2차 세계 대전 직후인 1945년이다. 폐허가 된 도시 빈은 네 구역으로 분할되고, 전쟁에서 승리한 연합국인 영국, 프랑스, 러시아, 미국이 네 구역을 담당한다. 미국인 롤로 마틴스는 오랜 친구 해리 라임을 만나러 오지만, 빈에 도착하자마자 해리가 자동차 사고로 죽었다는 소식을 접한다.

해리의 장례식에서 마틴스는 경찰인 캘러웨이 소령(액자식 구성 속의 1인칭 화자다)을 만나고, 해리가 밀매 혐의로 경찰의 추적을 받고 있었다는 이야기를 듣는다.

나중에 호텔에서 '쿠르츠'라는 오스트리아 인이 전화를 걸어 자신을 만나고 싶다고 한다. 그런데 그와 대화하던 중 해리의 죽음에 뭔가 석연치 않은 구석이 있음을 느끼고 진실을 파헤치기로 결심한다(그 과정에서 해리의 애인 안나를 사랑하게 된다).

그런데 사건은 점점 수상쩍어진다. 당시 자동차 사고 현장에 있던 모든 사람이 해리와 아는 사이였는데, 해리의 이웃 코흐 씨가 현장에서 제3의 사나이(!)를 보았다고 말한다. 코흐는 바로 다음 날 의문의 죽음을 맞는다.

마틴스는 캘러웨이 소령의 초대로 대화를 나누다가 자신의 친구가 무슨 일을 저질렀는지 알게 된다. 페니실린 밀매였다. 그런데 그보다 더 심각한 것은 페니실린을 희석해 팔아 환자들에게 치명적인 해를 입혔다는 사실이다.

캘러웨이 소령과 마틴스는 해리가 살아 있고, 그가 사고 현장에 있던 제3의 사나이라고 확신한다. 그들은 해리를 함정으로 유인하지만 해리는 무사히 빠져나간다. 이 대목에서 미로처럼 얽힌 빈의 지하 하수도 망에서 벌어지는 유명한 추격전이 나온다. 마지막에 마틴스가 친구를 쏘아 주인다.

영화 대본을 만들기 위해 시작된 소설

그린은 서문에서 이 책이 나오게 된 과정을 밝혔다. 영화감독 캐럴 리드는 영화 대본이 필요했고, 그린은 그 초안이 될 소설을 쓰기로 했다. 소설은 영화보다 훨씬 많은 이야깃거리를 담을 수 있고, 영화를 만들 때는 그런 소재가 많을수록 좋기 때문이다. 영화는 책이 출간되기 1년 전에 나왔는데, 그린은 영화가 소설보다 낫다고 여겼다.

영화에서는 몇 부분이 소설과 다르다. 먼저 주연을 맡은 조셉 코튼이 롤로라는 이름을 좋아하지 않아서 이름이 홀리로 바뀌었다. 미국인 악당 한 명도 루마니아인으로 바뀌는데, 해리 역할을 한 오손 웰스가 미국인인데다 악당으로 나오기 때문이다. 또 영화가 지나치게 정치적으로 흐를 것을 염려해서 납치 장면이 삭제되었고, 결말도 행복하게 끝나지 않는다. 소설에서는 최소한 마틴스와 안나가 다시 만나게 되리라는 일말의 희망은 남겨 두었다.

그밖에 치타 연주자 안톤 카라스가 작곡한 빛나는 주제 음악도 잊을 수 없다. 치타 선율이 매력적인 이 주제곡은 인기 음악 순위에도 올랐다.

영화가 더 훌륭하지만 소설을 읽는 것도 좋다!

제롬 데이비드 샐린저 Jerom David Salinger

호밀밭의 파수꾼 The Catcher in the Rye*

주인공은 명문 사립학교에 다니는 열여섯 살 소년 홀든 콜필드이다. 학교 성적은 좋지 않고, 여자아이들과의 관계도 별로이고, 기숙사 룸메이트에게는 이용만당한다. 영어를 제외한 나머지 과목에서 모두 낙제 점수를 받아 벌써 네 번째로학교에서 쫓겨나게 되자 부모가 알기 전에 먼저 고향으로 도망친다. 그런데 뉴욕에 도착해서 그가 간 곳은 집이 아니라 호텔이다.

홀든은 바에서 칵테일을 마시고, 나이트클럽에 들어가고, 호텔 엘리베이터 보이의 꼬임에 넘어가 매춘부를 만난다. 그러나 이야기만 하고 돌려보냈다가 돈 문제로 포주와 싸움이 붙는다. 그렇게 첫날이 지나간다.

다음 날 아침 홀든은 호텔을 나와 예전에 다니던 학교의 여자애를 만나 함께영화관에 가고 스케이트를 탄다. 그 여자애 곁에서 눈물도 흘려 보지만 여자애는홀든을 돌봐 주려 하지 않는다. 이번에는 남자 친구와 영화관을 가지만, 그것도일이 제대로 풀리지 않는다. 낙담한 홀든은 센트럴 파크로 발길을 돌려 오리가사는 연못가 벤치에 앉는다(오리가 겨울에는 어디 사는지 예전부터 궁금해했는데, 주인공의 예민한 감수성과 공감 능력을 보여 주는 대목이다).

마지막으로 홀든은 예전 선생님을 찾아가 거기서 묵지만, 성적으로 희롱당했다고 착각하는 바람에 밤중에 그 집을 나온다. 그는 거리를 계속 헤매다 역 대합실에서 둘째 날 밤을 보낸다.

이튿날 아침 홀든은 서부로 도망치기로 하고, 아홉 살 여동생 피비를 만나 그계획을 털어놓는다. 피비는 눈물을 흘리며 오빠와 함께 떠나겠다고 한다. 홀든은결국 계획을 포기하고 피비를 데리고 동물원에 간다. 거기서 회전목마를 타는 피

표현주의

---

*남들보다 좀 더 아는 체하고 싶다면 이 이상한 제목에 대해 설명하는 것도 좋은 방법이다. 18세기에 스코틀랜드 시인 로버트 번즈가 〈호밀밭에서〉라는 시를 썼는데, 이 시에 곡을 붙인 동요가 유명해지면서 덩달아 시도 유명해졌다. 시에는 "한 사람이 호밀밭에서 다른 누구를 만나면"이라는 후렴구가나온다. 그런데 주인공 홀든이 이 구절을 "한 사람이 호밀밭에서 다른 누구를 붙잡는다면"으로 알고 있었다. 그는 호밀밭이 있는 가파른 절벽에 서 있고, 거기서 마음껏 뛰노는 아이들이 절벽으로 떨어지지 않게 지키는 것이 자기가 하고 싶은 일이라고 말한다(소설에서 반복해서 나오는 모티프이다).

비를 보면서 마침내 행복을 느낀다.

은둔형 외톨이 작가 샐린저

샐린저의 작품은 전부 읽기를 권한다. 전부라고 해 봤자, 장편 소설 한 편과 단편 소설 몇 편에 지나지 않으니까. 작가는 《호밀밭의 파수꾼》으로 세계적인 성공을 거두었지만, 은둔 생활을 했다. 1965년에 마지막 작품을 발표한 뒤 죽을 때까지 모습을 드러내지 않았다.

샐린저는 외부에 알려지는 것을 극도로 꺼린, 베일에 싸인 작가였다. 그에 관한 사적인 정보는 조이스 메이나드의 자전적 소설 《호밀밭 파수꾼을 떠나며》에서 얻을 수 있다. 메이나드가 대학생 시절에 샐린저와 함께 보낸 10개월을 회고한 작품인데, 샐린저에 대한 단순한 수다나 폭로가 아닌 꽤 흥미로운 내용이 담겨 있다.

《호밀밭의 파수꾼》은 젊은이로부터 열광적인 반응을 얻은 스테디셀러이다. 또한 다양한 해석 가능성 때문에 문학 교사들이 좋아하는 책이기도 하다. 홀든이 마음에 들지 않는다면 단편 소설 《프래니와 주이》를 읽는 것도 괜찮다.

짧고 굵게 보는 문학사

어니스트 헤밍웨이

노인과 바다
The Old Man and the Sea

쿠바 연안에서 물고기를 잡으며 살아가는 어부 산티아고는 84일 동안 물고기를 한 마리도 잡지 못한다. 그러다 85일째 되던 날 거대한 돛새치(농어목의 물고기로 몸길이가 4미터에 이르기도 한다)가 걸린다. 그런데 너무 덩치가 커서 물고기를 끌어올리지 못하고, 대신 물고기가 배와 산티아고를 끌고 이틀 밤낮을 돌아다닌다.

산티아고는 점점 지쳐가고, 물고기에 대한 깊은 존경심이 생긴다. 3일째 되던 날 마침내 물고기와의 싸움에서 승리한다. 그는 작살로 물고기를 죽인 뒤 해안 쪽으로 끌고 간다. 그러나 곧 피 냄새를 맡은 상어들이 몰려온다. 산티아고는 힘이 닿는 데까지 물고기를 지키려 하지만 소용없다. 결국 물고기는 뼈만 남고, 산티아고는 기진맥진한 채 해안에 도착한다.

독자와 평론가들은 작품에 열광했고, 헤밍웨이는 2년 뒤 노벨상을 받았다. 이 작품이 아니었다면 결코 노벨상의 영광이 주어지지 않았을 것이다. 그전까지 발표한 소설들은 그리 좋은 평가를 받지 못했기 때문이다.

나중에는 헤밍웨이를 향해 사냥 숭배와 마초주의(남자는 무너질지언정 무릎을 꿇지 않는다)에 대한 비판이 끊임없이 제기되었다. 그러나 그런 남성 숭배 이념을 문제 삼지 않을 정도로 그가 위대한 걸작을 남겼다는 점에 대해서는 누구도 이의를 제기하지 않는다.

프리드리히 뒤렌마트
Friedrich Dürrenmatt

판사와 교수형 집행자
Der Richter und sein Henker

베른의 형사 반장 한스 베어라흐는 살인 사건을 수사한다. 동료 경찰 울리히 슈미트가 총에 맞아 죽은 것이다. 베어라흐는 몸이 아파 동료 경찰 찬츠에게 수사를 넘기는데, 실은 찬츠가 슈미트를 죽인 범인이다. 그 사실을 알게 된 베어라흐는 찬츠를 사형 집행자로 이용해 자신의 오랜 적대자인 가스트만을 제거하려 한다.

가스트만은 40년 전에 살인을 저질렀는데, 베어라흐는 그 사실을 증명할 방법이 없었다. 그래서 몇 가지 책략으로 가스트만을 이번 살인 사건의 유력한 용의자로 만들고, 수사 과정에서 찬츠의 총에 맞아 죽게 한다.

나중에 베어라흐는 야심만만한 찬츠에게 슈미트를 살해한 책임을 추궁하며 승서에까지 내모니고는 그냥 물러 준다. 그러나 다음 날 찬츠는 죽는다. 기차가 그의 자동차를 덮친 것이다.

짧고 긴장감 넘치는 수준 높은 범죄 소설이다. 스위스 출신 뒤렌마트는 또 다른 범죄 소설 두 권을 썼고, 탁월한 희곡 작품을 상당히 많이 남겼다. 대표작으로는 《로물루스 대제》와 《노부인의 방문》, 《물리학자들》 등이 있다.

표현주의

미국, 수소 폭탄 개발

1952
뒤렌마트 《판사와 교수형 집행자》
헤밍웨이 《노인과 바다》

이언 플레밍 Ian Lancaster Fleming

카지노 로얄 Casino Royale

주인공 이름은 제임스 본드다. 영국 비밀정보부 M16 요원으로 살인 면허증을 갖고 있으며, 나이는 30대 중반, 1미터 87센티미터의 키에, 몸무게 76킬로그램의 균형 잡힌 몸매를 가진 매력적인 인물이다.

영국 정보부는 소련 첩자 르 쉬프르가 몬테네그로의 카지노 로얄에서 호화판 포커 대회를 통해 테러 자금을 모으려 한다는 계획을 알아내고 007(본드의 암호명 이다)에게 쉬프르를 저지하라는 임무를 내린다. 본드는 아름다운 프랑스 스파이 베스퍼 린다와 CIA 요원 펠릭스 라이터의 도움으로 쉬프르를 이기지만, 직후에 린다가 납치된다. 본드는 즉시 추격전에 나선다. 그러나 자신의 전용 자동차(총이 장착된 회색 벤틀리)를 통제하지 못하고 쉬프르에게 잡혀 고문을 당한다.

다행히 쉬프르를 제거하려는 다른 소련 첩보원이 제때 등장하고, 본드의 손등 에는 스파이 표식을 새겨 넣는다. 물론 이 표식은 나중에 피부 이식으로 없앤다. 본드와 린다는 구조되어 휴식을 취하고, 본드는 평생 스파이로 살고 싶으면서도 린다와 결혼하려고 한다. 그러나 린다가 수상하게 행동하더니, 결국 스스로 목숨 을 끊는다. 그녀는 본드를 노린 이중 스파이였던 것이다. 본드는 계속 영국 스파 이로 활동한다.

열정적 조류 관찰자에서 스파이 소설 작가로

플레밍은 열정적인 조류 관찰자였는데, 제임스 본드는《서인도제도의 새들》이 라는 흥미로운 책을 쓴 조류학자의 이름이다.

플레밍 자신도 제2차 세계 대전 중에 영국 정보부에서 몇 가지 작전을 수행한 스파이였다. 그러나 본드 소설의 모델은 작가 자신이 아니라 한 영국인 해군 장 교였다. 플레밍은 전역 후 신문사에서 일하면서 첫 본드 소설을 썼다. 반응이 특 별히 좋지는 않았지만 시리즈를 계속 써 나갔고, 007은 서서히 스타로 떠올랐다.

007의 역사는 계속된다

플레밍은 본드 소설을 열두 권 썼다. 그가 죽자 여러 작가가 이어 썼다. 1981년 이후에는 존 가드너가 본드 시리즈 열네 편을 발표했는데, 원작의 분위기를 살리면서도 시대 배경만 1980년대로 옮겼다. 1996년에는 미국의 레이먼드 벤슨이 가드너를 대신해 집필에 나섰다. 벤슨 역시 엄격한 단서 조항을 지켜야 했다. 현재 일어나는 사건이어야 하고, M은 여성이어야 하고, 냉전 시대가 아닌 현실 정치를 다루어야 한다는 조건이었다.

이 조건을 단 것은 훌륭한 결정이었다. 이를 통해 플레밍의 원작과 다르면서도 긴장감 넘치는 작품이 나올 수 있었기 때문이다. 반면, 플레밍 탄생 100주년에 맞춰 출간된 세바스찬 포크스의 소설 《데빌 메이 케어》는 시대적으로나 내용상으로 원작가의 마지막 작품 《황금총을 가진 사나이》를 떠올리게 한다. 하지만 1960년대 분위기를 살린 이 작품은 어쩐지 지루한 느낌이 든다.

2012년에는 미국 스릴러 작가 제프리 디버가 본드 작가의 명맥을 잇고 있다.

표현주의

한국 전쟁 끝남
처칠, 노벨문학상 수상
동독 봉기

1953
I. 플레밍 《카지노 로얄》
A. 밀러 《시련》

가장 중요한 문학상들

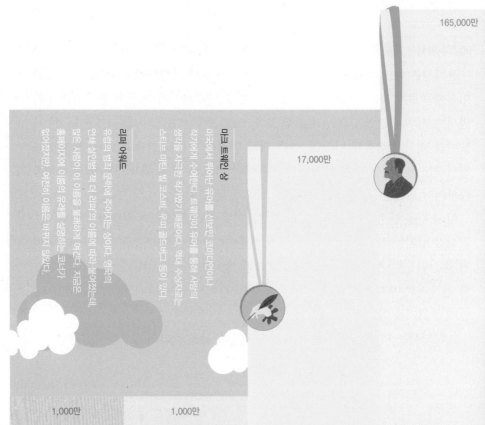

165,000만

17,000만

리페 어워드

유럽의 범죄 문학에 주어지는 상이다. 영국의 연쇄 살인마 '잭 더 리퍼'의 이름에서 따온 이름이었다. 받은 사람이 이 이름을 불쾌하게 여긴다. 지금은 홈페이지에 이름의 유래를 설명하는 코너가 없어졌지만, 여전히 이름은 바뀌지 않았다.

마크 트웨인 상

미국에서 뛰어난 유머를 선보인 코미디언이나 작가에게 수여한다. 트웨인이 유머를 통해 사람의 생각을 자극한 작가였기 때문이다. 역대 수상자는 스티브 마틴, 팀 콘웨이, 우피 골드버그 등이 있다.

1,000만

1,000만

0

내셔널 북 어워드

상금 만 달러(약 천만 원)

시상 분야 소설, 비소설, 시, 아동·청소년 문학

시작 연도: 1950년

퓰리처상과 함께 미국에서 가장 권위 있는 문학상이다. 4개 분야 시상과는 별도로 매년 미국 문학의 발전에 두드러지게 공헌한 작가에게 상금과 메달을 수여한다.

퓰리처상

상금 만 달러

시상 분야 보도, 문학(소설 및 비소설), 음악, 사진 등 21개 분야

시작 연도: 1917년

내셔널 북 어워드와 함께 미국 작가들에게 가장 중요하고 권위 있는 문학상이다. 헝가리 출신의 출판업자 조셉 퓰리처의 유산으로 기금이 조성되었다.

세르반테스문학상

상금 12만 5천 유로(약 1억 7천만 원)

시상 분야 문학

시작 연도: 1976년

스페인 어권을 대표하는 문학상으로 국적에 상관없이 스페인 어로 작품 활동을 하는 작가에게 수여한다. '라틴의 노벨상', '스페인 문학의 노벨상'이라 불린다. 대부분 스페인 작가와 스페인계 미국 작가가 번갈아 수상한다. 시상식은 해마다 세르반테스가 죽은 날인 4월 23일에 열린다.

노벨문학상

상금 현재 1천만 크로네(약 16억 5

시작 연도: 1901년

노벨은 이상주의적 특색을 가게 살린 작가에게 상을 주라말만 따져 보면 기준이 좀 모쨌든 스웨덴 아카데미는 원칙유롭게 선택권을 행사한다. 그결과에 대한 불평이 쏟아질그럼에도 전 세계 문학계는 마원회의 결정을 오매불망 기다상금과 명예가 걸려 있기 때

북앨범 / 다이어그램 상

영국의 신문지 《더 북셀러》가 주관하는 상으로 재밌이가 가장 기발하고 엉뚱한 작품을 선정한다. 도서 박물관에서 자유롭을 느낀 다이어그램 그룹이 한 서적상이 내 아이디어였다. 이 상은 꼭 상업의 인기를 얻었다. 역대 수상작으로는 《거대한 배를 짜는 방법》, 《대조변인 잉 이야기에 관한 가정용 책》, 《청가지가 방식으로 치과를 운영하는 방법》 등이 있다. 2008년부터는 독일어도 쓴 가장 희한한 제목을 선정하는 상도 생겼다.

에드거 앨런 포 어워드

미국 탐정소설에서 가장 대중적이고 중요한 상이다. 장편과 단편 수 분야 외에 영화나 텔레비전의 추론도 수상한다. 총에서 에드거 앨런 포의 추론도 되는다.

브람 스토커 어워드

뛰어난 공포 소설을 쓴 작가에게 수여한다.

8,650만

6,800만

3,400만

1만

0

ㅓ 상

운드(약 8,650만 원)

: 1969년
연방 국가의 작가를 대상
해 최고의 영어 소설을 쓴
수여한다. 처음엔 영국 식
부커 사가 주관해서 '부커
렸다. 부커는 애거서 크리
언 플레밍 같은 작가의 저
고 있고, 그 수익의 일부를
후원한다. 2002년부터는
이 상을 수여하고, 투자 기
) 그룹이 주요 후원자로 활
그래서 명칭도 '맨 부커 상'
이었다.

게오르크 뷔히너 상

5만 유로(약 6,800만 원)
시작 연도: 1923년
독일어권 작가들에게 가장 중요한 문학상이다. '뛰어난 작품과 창작 활동으로 현재 독일 문화생활의 활성화에 중요한 역할을 한' 작가에게 수여된다.

독일 도서상

수상자에게는 2만 5천 유로(약 3,400만 원), 최종 후보자 다섯 명에게는 각각 2,500유로(약 340만 원)씩 수여한다.
소설
시작 연도: 2005년
독일 서적상과 출판인 협회가 수여하는 상으로 프랑크푸르트 국제 도서전 직전에 프랑크푸르트 뢰머에서 시상식이 열리는데, 엄청나게 화려하고 성대하다.

공쿠르상

10유로(약 만 원)
소설
시작 연도: 1903년
수상자가 상징적인 금액으로 겨우 10유로를 받지만, 프랑스에서는 가장 권위 있고 중요한 상이다. 예전에는 상금이 5천 금프랑이었지만 인플레이션으로 가치가 폭락했다. 어쨌든 상금은 중요하지 않다. 수상작으로 선정되면 베스트셀러에 올라 더 많은 돈을 벌기 때문이다.

짧고 굵게 보는 문학사

사무엘 베케트
Samuel Beckett

고도를 기다리며
En attendant Godot

베케트의 희곡 작품. 남자 둘이 나무 아래에서 '고도'라는 이름의 누군가를 기다린다. 그러나 고도는 오지 않는다. 이들은 고도와 언제, 왜 만나기로 약속했는지도 모른다. 그저 기다리는 동안 이따금 별 의미가 없는 대화만 나눌 뿐이다.

그러다 포조와 러키라는 다른 두 남자가 나타난다. 포조는 러키를 줄에 묶고 다니면서 이런저런 명령을 내린다. 마침내 러키는 춤을 추고, 말도 안 되는 독백을 늘어놓는다. 1막은 그렇게 끝난다.

2막에서도 두 남자는 다시 고도를 기다리고, 포조와 러키가 지나간다. 그런데 이번에는 벙어리가 된 러키가 눈이 먼 포조를 데리고 다닌다. 두 사람은 전날 있었던 일을 기억하지 못한다. 고도는 또다시 오지 않는다.

관객들은 연극을 보는 내내 하나의 사건과 의미, 논리를 기다리지만, 그런 건 없다. 그럼에도 이 작품은 큰 성공을 거두었다. 이 작품의 가장 큰 매력은 연출가든 비평가든 관객이든 모두 자기 나름대로 해석할 수 있다는 점이다. 베케트는 작품의 의미를 제시하지 않았다.

프랑수아즈 사강
Françoise Sagan

슬픔이여 안녕
Bonjour Tristesse

열일곱 살 세실은 잘생긴 바람둥이 아버지, 레이몽과 단둘이 산다. 두 사람은 아버지의 현재 애인 엘사와 함께 코트다쥐르 해변에서 여름휴가를 보낸다. 그러던 어느 날 패션 디자이너인 안느가 아버지 앞에 나타난다. 레이몽이 지금껏 만난 여자들과 완전히 다른 사람이다. 엘사는 아버지의 관심에서 밀려났고, 얼마 지나지 않아 레이몽은 안느와 결혼하겠다고 선언한다.

세실은 둘의 결혼을 원하지 않는다. 지금까지처럼 자유롭게 살지 못하게 될 것 같기 때문이다. 세실은 꾀를 내어 안느가 레이몽과 엘사가 키스하는 장면을 보게 만든다. 안느는 울면서 차를 타고 떠나다가 사고로 죽는다. 레이몽과 세실은 충격을 받지만 다시 예전처럼 자유분방하게 살아간다. 다만 세실은 안느를 생각할 때마다 슬픔을 느낀다.

사강은 열여덟 살 때 이 작품을 썼다. 데뷔작 《슬픔이여 안녕》은 예기치 못한 큰 성공을 거둔 동시에 작은 소동도 일으켰다. 1960년대의 고루한 시각으로는 내용이 지나치게 자유분방했기 때문이다. 그런 점을 예견한 듯 사강의 부모는 처음부터 필명을 쓰라고 당부했다. 이렇게 해서 본명 '쿠아레'는 프루스트의 작품에 나오는 인물의 이름을 따 사강으로 바뀌었다.

엘리자베스 2세 영국 여왕 즉위
DNA 구조 해독 발표
E. 힐러리, 최초로 에베레스트 산 등반

매카시 청문회 종결

1953
베케트 《고도를 기다리며》

1954
톨킨 《반지의 제왕》(1부 《반지 원정대》) | 사강 《슬픔이여 안녕》 | 골딩 《파리 대왕》
아이작 아시모프 《강철 도시》(《로봇》 시리즈 1부)

윌리엄 골딩
William Golding

파리 대왕
Lord of the Flies

여섯 살에서 열두 살 사이의 소년들이 전쟁으로부터 안전한 곳으로 이송된다. 그런데 비행기가 추락하면서 어른은 모두 죽고, 아이들만 낙원 같은 무인도에 도착한다.

아이들은 섬에서 물과 과일, 멧돼지를 발견하고, 착하고 현명한 랠프를 리더로 뽑아 공동생활을 구축하려고 애쓴다. 랠프의 지휘 아래 섬을 탐사하고, 안경을 이용해 불을 피우고, 오두막도 짓는다. 그러나 얼마 지나지 않아 아이들은 두 집단으로 나뉜다. 한 집단은 랠프를 중심으로 합리적이고 꼭 필요한 것에만 신경 쓰고, 다른 집단은 잭을 중심으로 공동체의 의무는 무시하고 멋대로 사냥에만 열중한다. 두 집단은 끊임없이 싸운다. 그런데 시간이 갈수록 아이들은 점점 잭에게 몰려간다. 잭 무리는 심지어 랠프 집단의 두 아이를 죽이기까지 한다. 결국 혼자 남은 랠프는 잭 일당에게 쫓긴다. 아이들은 랠프를 잡으려고 숲을 뒤지고, 연기를 피우면 숨은 곳에서 나오지 않을까 싶어 숲에 불을 지른다. 마침 지나가던 영국 군함이 그 연기를 보고 섬에 닿아 위기에 빠진 랠프를 구한다. 물론 나머지 아이들도 구조된다.

전체 내용은 전체주의 체제와 문명사회에 대한 비판이지만, 인간 심리에 대한 연구이기도 하다. 이 소설과 비슷하게 무인도에 버려진 사람들의 비뚤어진 세계를 묘사한 작품으로는 알렉스 가랜드의 《비치》를 들 수 있다. 이 소설에서는 히피 같은 사람들로 이루어진 공동체가 나름의 규칙을 만들어 살아가려고 하지만 잘 안 된다. 미국 텔레비전 시리즈 '로스트'에서도 비행기 추락에서 살아남은 사람들이 무인도에 살게 되는데, 그들 사이에서는 줄곧 살인이 일어난다.

아스트리드 린드그렌

지붕 위의 카알손
Lillebror och Karlsson på taket

"나는 멋지고 똑똑하고 제대로 뚱뚱한, 한창 좋을 때의 남자야." 어느 날 카알손이 릴레브로르의 방 안으로 날아 들어와 이렇게 말한다. 카알손은 릴레브로르의 방에 있던 장난감 증기기관차를 망가뜨리고는 "위대한 인간은 얼마든지 이래도 돼." 하고 말한 뒤 지붕 위의 자기 집으로 날아간다.

카알손은 때로 굉장히 이기적이고 교만적이고 멀는 걸 밝히고 독선적이고 불친절하지만 릴레브로르와 카알손은 점점 가까워진다. 릴레브로르는 웃기고 뚱뚱한 이 작은 남자 카알손과 함께 온갖 모험을 한다.

〈카알손〉 시리즈는 세 권인데, 모두 정신없이 시끄럽다. 하지만 바로 그 때문에 아주 재미있다.

블라디미르 나보코프 Vladimir Vladimirovich Nabokov

롤리타 Lolita

　주인공은 험버트 험버트*라는 이상한 이름을 가진 남자다. 미국에 사는 프랑스 문예학자인 이 남자는 예전부터 어린 소녀를 '작은 요정(님펫)'이라 부르며 좋아했다. 대학에서 프랑스 문학을 강의하기 위해 뉴저지에 방을 얻은 그는 여주인 샬로트의 딸을 보자마자 치명적인 사랑에 빠진다. 열두 살의 조숙한 금발 소녀. 험버트는 '돌로레스'라는 원래의 이름을 놔두고 소녀를 '롤리타'라고 부른다.

　한편 험버트를 좋아하는 샬로트는 험버트에게 자신과 결혼하거나 아니면 집을 비워 달라고 몰아붙인다. 험버트는 샬로트를 경멸하면서도 롤리타 곁에 있고 싶어 결혼을 받아들인다. 그런데 그가 샬로트와 롤리타에 대한 감정을 솔직하게 적어 둔 일기를 샬로트가 읽으면서 사건은 매우 빠르게 전개된다. 샬로트가 충격을 받고 밖으로 뛰어나가다가 차에 치여 죽은 것이다.

　이제 롤리타의 보호자가 된 험버트는 여름 캠프에 참가한 롤리타를 데려와 호텔에 묵는다. 지금껏 힘들게 억눌러 온 성욕이 롤리타의 유혹에 무너지고, 이후 롤리타와 함께 미국 전역의 모텔을 전전한다. 그의 열정적인 사랑은 곧 성적인 노예 관계로 변하고, 험버트는 롤리타가 원하는 일이라면 무엇이든 한다. 롤리타는 그런 험버트를 파렴치할 정도로 이용해 먹는다.

　그러던 어느 날 롤리타가 흔적도 없이 사라진다. 두 사람을 쫓던 미지의 추적자와 몰래 달아난 것이다. 험버트는 몇 년이 지난 뒤에야 그 남자가 영화에 출연시켜 주겠다는 말로 롤리타를 유혹한 극작가 클레어 퀼티였다는 사실을 알게 된다. 퀼티는 롤리타에게 포르노 영화 출연을 강요한다. 험버트는 퀼티를 총으로 쏘아 죽이고 자수한다. 그사이 결혼해서 가난하게 살아가던 롤리타는 아이를 낳다가 죽는다.

---

*소설 속 주인공이 자신에게 붙인 가명이다. 이 이름이 무척 추악하게 들린다는 이유에서다.

암시와 패러디가 가득

나보코프는 이 소설에서 다른 작품들에 대한 다양한 암시와 패러디를 시도했고, 문학과 여러 언어에 대한 조예가 깊어야만 이해할 수 있는 다중적 의미를 깔아 놓았다.

예를 들어 롤리타는 마지막에 남편의 성을 따라 롤리타 실러(Schiller)라 불리는데, 그것을 영어식으로 읽으면 'Lolita's killer'처럼 들린다. 롤리타가 간접적으로 남편에 의해 죽게 되었음을 암시한다.

줄거리만 보면 야한 장면이 자주 나올 것 같지만, 100쪽 이후로는 나오지 않는다. 여러 가지 요소를 많이 숨겨 놓아, 문체가 전체적으로 쉽지 않다. 나보코프의 작품을 처음 읽는 독자에게는 그의 첫 장편 소설 《마센카》를 추천한다. 약 200쪽 분량의 매혹적인 연애 소설이다.

표현주의

헨리 밀러 Henry Valentine Miller

클리쉬의 고요한 나날 Quiet Days in Clichy

1930년대 파리에서 술과 파티, 여자에 파묻혀 보헤미안처럼 살았던 작가의 경험을 그린 소설이다. 미국인 조이(1인칭 화자로 작가의 옛 자아다)와 칼은 함께 살면서 여러 여자와 어울리고 매춘부를 만난다.

작품에는 성행위 장면이 나오지만 특별히 많지도 않고, 나오더라도 대부분 간략하게 묘사했다. 물론 이조차도 당시 금욕적이던 미국인에게는 충격적이었을 테지만, 오늘날의 독자가 읽을 때는 입가에 미소를 띨 정도이다.

주로 파리에 사는 잃어버린 세대의 자유로운 삶이 묘사된다. 그것도 정감 넘치고 때로는 유머러스하게. 예를 들어 규율이나 질서 같은 건 개에게나 주고 싶은 칼과 조이가 권총을 차고 다니면서 립스틱으로 벽에 시를 쓰는 여자를 만났을 때가 그렇고, 욕조에 걸터앉아 자신의 봉사에 비하면 터무니없이 적은 돈을 받았다며 앙칼지게 따지는 나체의 여자에게 칼이 부도 수표를 끊어 줄 때가 그렇다.

반전 있는 줄거리

제목만 보면 소설이 평화롭고 목가적인 전원생활을 그리고 있다고 상상할 수도 있지만, 내용은 정반대다. '클리쉬*'는 조이와 칼이 사는 파리 북서부의 작은 동네 이름이고, 몽마르트 중심에 있는 클리쉬 광장은 두 남자가 여자를 찾아 자주 어슬렁거리는 장소이다.

*소설에서 조이(H. 밀러)가 단골로 찾는 카페 베플러는 지금도 클리쉬 광장 14번지에 있다.

바람둥이 헨리 밀러

밀러는 실제로 상당한 바람둥이였다. 다섯 번 결혼했고 애인도 수없이 바뀌었다. 그중에서 가장 떠들썩했던 관계는 준과의 결혼이었다. 두 사람은 1930년대 초 파리에서 살았고, 프랑스 출신의 미국 소설가 아나이스 닌을 만나면서 애정 관계가 복잡하게 꼬였다. 나중에 밀러와 닌은 이 삼각관계에 대해 각자의 자서전에서 상세히 밝혔다.

밀러의 입문서로는 완벽한 작품이다. 가볍고 재미있고, 삶의 기쁨으로 가득 차 있다. 다른 작품들은 침울하고 거칠고 도발적이다. 관능적인 장면도 상당히 많다. 문학 작품을 즐기는 독자에게는 《북회귀선》과 《섹서스》를 권하고, 다양한 책을 읽는 독자에게는 닌의 《헨리와 준》을 추천한다.

표현주의

막스 프리쉬 Max Rudolf Frisch

호모 파버 Homo Faber

호모 파버는 '기계 인간'이라는 뜻이다. 다른 말로 하자면 '기술자'다. 발터 파버도 그런 인간이다. 쉰 살의 엔지니어로 합리적인 사고방식을 갖고 있고, 우연이나 운명을 믿지 않는다. 그런데 하필 그에게 여러 가지 우연한 사건이 일어난다.

우선 뉴욕에서 카라카스행 비행기를 타고 가다가 옆자리에 앉은 독일인 헤르베르트 헹케를 알게 된다. 대화를 나누던 중 헤르베르트가 예전에 파버와 아주 가깝게 지낸 요아힘 헹케의 형제이고, 요아힘이 파버의 옛사랑 한나와 결혼했다는 사실이 드러난다. 한나는 자신의 임신 사실에 지극히 무덤덤하게 반응한 파버에게 실망해 그를 떠났다.

파버가 탄 비행기는 사고로 불시착한다(이것도 우연이다). 그 뒤 파버는 헤르베르트와 함께 요아힘을 만나러 가기로 한다. 그러나 요아힘은 이미 이 세상 사람이 아니다. 과테말라의 농장에서 목을 매 자살한 것이다.

파버는 뉴욕으로 돌아갔다가 거기서 배를 타고 유럽으로 향한다. 배 안에서 과거 한나의 모습이 연상되는 '자베트'라는 젊은 여성을 만나는데, 자베트는 실제로 한나의 딸이다. 이 사실을 모르는 두 사람은 사랑에 빠진다. 파버는 자베트의 어머니가 사는 그리스로 함께 가기로 한다. 그런데 해변에서 자베트가 뱀에 물린다. 파버가 그녀를 도우러 즉시 달려가지만, 자베트는 갑자기 벌거벗은 몸으로 나타난 그의 모습에 놀라 넘어진다. 자베트는 결국 병원에서 숨을 거둔다. 사인은 뱀에 물린 상처가 아니라 뇌출혈이다. 그녀가 넘어지면서 머리를 다쳤다는 사실을 파버가 깜박 잊고 의사에게 말하지 않은 것이다.

파버는 한나로부터 자베트가 자신의 딸이었음(이것은 운명이다!)을 알게 된다. 그러나 사실 이것은 그도 짐작하고 있었을 것이다.

소설은 1인칭 시점으로 서술되는데, 파버는 자신에게 일어난 불행을 재구성하면서 자신을 변호하고자 한다. 예전에 자신이 한나를 곤경에 빠뜨린 것에 대해, 자베트가 자신의 딸임을 예감하면서도 그 사실을 한참이나 외면했던 것에 대해, 그리고 자베트가 자기 때문에 죽은 것에 대해서 말이다.

신화에서 길어올린 상징과 비유

퍼뜩 오이디푸스 이야기가 떠오르는 이 소설은 그리스 신화와의 대비로 가득하다. 그러나 이 책의 상징과 비유를 모두 해독하려면 고대 신화에 관한 심층 강좌라도 들어야 할 것이다. 다만 파버가 사용한 타자기 이름이 '헤르메스 베이비'라는 사실은 그냥 넘겨선 안 된다. 헤르메스는 신들의 전령으로 죽은 자들을 지하 세계로 인도하는 일을 한다. 따라서 그 이름은 파버가 소설 끝 부분에서 위 수술을 받은 뒤 살아나지 못하리라는 분명한 암시로 읽힌다.

다양한 해석, 색다른 재미

《호모 파버》는 아주 복잡하게 얽힌 까다로운 소설은 아니지만, 그렇다고 단숨에 읽을 수 있는 책도 아니다. 서술 층위가 다양할 뿐 아니라 상징과 시간의 도약도 많고, 해석에 따라 다르게 읽을 수 있다.

프리쉬의 입문서로는 단편 소설 《몬타우크》가 좋다. 프리쉬 자신이 주인공이고, 롱아일랜드에서 젊은 여인과 보낸 주말을 묘사한 소설인데, 대중성을 갖춘 훌륭한 작품이다. 소설 출간 직후 프리쉬의 두 번째 아내는 남편과 이혼했는데, 소설에 나온 남편의 의도 사실이 만인에 공개되는 것을 좋아하지 않았기 때문이라고 한다.

프리쉬
구도자

1911~1991(스위스)

"문학은 순간을 붙잡아
영원으로 끌어올린다.
그러기 위해
존재하는 것이 문학이다."

프리쉬는 이런 말도 했다.
"여자들이 더 훌륭하게 늙어 간다."
그러나 말은 이렇게 하면서도
항상 젊은 반려자를 선택했다.
그가 죽을 때까지 함께 살았던
여성은 독특하게도 옛 애인의
딸이었다.

구도자의 자세로 소설을 쓰다

프리쉬의 사진은 거의 모두 검은 뿔테 안경을 쓰고 파이프를 물고 있는 모습이다. 엄하고 약간 고루해 보인다. 그래서 책상 앞에서 원고를 쓰는 모습이 쉽게 떠오른다. 혹은 건축 사무실에서 설계도를 그리는 모습과도 거리가 멀지 않다. 다만 매력적인 여성을 유혹하는 남자의 모습은 쉽게 떠오르지 않는다. 그런데도 그는 그렇게 살았고, 평생 자신에게 주어진 소명과 올바른 표현, 자기 자신을 찾는 일에 매달렸다.

프리쉬는 대학에서 독문학을 공부하다가 중도에 그만두고 언론계에 뛰어들었다. 그러다 스물셋에 첫 장편을 썼고, 이어 예술가가 되어야 할지 평범하게 살아야 할지 몰라 고민하는 한 남자의 삶을 단편으로 풀어냈다.

그런데 이 작품이 마음에 무척 들지 않아 다시는 글을 쓰지 않기로 마음먹고, 건축을 공부해 건축 사무실을 열었다. 그러나 곧 다시 글을 쓰기 시작했다. 처음에는 틈틈이 시간을 내어 주로 희곡을 썼다. 이 시기에 나온 작품이 《만리장성》이다. 이로써 자기 뜻과는 상관없이 전후 독일어권에서 가장 중요한 극작가로 떠올랐다.

프리쉬는 1954년 소설 《슈틸러》를 발표하면서 작가로서 성공의 길을 걸었다. 그러나 가정사는 순탄치 못했다. 바람을 피다가 여러 번 발각되어 가정이 깨졌다. 그 후《호모 파버》와 대표적 희곡《비더만과 방화범들》을 썼고, 젊은 여성 작가 잉게보르크 바흐만과 사랑에 빠졌다. 그러나 바흐만은 프리쉬에게 자유로운 연애를 보장해 달라고 요구했고, 프리쉬는 받아들이지 않았다. 결국 두 사람은 파경을 맞았고, 그 뒤 프리쉬는 30년 가까이 마리안네 욀러를 만났고, 나중에 결혼해서 짧게 함께 살았다.

숱한 여성과의 만남과 연애, 여행, 글쓰기는 프리쉬의 삶이었다. 그의 작품에서 반복되는 주제는 죄, 정체성, 변명, 인간관계, 결혼, 사랑이었다. 그러나 핵심 주제는 무엇보다 바로 그 자신이었다. 비평가들은 프리쉬의 그런 점을 항상 비판했다. 방대한 일기가 작품의 중요한 토대를 이루고 있다는 사실이 그의 그런 문학적 경향을 말해 준다. 어쨌든 프리쉬를 빼고는 독일 전후 문학을 말할 수 없는 것은 사실이다.

표현주의

잭 케루악 Jack Kerouac

길 위에서 On the Road

젊은 작가 샐은 아내와 헤어지고 힘든 시간을 보내며 첫 소설을 쓴다. 그러다 자유롭고 열정적인 청년 딘을 만나고, 그의 광적인 호기심과 열정에 자극받아 함께 광활한 미 대륙을 횡단하는 흥미로운 여행을 시작한다. 샐은 아내와 이별한 아픔과 자기 일도 잊은 채 술과 마약, 섹스, 재즈에 빠져 거칠고 위태로운 삶을 살아간다.

그러다 다시 소설을 쓰지만 1년 뒤 딘이 나타나면서 예전처럼 자유분방한 삶이 반복된다. 그런데 샐이 병들자 딘은 그를 내버려 두고 사라진다. 샐은 건강이 회복되자 끊임없는 방랑 생활도 중단한다. 뉴욕에서 새로운 여인을 만나고 다시 소설을 쓰기 시작한다. 딘이 또다시 나타나지만 이번에는 그를 따라나서지 않는다.

《길 위에서》는 로드 무비의 원조다. 샐과 딘은 히치하이크로 차를 얻어 타고, 화물차의 짐칸에 올라타고, 자동차를 훔치거나 화물 열차에 숨어들어 곳곳을 옮겨 다닌다. 두 사람은 쉴 새 없이 움직이면서 어느 것 하나 놓치지 않고 삶의 매 순간을 누리고자 한다. 그리고 둘 중 하나는 종착점에 이른다.

36미터에 이르는 긴 원고

1951년은 컴퓨터가 없던 시절이었다. 그래서 타자기로 글을 쓰다 보면 멋진 생각이 봇물처럼 터져 나오는 중간에 종이를 바꿔야 하는 불편이 있었다. 케루악은 그런 일을 막으려고 종이를 36미터나 길게 붙여 타자기에 끼웠다. 그러고는 커피와 각성제를 들이켜며 3주 동안 마침표와 콤마도 거의 사용하지 않고 이 소설을 단번에 써 내려갔다.

그런데 출판업자의 반응은 시큰둥했다. 케루악은 이 원고를 일반 종이로 옮기면서 여러 번 수정해야 했다. 무엇보다 실존 인물의 이름을 가명으로 바꾸는 작업이 필요했다. 그래서 소설이 나오기까지 몇 년이 더 걸렸다.

케루악의 원본 원고는 2001년 경매에서 250만 달러에 낙찰되었고, 정확한 실명이 거론된 원고는 2010년에 책으로 출간되었다.

"우리는 계속 움직여야 해. 결코 멈춰선 안 돼."
주인공 딘 모리아티가 하는 말로, 이 소설의 핵심 주제이다.

비트 세대의 선구자 케루악

케루악은 비트(Beat) 세대, 혹은 '비트닉(Beatnik)'이라 불리는 새로운 예술가 그룹의 창시자였다. 이들은 헤밍웨이와 피츠제럴드로 대표되는 잃어버린 세대의 후계자였고, 최초의 대중 예술가들이자 히피의 선구자였다. 비트 세대는 관습에 얽매이지 않았고, 자발적이고 창의적이었으며, 쉴 새 없이 방랑하고 무질서했다. 또한 1950년대의 편협하고 고루한 세상에 저항했고, 순간의 삶을 즐기려 했다. 당연히 술과 마약도 빠지지 않았다.

케루악은 《길 위에서》로 역동적인 삶을 생생히 묘사했고, 이 작품으로 이름을 알림과 동시에 작가로서의 경력도 정점을 찍었다. 이후에 많은 글을 썼지만 어떤 작품도 시대를 넘어 살아남지 못했다.

표현주의

보리스 파스테르나크 Boris Leonidovich Pasternak

닥터 지바고 Doktor Zhivago

20세기 초 러시아가 배경이다. 유리 지바고(유라, 또는 유로츠카라고도 불린다)는 시인이 되고 싶어 하지만, 전업 시인이 되는 것은 꿈도 꾸지 못한다. 그래서 의사가 되고, 안토니나(토냐로 불린다)와 결혼해서 자식을 낳고 산다. 제1차 세계 대전 발발과 함께 야전 병원에서 일하게 된 지바고는 아름답고 젊은 간호사 라리사(라라로 불린다)를 만난다. 두 사람은 바로 사랑에 빠지지만, 둘 다 이미 결혼한 몸이라 의무감과 사랑 사이에서 갈등하며 감정의 혼란을 겪는다.

두 사람은 헤어지지만 계속 우연히 마주치고, 그사이 세상은 역사의 소용돌이에 휘말린다(10월 혁명과 내전). 지바고는 빨치산에 납치되고, 가족은 외국으로 도피한다. 그는 라라와 함께 살기로 하지만, 두 사람의 행복은 허락되지 않는다. 라라의 남편이 공산주의자들에게 쫓기면서 라라도 위험에 빠진다. 지바고는 라라를 설득해 몽골로 도피시키고, 자신은 평생 그녀를 그리워하며 산다.

오랜 시간이 흐른 뒤 우연히 길에서 라라를 발견한 지바고는 애타게 쫓아가다가 심장마비로 죽는다. 라라와 지바고 사이에 딸이 하나 있다는 사실에 독자들은 그나마 위안을 얻는다. 시를 좋아하는 사람이라면 소설 맨 끝에 나오는 지바고의 시가 반가울 것이다.

소련은 이 작품의 무엇이 두려웠을까?

소련 시절에는 1988년까지 이 소설이 금지되었다. 이탈리아 어 번역이 나오고 1년이 지나서야 러시아 어로 출간되었다. 그것도 국내가 아닌 외국에서. 파스테르나크는 곧바로 노벨문학상 수상자로 결정되었지만 소련 당국의 압력으로 상을 거절했다. 그럼에도 소비에트작가연맹에서 쫓겨났다. 파스테르나크가 죽고 한참이 지난 1980년에야 그의 아들이 노벨문학상을 대신 받았다.

음악가, 철학자에서 결국 시인으로

파스테르나크는 처음엔 음악가가 되려고 하다가 철학으로 진로를 바꾸었지만, 결국 시인이 되었다. 그가 시인이 된 데에는 독일 한 도시의 간접적인 영향이 컸다. 파스테르나크는 독일 마르부르크에서 한 학기를 공부했고, 거기서 한 여성을 만나 사랑에 빠졌다. 그러나 여성은 그의 청혼을 거절했고, 이후 잠 못 이룬 밤들이 그를 시인으로 만들었다.

파스테르나크는 곧 유명해지고 성공을 거두었다. 그러나 정치적 견해차로 당국과 갈등을 겪었다. 그래서 은둔 생활을 하며 괴테와 셰익스피어의 작품을 번역했다. 전쟁이 끝난 뒤에야 자신의 유일한 소설인 이 작품을 썼다.

쉽지만 때로는 복잡한 소설

《닥터 지바고》는 그리 어려운 소설이 아니다. 난해한 내적 독백이나 복잡한 서술 층위도 없다. 그렇지만 내용이 아주 길고 사건은 뒤얽혀 있다. 게다가 많은 등장인물의 이름이 복잡한데다 헷갈린다.

오마 샤리프와 줄리 크리스티가 주연한 동명의 영화처럼 가벼운 대중 소설을 기대한 사람은 실망할 것이다.

표현주의

주세페 토마시 디 람페두사 Giuseppe Tomasi di Lampedusa

표범 Il Gattopardo

1860년대 이탈리아 시칠리아 섬을 배경으로 한 귀족 가문의 몰락을 그린 역사 소설이다. 살리나 가문(이 가문의 문장이 표범이다)의 돈 파브리치오는 격변하는 사회 현실에 적응하려고 애쓴다.

역사적으로 시칠리아는 계속 외세의 지배를 받아 왔다. 1861년에는 주세페 가리발디가 이끄는 혁명군의 침공으로 새로운 이탈리아 왕국이 탄생한다. 이탈리아 통일 운동은 계속 진척되고, 시칠리아의 귀족 계층은 몰락한다. 그것은 살리나 가문도 마찬가지다.

돈 파브리치오의 조카 탄크레디는 귀족 신분으로 가리발디의 혁명군 편에 서서 이탈리아의 통일을 위해 싸운다. 전쟁 영웅이 되어 돌아온 탄크레디는 돈 칼로게로스 시장의 딸 앙겔리카를 사랑한다. 그런데 칼로게로스는 교양과 세련미와는 거리가 멀고, 유서 깊은 가문의 전통이 없는 신흥 부자다.

파브리치오는 시대가 변했으니 그런 건 상관없다고 생각하고, 조카와 앙겔리카의 결혼을 밀어준다. 원래는 탄크레디가 자신의 세 딸 중 하나와 결혼하기를 바랐음에도 말이다. 그의 딸들은 하나같이 옛 전통에 지나치게 얽매여 있고, 시대의 새로운 흐름에 눈을 떴을 때는 이미 늦었다.

결국 파브리치오가 변화에 적응하려고 몸부림쳤음에도 살리나 가문은 몰락하고 만다.

사후에 유명해진 작가

람페두사는 원칙적으로 자신의 가문에 관한 소설을 썼다. 돈 파브리치오의 모델은 그의 증조부였다. 또한 람페두사 가문도 시칠리아 귀족이었고, 문장에 표범이 있었으며, 소설 속 살리나 가문처럼 결국 돈과 영향력을 잃었다.

이 작품은 람페두사의 유일한 소설이지만 책을 출간하려는 출판사는 한 군데도 없었다. 그러다 람페두사가 죽고 1년 뒤에 출간되면서 세계적인 성공을 거두었다. 특히 버트 랭카스터(돈 파브리치오), 클라우디아 카르디날레(앙겔리카), 알랭들롱(탄크레디)이 주연한 루치노 비스콘티 감독의 영화로 많은 사랑을 받았다.

현실과 거리가 있는 대사

"모든 게 현 상태 그대로 있기를 바란다면 모든 게 변해야 한다."

탄크레디가 가리발디의 혁명군에 가입하면서 한 말이다. 그러나 실제로는 그 어떤 것도 현 상태 그대로 유지되지 않았다.

표현주의

귄터 그라스 Günter Wilhelm Grass

양철북 Die Blechtrommel

소설은 정신병원에 갇힌 스물아홉 살 난쟁이 오스카 마체라트가 과거를 회상하는 형식으로 전개된다. 아울러 현재의 병원 생활도 광범하고 생생하게 묘사된다. 오스카가 살아온 삶은 방대하고 무척 기괴하다.

오스카의 회상은 어머니 아그네스가 태어나는 과정부터 시작된다. 한 방화범이 경찰의 추적을 피해 외할머니의 넓은 치마폭으로 숨어 들어가면서 아그네스가 태어난 것이다. 아그네스는 나중에 알프레드 마체라트와 결혼하지만, 그 후에도 사촌 얀과 지속해서 연인 관계를 유지한다.

오스카는 세 살 생일에 양철북을 선물 받고 더는 성장하지 않기로 한다. 이후 양철북은 오스카의 모든 것이 된다. 누군가 양철북을 빼앗으려고 하면 유리로 된 것은 모두 깨져 버릴 정도로 앙칼진 소리를 내며 저항한다. 오스카는 이 능력을 다양한 놀이에 이용한다. 얼마 뒤 어머니는 생선 독소 중독으로 죽는다.

이후 나치와 오스카의 북소리, 얀이 복잡하게 얽힌 일들이 몇 가지 일어나고, 얀은 살해된다. 오스카는 마리아라는 젊은 여성을 알게 되고, 그녀를 통해 처음으로 성을 경험하지만, 얼마 안 있어 마리아가 아버지와 함께인 모습을 목격한다. 마리아가 임신해 아이를 낳자 오스카는 그 아이가 자기 아들이라고 생각한다. 오스카는 집을 나가기로 하고, 난쟁이 곡예사 두 명과 떠돌면서 유리를 깨뜨리는 공연을 한다. 난쟁이 로스비타와 연인 관계로 발전하지만 그녀는 폭격으로 사망한다.

베를린에 돌아온 오스카는 아버지와 세 살짜리 이복동생(혹은 아들) 쿠르트가 있는 집으로 간다. 얼마 후 러시아 군인들이 나타나 아버지를 쏘아 죽인다. 아버지의 장례식에서 오스카는 다시 성장하기로 하고 양철북을 무덤으로 던진다. 오스카는 곧 키가 커서 121센티미터가 되고, 그와 함께 유리를 깨뜨리는 능력은 사라진다. 한 석공 밑에서 일을 배우고, 이웃 여자를 사랑하고, 밴드를 결성해 돈도 많이 번다. 그 사이사이에 이따금 말도 안 되는 일이 벌어진다.

오스카는 산책길에 손가락을 하나 발견해서 병에 넣어 두고 숭배한다. 그런데 그것이 살해된 사람의 손가락으로 밝혀지면서 오스카는 살인 혐의로 기소된 뒤 정신병원에 갇힌다. 그러나 결국엔 무죄로 밝혀진다.

복잡하게 얽혀 재미있는 이야기

이 소설의 줄거리에서 존 어빙의 작품이 떠오르는가? 그러나 사실은 그 반대다. 어빙의 《서커스의 아들》, 《오웬 미니를 위한 기도》, 《가아프가 본 세상》을 보면 그라스의 《양철북》이 떠올라야 한다. 어빙은 항상 그라스를 자신의 모범으로 삼았다.

복잡하게 얽힌 이야기와 기괴한 사건을 좋아한다면 이 소설은 그라스의 입문서로 안성맞춤이다. 반면에 너무 방대한 사건 진행이 부담스럽다면 《고양이와 쥐》를 읽는 것이 좋다. 훨씬 짧은 소설이다.

독일의 대표적 정치 작가

파이프 담배와 짧은 콧수염, 항상 조금 뚱한 표정. 이것이 우리가 평소 알고 있는 위대한 독일 작가 그라스의 모습이다. 그는 독일 북부 뤼베크 근처에 살며, 많은 자녀를 두었다. 첫 결혼에서 네 자녀를 낳았고, 이혼 뒤 만난 애인과의 사이에 낳은 자식 둘이 있으며, 두 번째 결혼에서 아내가 데려온 자식 둘이 더 있다.

그라스는 폴란드의 단치히에서 성장했다. 제2차 세계 대전 종전 직전에는 대공포 부사수였고, 그 뒤에는 나치 무장친위대에도 배치되었다. 그 사실은 오랫동안 안려지지 않다가 나중에 밝혀져 대중의 분노를 샀다.

대학에서는 조각과 그래픽을 공부했고, 미술 활동과 별도로 글을 쓰기 시작했다. 《양철북》은 그라스가 서른둘에 쓴 첫 장편 소설이었다. 그는 이 작품으로 첫 낭송회를 열면서 단숨에 유명 작가가 되었다. 외국에서도 갈채가 이어졌다. 물론

표현주의

그라스

정치 작가

1927(독일)~

"독자에게 할 수 있는
가장 나쁜 짓은 독자를
과소평가하는 것이다."

그라스는 작품에 삽화를 직접
그렸고, 작가 외에 조각가와
화가로도 활동했다. 대표 소설은
《넙치》인데, 덴마크 쇠네르보르에
이 작품을 기념하는 넙치 청동상이
세워져 있다.

거부하는 사람들도 있었다. 어떤 이는 포르노 같은
대목을 비난했고, 비평계의 거장 마르셀 라이히 라
니츠키는 작품의 전체 구성을 흠잡았다. 물론 나중
에는 그 판단을 수정했지만.

어쨌든 그라스는 독일 대표 작가가 되었다. 사회
민주당, 특히 빌리 브란트*의 선거 운동을 지원했
고, 자신을 '민주적 사회주의자'라 불렀다. 그의 소
설들은 주로 독일의 과거 역사(나치즘과 전후 시대)
를 다루고 있다.

1999년 그라스는 노벨문학상 수상과 함께 독일
인이 가장 사랑하는 작가가 되었다. 그런데 2006
년 회고록 《양파 껍질을 벗기며》에서 무장친위대
에 복무한 전력을 고백함으로써 독일 전역을 충격
과 분노로 몰아넣었다. 심지어 그라스가 노벨문학
상을 즉각 반납하거나 적어도 상금만큼은 기부해
야 한다는 여론이 들끓었다. 레흐 바웬사 폴란드
전 대통령도 그라스에게 단치히 명예 시민증을 반
납하라고 요구했다. 또한 그라스가 회고록을 선전
할 목적으로 출간 전에 미리 그 사실을 고백했다는
비난도 일었다. 그러나 어빙 같은 사람들은 그라스
를 변호했다.

*독일이 통일되기 전, 서독의 총리. 동서독 화해 정책(동방정책)을 추구하여 1971년에 노벨평화상을 받았다.

그라스를 둘러싼 흥분은 곧 가라앉았다. 무장친위대에 복무할 당시 그라스는 겨우 열일곱 살이었고, 전쟁도 거의 끝나갈 무렵이었기 때문이다. 그러나 그에 대한 유감은 여전히 남아 있다. 그것은 극심한 논쟁을 불러일으킨 시 〈말해야만 하는 것〉에 대해서도 마찬가지였다. 그라스가 이스라엘과 이란의 갈등을 다룬 이 시에서 이스라엘이 세계 평화를 위협하는 가장 위험한 나라라고 강력히 비난한 것이다.

표현주의

4·19 혁명 발발
알프레드 히치콕 영화 '사이코'
J. F. 케네디, 미국 대통령 당선

1960
업다이크 《달려라 토끼》 | 하퍼 리 《앵무새 죽이기》
미하엘 엔데 《짐 크노프와 기관사 루카스》

스타니스와프 렘 Stanislaw Lem

솔라리스 Solaris

솔라리스는 지구에서 멀리 떨어진 행성이다. 지구 과학자들은 오래전부터 그곳에 우주 정거장을 세워 놓고 솔라리스를 관찰해 왔다. 어느 날 현지 과학자들을 지원하라는 임무를 받고 심리학자 크리스 켈빈이 솔라리스로 파견된다.

그런데 켈빈이 발견한 것은 황폐한 우주 정거장이었다. 거긴 스나우트 박사와 사르토리우스 박사만 남아 있는데, 둘 다 어쩐지 혼란스러워 보인다. 켈빈은 그러다가 갑자기 오래전에 죽은 아내 해리를 본다. 켈빈이 미친 것일까, 아니면 엄청난 과학적 사건의 목격자가 된 것일까? 오늘날의 과학 소설 팬이라면 즉시 영화 '아바타'를 떠올릴 테지만, 당시에는 아직 그런 존재를 생각하지 못했다.

사실 해리의 환영은 솔라리스의 바다에 의해 만들어진 것이었다. 솔라리스 바다는 인간의 감정과 기억을 토대로 진짜와 똑같은 환영을 만들어 낼 수 있다. 우주 정거장에 있던 과학자들은 자신들이 솔라리스를 연구하고 있다고 생각했지만, 실은 외계의 지적 존재인 솔라리스가 지구 과학자를 데리고 실험하고 있었다.

스나우트와 사르토리우스 박사는 환영을 보고는 불안해하면서 떨쳐 내려 하지만, 켈빈은 해리의 환영을 사랑하게 된다. 과학자들은 마침내 환영이 중성 미자 덩어리로 이루어졌음을 밝혀낸다. 이것은 곧 환영에 강력한 뢴트겐 광선을 쏘면 파괴할 수 있다는 뜻이다. 켈빈은 그렇게 하고 싶지 않지만 해리의 환영이 그것을 원한다. 그래서 스나우트와 사르토리우스 박사는 켈빈에게 수면제를 먹인 뒤 뢴트겐 광선을 발사한다.

외계 생물체와의 소통이 가능할까?

미국 영화감독 스티븐 소더버그는 이 소설을 영화로 만들어 엄청난 비난을 받았다. 원작자인 렘도 감독을 강력히 비난했다. 소설에서는 부차적 내용인 켈빈과 해리의 러브스토리만 영화에서 드러났기 때문이다.

렘은 이 소설에서 인간이 외계의 지적 생명체와 소통할 수 있을까 하는 철학적 문제를 다루었다. 대답은, 아직은 아니라는 것이다.

과학 소설에 철학을 담다

폴란드 작가 렘은 쥘 베른 이후 과학 소설의 선구자로 여겨진다. 그러나 그는 철학자였다. 실제로 그의 작품은 '스타트렉' 같은 시리즈와는 달리 사건과 액션이 너무 적다. 대신 과학 기술의 가능성과 한계, 기술의 발전을 통해 인간이 어떻게 변할 것인지를 주로 다루었다.

쥘 베른과 마찬가지로 렘도 유전 공학, 나노 공학, 인터넷 등 과학 기술의 발전을 여러 가지 예견했다. 그러나 그런 발전을 별로 좋아하지는 않았다. 그래서 인터넷도 전혀 사용하지 않는다고 한다.

표현주의

무엇이 중요한가?

"우리에게 다른 세상은 필요 없다. 우리에게 필요한 건 거울이다."

스나우트 박사가 한 말인데 작품의 핵심 내용과도 일맥상통한다. 렘에게는 언제나 인간과 인간의 행동이 중요한 문제였다.

베를린 장벽 설치
5·16 군사정변 발발
러시아 우주인 가가린, 우주 비행 첫 성공

1961
조지프 헬러 《캐치 22》
렘 《솔라리스》

짧고 굵게 보는 문학사

도리스 레싱
Doris May Lessing
황금 노트북
The Golden Notebook

지적이고 감수성이 예민한 작가 안나 울프는 창작 슬럼프에 빠진다. 그래서 네 권의 일기에 각각 다른 내용을 기록하기 시작한다. 검은 노트에는 자신이 태어난 아프리카에 대한 기억을, 붉은 노트에는 자신의 정치 활동을, 노란 노트에는 소설 구상을, 푸른 노트에는 그 밖의 모든 일을 적는다. 울프는 네 권의 일기를 쓰면서 우울증과 슬럼프를 극복하고, 이를 두툼한 검은색 끈으로 묶어 보관한다. 이로써 마음의 안정을 찾고 황금빛 노트에 새 일기를 쓰기 시작한다.

이 사건은 액자식으로 구성되어 있는데, 책 속 이야기도 자체로 완벽한 구성을 갖추었다. '포위당한 여자들'이라는 제목의 소설이다. 이 소설에는 안나와 몰리라는 연극배우 둘이 등장한다. 홀로 아이를 키우고 정치에 관심이 많은 매우 지적인 여성이다. 작품에서는 사랑과 섹스, 남자관계, 특히 1960년대 많은 이에게 충격을 던진 여성의 오르가슴이 묘사된다. 그러나 레싱은 이 작품이 페미니스트 선언문으로 읽히는 것을 바라지 않았다.

이 소설은 노벨문학상을 받은 레싱의 대표작이지만 이해하기는 쉽지 않다. 그래서 레싱 입문서로는 《풀잎은 노래한다》나 《다섯째 아이》를 추천한다.

존 르 카레
John Le Carré
추운 나라에서 돌아온 스파이
The Spy Who Came in from the Cold

제목에서 알 수 있듯 스파이 소설이다. 그러나 다른 스파이 소설과 달리 문학적 수준이 높다. 긴장감 넘치는 추격전, 총격, 에로틱한 여자 대신 사회 비판, 정치, 사이코드라마적 요소가 강하고, 지극히 불행하게 끝난다.

배경은 1950년대 베를린이다. 알렉 리머스는 영국 정보부 M16 요원으로 독일 첩보망을 책임지고 있는데, 상황이 점점 나빠진다. 동독 요원들이 차례로 제거된 것이다. 리머스는 런던으로 돌아가 현장에서 배제된 채 행정직으로 일하고 애인도 만든다. 그러다 생활이 점점 피폐해지면서 감옥에도 들어간다.

그러나 이는 상대 첩보망을 유인하려는 위장술이었다. 리머스는 어느 날 자신에게 접근해 온 소련 스파이에게 돈을 받고 가짜 정보를 흘리며 이중 스파이 노릇을 한다. 그 뒤 한쪽이 다른 쪽을 속여 넘기고, 선이 악이 되고 악이 선이 되는 복잡하고 아슬아슬한 스파이전이 펼쳐진다. 마지막에는 모든 일이 동독에서 전개된다. 장벽을 넘어 도주하다가 리머스의 애인이 총에 맞아 죽고, 애인을 구하러 달려간 리머스도 죽는다.

카레의 작품에서 비밀 정보부는 비열하고, 요원은 기껏해야 비극적인 영웅일 뿐이다.

토마스 핀천
Thomas Pynchon
브이
V.

특별한 목적이나 계획 없이 동부 해안을 떠돌던 퇴역 군인 베니 프로페인은 질서에 병적으로 집착하는 허버트 스텐실을 만난다. 스텐실은 아버지의 일기장에 반복적으로 등장하는 V라는 인물이 자신의 어머니라고 추측하고, V의 정체를 찾아가는 과정에서 점점 잘못된 상상으로 빠져든다.

이것이 작품의 대략적인 줄거리다. 나머지는 포스트모더니즘적 성격을 띤다. 즉 서술 층위와 시간대가 다양하고, 플롯역시 독자 스스로 짜 맞추어야 한다. 상당히 까다롭고 난해한 소설이지만, 대중적인 성공을 거두었다.

핀천은 소설이 출간되자마자 은둔 생활에 들어갔다. 그 뒤로 쓴 소설 대부분이 성공했지만, 지난 40년 동안 그의 얼굴을 본 사람은 없다. 핀천은 얼굴 드러내기를 극단적으로 꺼리는 자신의 성향을 스스로 희화화해서 TV 애니메이션 시리즈 '심슨 가족'에 목소리만 출연한 적이 있는데, 그가 맡은 캐릭터는 누런 종이봉투를 뒤집어썼다고 한다.

하인리히 뵐
Heinrich Böll
어느 어릿광대의 견해
Ansichten eines Clowns

20대 후반의 나이에 어릿광대로 상당한 성공을 거둔 한스 슈니어는 여자 친구 마리와 행복하게 지낸다. 그러나 결혼 이야기가 나오면서 다툼이 생긴다. 마리는 독실한 가톨릭 신자인데 반해 한스는 종교의 강압에 굴복하는 삶을 원치 않는다. 그 때문에 마리는 한스를 떠난다. 한스는 술을 마시기 시작하고, 일거리도 점점 줄어들지만 그를 도와주는 사람은 없다. 마지막에는 본 기차역 계단에 앉아 마리가 돌아오기만 기다린다.

소설이 출간된 뒤 여기저기서 비난의 목소리가 터져 나왔다. 가톨릭교회와 보수 정치에 대한 부정적인 시각을 달가워하지 않는 사람들의 목소리였다. 그러나 뵐은 무엇보다 다른 가치관과 제도의 억압 때문에 파괴되는 사랑을 그리려 했다.

로알드 달
Roald Dahl
찰리와 초콜릿 공장
**Charlie and the
Chocolate Factory**

찰리의 집은 가난하다. 찰리의 꿈은 비밀에 싸인 윌리 웡카의 초콜릿 공장을 견학하는 것이다. 그런데 괴팍한 공장주 윌리 웡카는 문을 굳게 닫고 사람들을 들이지 않는다. 그러던 어느 날 윌리는 세상이 깜짝 놀랄 만한 계획을 공개한다. 시중에 판매되는 웡카 초콜릿 안에 황금 티켓 다섯 장을 숨겨 놓았는데, 그것을 찾는 어린이 다섯 명을 공장으로 초대해 초콜릿이 만들어지는 전 과정을 보여 주겠다는 것이다.

찰리도 황금 티켓 중 한 장을 찾아 다른 네 아이와 함께 윌리의 공장을 구경한다. 그러나 찰리를 제외한 나머지 아이들은 모두 욕심과 경쟁심으로 신경이 날카로워져 견학 도중에 차례로 사고를 당한다. 윌리는 가장 나성하고 순수한 찰리를 자신의 상속자로 결정하고, 찰리의 가족은 초콜릿 공장으로 이사한다.

로알드 달은 어린이 책뿐 아니라 어른을 위한 기발하고 오싹한 추리 소설도 여러 권 썼다.

표현주의

클레이, 복싱 세계챔피언에 등극한 뒤 무하마드 알리로 개명
사르트르, 노벨문학상 거부

범죄 소설 마니아를 위한 책

　지금까지 세계에서 판매된 모든 베스트셀러의 4분의 1 이상이 범죄 소설이거나 스릴러 소설이다. 스칸디나비아의 소설은 우울하고 음습하고, 미국 작품은 액션이 넘치고, 영국 작품은 향토적인 색채가 강하다. 주인공은 주로 형사나 정보 요원이지만, 병리학자나 기자가 나올 때도 있다. 그중에서 몇 편을 대표로 선정하기란 무척 어렵지만, 여기서는 각각 다른 방식으로 빼어나고 흥미진진한 다섯 편을 뽑아 보았다.

- **더들리 W. 부파 《이밴절린》**
  : 독특한 주제를 다룬 법정 스릴러.
- **멜라니 맥그래스 《긴 망명》**
  : 고집 센 이누이트 족 여인의 이야기.
- **타나 프렌치 《살인의 숲》**
  : 700쪽 분량의 수준 높은 범죄 문학.
- **에드거 앨런 포 《모르그 가의 살인 사건》**
  : 최초의 탐정 이야기.
- **스텔라 리밍턴 《위험을 무릅쓰고》**
  : 여주인공이 M15*의 비밀 요원이다.

---

*원 주인공은 저자 자신이다. 리밍턴은 영국 비밀 정보부의 국내 첩보국 국장이었고(이 사실은 자녀들에게도 비밀이다),
영화 '007' 시리즈에 나오는 M의 실제 모델이다. 이런 배경이 스텔라의 소설에 더욱 흥미를 더해 준다. 다만 문학적 수준은 높지 않다.

러브스토리 마니아를 위한 책

러브스토리는 항상 저속하게 흐를 위험이 있다. 대부분이 그 경계를 넘는데, 그러면 그 작품은 바로 통속 문학이 된다. 예를 들어 《젊은 베르테르의 슬픔》은 당대는 물론 지금까지 세계 문학의 필독서로 꼽히지만, 세실리아 아헌의 《PS. 아이 러브 유》는 같은 연애 소설에다 베스트셀러임에도 예술적으로 전혀 주목을 받지 못했다.

여기 소개하는 다섯 편도 결코 순수 문학의 범주에는 오르지 못했다. 다만 가슴을 저미는 사랑과 눈물이 마른 뒤에도 무언가 특별한 여운을 느낄 수 있다. 최소한 두 편은 남자들도 좋아할 만한 작품이다.

– 데이비드 니콜스 《원 데이》
 : 두 남녀의 특별한 하룻밤 사랑과 그 뒤 20년 동안 전개된 삶의 변화를 그린다.
– 오드리 니페네거 《시간 여행자의 아내》
 : 시간이 주제로서, 과학 소설의 요소가 약간 가미된 지적인 이야기이다.
– 앤 포티어 《줄리엣》*
 : 셰익스피어의 《로미오와 줄리엣》 이야기가 실은 낭만적인 러브스토리가 아니라 잔인한 살인과 복수, 저주하는 이야기라는 데서 출발한다.
– 조너선 트로퍼 《사별한 남자에게 말 거는 법》
 : 슬프면서도 웃기다.
– 다니엘 글라타우어 《새벽 세 시, 바람이 부나요?》
 : 처음부터 끝까지 이메일로 이루어진 소설인데, 의외로 괜찮다.

---

*미국인 줄리엣은 셰익스피어의 작품에 나오는 줄리엣의 후손인데, 이탈리아 시에나에서 로미오의 후손을 만난다. 지나치게 우연적인 요소들을 제외하면, 셰익스피어의 유명한 비극에 대한 여러 가지 흥미로운 사실을 알 수 있다. 긴장감 넘치는 모험과 사랑, 역사를 묘사하고 있는데, 약간 통속적인 면이 있지만 너그럽게 넘겨도 될 정도이다.

가브리엘 가르시아 마르케스 Gabriel García Márquez

백년 동안의 고독 Cien años de soledad

한 가문의 이야기를 다룬 작품으로 톨스토이가 떠오르는 대하소설이다. 다만 시간순으로 이야기하지 않아서 줄거리를 요약하기가 매우 어렵다. 6대에 걸쳐 30명의 주인공이 등장하는데, 대부분 이름이 아우렐리아노이거나 아르카디오이다.

첫 번째 호세 아르카디오는 사촌 우르술라와 결혼한다. 그러나 우르술라는 남편과의 잠자리를 거부한다. 그녀의 집안에 사촌끼리 결혼한 쌍 중에 돼지 꼬리 달린 아이가 태어난 적이 있기 때문이다. 순결을 지키려는 아내 때문에 남들의 놀림을 받자 호세는 흥분을 이기지 못하고 그만 살인을 저지르고 만다. 그는 우르술라를 데리고 마을을 떠나 먼 정글에 '마콘도'라는 마을을 세운다.

그곳에서 여러 자손이 태어난다. 먼저 호세와 우르술라 사이에서 아들이 태어난다. 그 역시 이름이 호세 아르카디오인데 거대한 성기를 갖고 있다. 그는 한 예언자를 임신시켜 아들(호세 아르카디오)을 낳고, 이 아이는 조부모 밑에서 자란다. 손자 아르카디오는 페르난다라는 여성과 결혼하고, 이들의 아들 아우렐리아노는 이모와 사랑에 빠져 정말로 돼지 꼬리 달린 아들을 낳는다.

한 집안의 100년에 걸친 역사와 함께 내전, 진보, 자연재해, 종교, 현실, 신화 등 거의 모든 요소가 망라된 작품이다.

우리가 작품을 만나게 되기까지

마르케스는 멕시코시티에서 1년 6개월 동안 오직 글쓰기에만 매달려 이 작품을 완성했는데, 마지막에는 원고를 출판사로 보낼 우편료조차 없었다고 한다. 이 소설은 출간 후 3,000만 부 이상 팔렸다.

이 소설은 '마술적 사실주의'라 불리는 문학 사조의 대표작으로 꼽힌다. 이런 경향의 작품에서는 마술적인 것과 환상적인 것, 꿈과 신화적인 것들이 사실적인 요소와 함께 나타난다.

인내심 있는 독자만이 읽어 내리라

한 가문의 역사를 그린 대하소설이라고 하면 처음엔 흥미롭게 들리지만《백년 동안의 고독》은 조금 특별하다. 상당히 혼란스러울 뿐 아니라 독자들이 수십 년 넘게 그 운명을 함께 쫓아갈 핵심 인물이 있는 것도 아니다. 한마디로 시간과 여유를 갖고 천천히 읽어야 할 작품이다.

마르케스의 입문서로는《예고된 죽음의 연대기》가 가장 좋다. 분량은 짧지만 문학적 수준이 높은 작품으로 명예와 복수, 폭력과 무관심의 문제를 흥미롭게 다뤘다. 그다음으로는《콜레라 시대의 사랑》을 권한다. 환상적 요소보다는 사실주의적 요소가 강해 쉽게 읽을 수 있다. 정열적인 사랑과 역사를 그렸다.

소설에 라틴아메리카의 삶을 담다

전문가들은 마르케스를 가브리엘의 애칭으로 '가보'라 부른다. 라틴아메리카나 세계 문학계에서 마르케스는 단순한 한 작가 이상의 상징성이 있다. 많은 라틴아메리카 작가처럼 그 역시 현실 정치에 적극적으로 참여했다. 칠레의 피노체트 독재에 반대했고, 자본주의에 대해서도 항상 비판적이었다. 또한 쿠바의 피델 카스트로와 친분을 유지해 비난을 사기도 했다. 그러나 그의 삶에서는 그게 유일한 추문이었다. 그것 말고는 항상 좋은 이야기만 들렸다.

마르케스는 작은 마을에서 열다섯 남매 중 하나로 태어났다. 우수한 학생이었고, 보고타 국립 대학교에서 법률과 언론을 공부했으며, 결혼한 뒤 기자로 성공했다. 그러나 돈은 많지 않았고, 세계 곳곳으로 취재 여행을 다녔다. 첫 소설을 발표하고, 자식이 태어났고, 멕시코시티로 이주했다. 그러다《백년 동안의 고독》으로 이름을 날리며 놀라운 성공을 이뤘다.

이 소설이 나온 뒤 마르케스에게 고민이 생겼다. 세상의 열광적인 반응으로 겨우 마흔 살에 최고 작가의 반열에 오르면서 앞으로 더 좋은 작품을 쓰지 못하면

표현주의

마르케스
겸손한 사람

1927(또는 1928, 콜롬비아)~
2014(멕시코)

"당신은 이 세상에서
그저 한 사람에 지나지
않지만 누군가에게는
온 세상이 될 수 있다."

희한하게도 마르케스는 자신이
태어난 해가 1927년인지
1928년인지 정확히 밝히지 않는다
(날짜는 3월 6일이다). 이유가 뭘까?
나이를 숨기는 것은 늙어가는
할리우드 스타들이나 하는 일인데
말이다.

어쩌나 하는 걱정이 앞선 것이다. "산을 오르는 사
람은 정상에 이른 뒤에는 어떻게 해야 할까?" 그는
스스로 묻고 스스로 답했다. "되도록 조용히, 그리
고 품위 있게 산에서 내려와야 한다." 참으로 겸손
한 사람이다.

그러나 마술적 사실주의를 대표하는 위대한 작
품을 쓴 뒤에도 마르케스는 결코 내리막을 걷지 않
았다. 뛰어난 장편과 단편을 비롯해 수필, 르포, 칼
럼, 자서전을 연이어 발표했다. 특히 자서전 1부
《이야기하기 위해 살다》는 스물여덟 살까지의 삶
을 그렸는데, 매우 상세해서 가보 팬에게는 정말
좋은 책이다.

마르케스는 1982년에 노벨문학상을 받았다. 스
웨덴 아카데미는 선정 이유를 마르케스의 소설들
이 "환상적인 것과 사실적인 것을 문학의 다채로
운 세계 속에서 하나로 녹여냈고, 한 대륙의 삶과
갈등을 성실히 반영했기" 때문이라고 밝혔다.

최초의 현금입출금기 발명
아랍 연합과 이스라엘의 6일 전쟁
엘비스 프레슬리와 프리실라 결혼
최초의 심장 이식 수술

1967
마르케스 《백 년 동안의 고독》

지크프리트 렌츠 Siegfried Lenz

독일어 시간 Deutschstunde

액자식 구성의 배경은 1954년 함부르크 근처 청소년 교화원이다. 주인공 지기 예프젠은 교화 목적으로 진행된 독일어 시간에 '의무의 기쁨'을 주제로 작문해야 한다. 그러나 빈 공책을 제출한다. 너무 많은 일이 떠올라 한 시간 안에 그 모든 것을 적을 수가 없었기 때문이다. 지기는 그 벌로 독방에서 작문한다. 그런데 한 번 써 내려가기 시작하자 멈출 수가 없다. 나치 시대의 유년 시절과 그 이후의 시간에 관한 이야기인데, 당시에는 의무가 무척 중요했다.

때는 1943년, 지기의 아버지는 슐레스비히홀슈타인 북부 지역의 의무감 투철한 경찰관이다. 표현주의 화가 막스 루트비히 난젠도 거기 산다. 나치는 그의 그림을 퇴폐적이라고 낙인찍고 창작 활동을 금지한 뒤, 지기 아버지에게 감시를 맡긴다. 아버지는 난젠과 가까운 사이였음에도 임무를 성실히 수행하고, 심지어 열 살 아들 지기에게 난젠을 염탐하게 한다. 그러나 지기는 염탐 대신 얀젠과 함께 금지된 그림들을 숨긴다.

제2차 세계 대전이 끝난 뒤 두 사람의 의무 의식은 이중적인 편집증으로 발전한다. 경찰관인 지기의 아버지는 여전히 난젠을 뒤쫓아야 한다고 생각하고, 지기는 난젠을 구하기 위해 할 수 있는 일은 다 한다. 그 때문에 난젠의 그림을 훔쳐 교화원까지 온 것이다.

지기는 아버지 대신 벌을 받는 거라고 확신한다. 그러나 방대한 분량의 작문을 제출한 뒤 조기에 석방된다.

실제 모델이 된 화가도 있다

소설 내용에는 그리 중요하지 않지만 이야기에 흥미를 더해 주는 사실이 하나 있다. 소설 속 화가 막스 루트비히 난젠은 표현주의 화가 에밀 놀데가 모델이다. 놀데는 본명이 '에밀 한젠'이었고, 역시 슐레스비히홀슈타인 북부에 살았다. 나치는 1941년에 놀데에게 창작 금지령을 내렸고, 1938년부터 그의 그림을 '퇴폐 미술'로 간주했다. 때문에 놀데는 집에 틀어박혀 작은 크기의 수채화만 그리며 이 것들을 '그리지 않은 그림'이라 불렀다. 그려서는 안 되는 그림이기 때문이다.

초보자를 위한 도움말

학생들은 수많은 독일어 시간에 렌츠의 《독일어 시간》을 읽고 분석해야 했다. 이 책에는 교사들이 좋아하는 모든 요소가 들어 있기 때문이다. 액자식 구성, 과 거의 극복, 상징, 비유, 도덕을 비롯해 실제 화가를 모델로 했다는 점까지 교재로 는 더없이 훌륭한 작품이었다. 그래서 수많은 학생이 지기의 작문에 대해 작문해 야 했던 것은 그리 놀라운 일이 아니다.

어쨌든 《독일어 시간》은 렌츠의 입문서로 안성맞춤이다. 대안으로는 단편 《줄 라이켄 사람들》(고향 마주르 지방의 풍경과 사람들 이야기)이나 《등대선》(선과 악, 저 항과 관용에 대한 이야기를 그린 범죄 소실), 또는 최근에 나온 베스트셀러 《침묵의 시간》을 추천한다.

독일의 국민 작가, 렌츠

렌츠는 40대 초반에 정치인 헬무트 슈미트(독일의 전 총리)와 같은 머리 모양을 하고, 파이프 담배를 문 모습으로 선거에서 늘 독일 사회민주당을 지지하고 나섰 다. 특히 악동 같은 미소는 그의 상징이었다. 렌츠는 당시 이미 성공한 작가였다. 그것도 진정한 국민 작가였다. 전 독일이 렌츠와 그의 작품을 사랑했다. 물론 일 부 평론가는 그의 작품이 낡고 고루하고 억지스러운 냄새가 난다고 비난하기도 했다. 그러나 독자의 반응은 달랐다. 그의 작품은 판매 부수가 엄청났고, 외국에 서도 수백만 부가 팔렸다.

동프로이센에서 태어난 렌츠는 제2차 세계 대전 때 징집되어 해군에 들어갔다 가 탈영해 영국군 포로가 되었다. 전쟁이 끝난 뒤 함부르크에서 대학을 다녔고, 독

렌츠
상냥한 사람

1926(독일)~

"고백건대 나는 세상을
이해하기 위해
이야기가 필요하다."

렌츠는 낚시광이었다. 2008년에
만들어진 영화 '등대선'에서는
낚시꾼 역할의 카메오로 출연해
"안녕하세요, 프라이탁 씨!" 하고
대사까지 했다.

일의 대표적인 조간 신문인 〈디 벨트〉 지 편집부에
서 일했다. 스물다섯 살 때인 1951년에 첫 장편 소
설 《창공의 보라매》를 발표했고, 이후 안정적인 직
장을 버리고 프리랜서 작가로 살았다.

렌츠는 규칙적으로 작품을 썼고, '호프만 운트
캄페' 출판사 한 곳에서만 책을 냈다. 덴마크와 함
부르크에 번갈아 살면서 50년 넘게 행복한 결혼
생활을 유지하다가 2006년에 아내가 세상을 떠나
자 그 역시 활기를 잃었다. 그때 이웃에 살던 아내
의 친구 울라가 렌츠를 지속해서 돌봐 주면서 그는
다시 글을 쓸 수 있게 되었다. 그리고 3년 뒤 울라
와 재혼했다.

렌츠를 아는 사람은 하나같이 그의 상냥한 성품
에 감탄한다. 그는 지금껏 살아오는 동안 추문이
전혀 없었고, 욕먹을 일을 한 적도 없었다. 여든다
섯 번째 생일 축하연에는 오랜 벗인 헬무트 슈미트
도 참석했는데, 두 사람 다 휠체어에 앉아 있었다.
슈미트가 "어이 친구, 우리 이대로 몇 년 더 가자
고!" 하고 말하자 렌츠는 예의 그 악동 같은 미소
를 지었다.

존 업다이크 John Hoyer Updike

커플스 Couples

　뉴잉글랜드의 작은 도시 타복스(허구의 도시이다)에 사는 부부 열 쌍의 이야기다. 그중 여섯 쌍이 이야기의 중심축을 이룬다. 여자들은 거의 주부이고, 남자 중에는 치과 의사나 건설 사업가도 있지만 나머지는 직업이 정확하지 않다. 여섯 쌍의 부부는 함께 파티를 열고, 고기를 구워 먹고, 칵테일을 마시고, 농구를 한다. 간혹 전화 통화를 하기도 하는데, 항상 모두 모이지는 않는다. 그러다 부부들 간에 불륜이 시작된다.

　먼저 빨간 머리 피트가 아내 앤젤라 몰래 처음엔 조지아(프레디의 아내), 다음엔 폭시(켄의 아내, 임신 중이다), 그다음엔 베아(로저의 아내)와 관계를 맺는다. 다정다감한 마샤는 남편 해럴드를 속이고 덩치 큰 프랭크(풍만한 자넷의 남편이다)와 바람을 피운다. 그 사실을 안 자넷은 복수하려고 별로 좋아하지 않는 해럴드와 잠자리를 가진다. 언제부터인가 모두가 이런 사실을 알게 되지만, 때로는 화를 내고 때로는 아무렇지도 않게 넘어간다.

　마지막에 피트와 앤젤라, 켄과 폭시 부부는 이혼하고, 피트와 폭시는 재혼한다.

업다이크 입문자를 위한 도움말

　소설은 권태로움 때문에 불륜을 저지르는 미국 중산층의 암담한 현실을 보여준다. 읽기 어렵지는 않지만 500쪽 가까이 되는 분량이 부담스러워 축약판을 찾는 사람도 많다.

업다이크를 처음 접하는 독자라면 이 작품보다《이스트윅의 마녀들》(잭 니콜슨과 셰어가 출연한 같은 이름의 영화와는 다르다)이나《에스》(어느 날 갑자기 사이비종교에 가입하는 한 여성의 이야기), 또는 유명한〈토끼〉시리즈의 1권《달려라 토끼》를 읽는 것이 좋다.

업다이크는 어린이와 청소년을 위한 책도 썼다. 그중《어린이의 열두 달》과 조이스 캐롤 오츠와 함께 쓴《넌 네가 누구라고 생각해?》가 우리말로 옮겨졌다.

표현주의

암스트롱, 달 착륙
우드스톡 페스티벌 개최

1969
에릭 칼《배고픈 애벌레》 | 마리오 푸조《대부》
커트 보네거트《제5도살장》

페터 한트케 Peter Handke

페널티킥 앞에 선 골키퍼의 불안
Die Angst des Tormanns beim Elfmeter

기계 조립공인 주인공 블로흐는 한때 유명한 골키퍼였다. 이런 사실은 첫 문장에서 바로 알게 되는데, 그 뒤로는 내용이 어려워진다. 소설 전체가 심리적 장애가 있는 블로흐의 관점에서 묘사되기 때문이다. 사건은 없고, 의미는 독자가 직접 찾아내야 한다.

어느 날 아침, 갑자기 블로흐는 자신이 해고당했다고 생각한다. 물론 터무니없는 생각이다. 그전까지 그의 삶이 어땠는지는 알 수 없지만, 지금 제정신이 아닌 것만은 분명하다. 블로흐는 호텔에 들어가고, 한 음식점에서 여자에게 말을 걸고, 마지막에는 영화관 매표소 여직원과 한마디도 주고받지 않은 채 관계를 맺는다. 다음 날 아침 여자가 신경에 거슬리자 목 졸라 죽인다. 이어 그는 남쪽 국경 지대로 떠나 한 여관에 묵으면서 양말을 사고, 산책하고, 햄을 먹고, 음악을 듣고, 잠을 자는 등 자잘한 일들을 한다. 중간에 블로흐는 끊임없이 물건값을 따져 묻는 사소한 편집 증세를 보이고, 블로흐와 독자에게 그의 범죄 사실을 상기시키려는 듯 규칙적으로 경찰이 등장한다. 소설 막바지에 이르러서야 드디어 축구, 즉 페널티킥과 골키퍼에 대한 이야기가 나온다. 골키퍼가 공을 잡을 수 있었던 것은 서 있던 자리에서 조금도 움직이지 않았기 때문이라고 말하면서 소설은 끝난다.

작품이 겨우 100쪽 남짓이어서 한번쯤 수준 높고 까다로운 작품을 읽고 남들에게 자랑하고 싶은 독자에게 제격이다.

논란을 몰고 다닌 한트케

오스트리아 작가 한트케는 1966년 《관객 모독》이라는 멋진 제목의 희곡을 발표해 명성을 떨쳤다. 특별한 사건 없이 배우들이 관객에게 말을 걸고, 모욕하다가 마지막엔 자신에게 박수갈채를 보낸다. 이 작품은 당시에 굉장한 인기를 얻었다. 그러나 한트케는 유고슬라비아 내전에서 세르비아를 옹호하고, 독재자 슬로보단 밀로세비치의 장례식에서 세르비아 어로 연설해 서방 세계의 논란거리가 되었다.

아폴로 13호 발사
미국의 캄보디아 공격
브란트 독일 총리, 바르샤바 유대 인 기념비 앞에 무릎 꿇고 사죄

알렉산드르 솔제니친

Aleksandr Isayevich
Solzhenitsyn

수용소 군도

Arkhipelag Gulag

매우 중요한 정치 소설이다. 솔제니친 자신이 경험한 강제 노동 수용소에서의 생활과 다른 수감자의 기억을 담았다. 스탈린 체제의 가공할 범죄를 생생히 기록한 중요한 증거물이자, 강제 노동 수용소에 내한 나규벤터리이사, 기이회 프문, 폭력으로 얼룩진 혹독한 인권 탄압의 연대기다. 문학적 가치도 뛰어나다. 소련에서는 결코 출간될 수 없었던 이 책이 2009년에는 러시아 학교의 필독서로 자리 잡았다.

제목은 체호프가 극동 지역을 탐사한 뒤 제정 러시아 시대의 범죄를 기록한 《사할린 섬》을 암시했다. 'Arkhipelag'('군도'라는 뜻)는 소련 곳곳에 흩어져 있던 수용소를 가리키고, 'Gulag'는 스탈린의 악명 높은 억압 기구인 '교정 노동 수용소 관리국'의 약지이다. 방대한 분량에 겁을 먹고 망설이는 독자라면 《이반 데니소비치의 하루》를 먼저 읽어도 된다. 이 작품에는 《수용소 군도》에서 다룬 모든 주제가 압축되어 있고, 마찬가지로 충격적이다.

다리오 포

Dario Fo

돈 내지 맙시다!
돈 내지 맙시다!

Non si paga! Non si paga!

물가 인상에 반대하던 시위가 슈퍼마켓을 약탈하는 상황으로 발전한다. 안토니아도 식료품을 잔뜩 가져와 침대 밑에 감춰 둔다. 그녀의 남편 조반니는 법을 충실하게 지키는 공산주의자다. 안토니아의 친구 마르게리타도 식료품을 훔쳐 외투에 숨겨 나온다. 그 모습을 본 조반니는 마르게리타의 몸이 왜 그렇게 뚱뚱해졌는지 의아하게 생각한다. 안토니아는 마르게리타가 임신해서 그렇다고 핑계를 대고는 곧 집을 나간다. 안토니아가 마르게리타와 함께 돌아오는데 약탈한 물건을 찾는 경찰이 나타난다. 경찰의 관심을 돌리려고 마르게리타는 당장에라도 아이를 낳을 것처럼 연기한다. 그러자 경찰은 두 여인을 데리고 병원으로 간다. 잠시 후 마르게리타의 남편 루이기가 나타나자 조반니는 임신한 아내도 챙기지 않는다며 비난한다. 루이기는 무슨 말인지 영문을 모른다. 두 사람은 함께 아내들을 찾으러 간다. 이어 지극히 기괴한 익득이 많이 일어난다. 남자들은 밀가루 자루를 훔쳐 관 속에 숨기고, 여자들은 계속 임신한 것처럼 속인다. 경찰은 자기 눈이 멀었나 걱정하면서 기절한다. 마지막에는 시민들이 국가 권력에 승리한다.

표현주의

시드니 오페라 하우스 건립
칠레 군부 쿠데타

독일, 월드컵 우승

1973
솔제니친 《수용소 군도》

1974
D. 포 《돈 내지 맙시다! 돈 내지 맙시다!》

230

임레 케르테스
Imre Kertész

운명
Sorstalanság

1944년 헝가리 부다페스트가 배경이다. 열다섯 살 유대 인 소년 쾨베시 죄르지는 아우슈비츠로 이송되었다가 홀로코스트의 비극에서 살아남는다. 고향으로 돌아온 죄르지는 자신이 겪은 수용소 생활을 담담하게 묘사한다. 그것이 이 소설의 특별한 점이다. 1인칭 화자는 아우슈비츠의 참상을 순진한 소년의 관점에서 보고한다. 독자는 이미 모든 것을 알고 있지만, 죄르지는 체계적인 학살을 서서히 깨달아 간다. 소년은 어떤 판단도 내리지 않고, 분노하지도 않는다.

아우슈비츠에서 차이츠 수용소로 옮긴 죄르지는 병이 들어 환자 병동에서 지내다가 해방을 맞는다. 온갖 어려움을 극복하고 부다페스트로 돌아오지만 아버지는 죽고 집에는 낯선 사람들이 살고 있다. 죄르지는 어머니를 찾아 나선다. 소설 속 이야기는 케르테스 자신이 겪은 일이다. 이 소설이 헝가리에서 처음 발표되었을 때는 외면 당했지만, 10년 뒤에 성공을 거두었다. 케르테스는 이 작품으로 노벨문학상을 받았다.

마리오 바르가스 요사
Jorge Mario Pedro Vargas
Llosa

나는 훌리아 아주머니와 결혼했다
La tía Julia y el escribidor

배경은 1950년대 중반 페루의 수도 리마이다. 열여덟 살 청년 마리오는 법학을 공부하지만, 작가가 되어 파리로 가고 싶어 한다. 그런데 사돈지간인 훌리아 아주머니를 사랑한다. 자기보다 열네 살이나 많지만 상관없다. 예쁘고 재미있는데다 얼마 전에 이혼까지 했다. 훌리아도 조카뻘인 젊은 남자와 시간을 보내는 일을 싫어하지 않는다. 물론 둘이 육체적인 관계를 맺지는 않는다. 그럼에도 두 사람의 관계는 추문이 된다. 이런 러브스토리 외에 이 소설의 또 다른 관심사는 라디오 연속극이다. 마리오는 학업과 동시에 한 라디오 방송국에서 일한다. 유명 방송 작가 페드로 캄파초는 여러 편의 일일 방송극을 매일 써야 한다. 엄청난 스트레스에 시달리던 캄파초는 어느 날 주인공의 이름을 혼동해서 모든 것을 뒤죽박죽으로 만들어 버린다.

남미의 생활상이 녹아 있는 재미있고 매력적인 소설로, 노벨문학상을 받은 요사의 입문서로 안성맞춤이다.

스티븐 킹
Stephen King

샤이닝
The Shining

잭은 겨울 한철 호텔 관리인으로 일하려고 아내 웬디와 아들 대니를 데리고 외딴 호텔로 간다. 잭은 술만 마시면 주먹을 휘두르는 음주벽 때문에 아들을 학대한 전력이 있는데, 이곳 생활이 가족의 유대를 회복할 마지막 기회라고 생각한다.

그러나 불행히도 호텔은 잭에게 몹시 나쁜 장면만 일깨우는 유령으로 가득 차 있다. 대니는 초감각적인 능력이 있는데, 유령 중 하나가 대니의 목을 조른다. 웬디는 그 책임을 잭에게 돌리면서 대니와 함께 이 섬뜩한 호텔을 즉시 떠나려고 한다. 그러나 폭설에 갇혀 빠져나갈 수가 없다. 대니는 텔레파시로 호텔 주방장에게 도움을 청하지만 귀신 들린 잭이 주방장을 도끼로 쳐 죽인다. 절체절명의 순간에 웬디와 대니는 무사히 호텔을 빠져나간다.

킹의 초기 소설 중 하나로, 공포 소설의 고전이 되었다.

베트남 전쟁 끝남
마이크로소프트 사 창립
크메르루주군, 캄보디아 수도 프놈펜 점령

마르틴 발저 Martin Walser

도망치는 말 Ein fliehendes Pferd*

헬무트와 자비네 할름 부부는 매년 보덴제 호수 근처에서 휴가를 보낸다. 부부 사이엔 대화가 별로 없고 잠자리는 더 뜸하다. 헬무트는 40대 중반의 교사로 키에르케고르의 철학서를 즐겨 읽고, 삶의 다른 활동에는 시큰둥하다. 카페에 가는 것조차 부담스러워한다. 너무 덥고 불편한데다가 사람까지 붐비기 때문이다.

어느 날 카페에서 청바지를 입은 한 남자가 헬무트에게 다가온다. 제자 중 하나일 거라고 짐작했는데 뜻밖에도 옛 동창생 클라우스 부흐다. 그는 매력적이고 활동적이고 사교적인 사람이다. 헬무트는 결국 식사나 함께하자는 클라우스의 끈질긴 요청을 뿌리치지 못한다. 클라우스의 아내 헬레네는 아주 젊다. 자비네는 클라우스 부부와의 만남을 기뻐하고, 헬무트는 신경이 몹시 날카로워진다. 게다가 클라우스와 헬레네는 건강 집착증에 빠져 샐러드만 먹고 술은 입에도 대지 않는다.

계속된 만남에서 클라우스는 무엇에도 구애받지 않는 자유로운 영혼처럼 행동한다. 책을 쓰고, 섹스를 즐기고, 영원한 정착을 위해 곧 바하마로 떠나려 한다. 게다가 헬무트가 듣기 싫어하는 학창 시절의 일을 끄집어내어 곤혹스럽게 한다.

물살이 센 보덴제 호수에서 함께 보트를 타던 날, 클라우스는 대담무쌍한 모험가 흉내를 내며 위험하게 노를 젓는다. 깜짝 놀란 헬무트가 클라우스를 밀치며 노를 잡으려다가 그만 클라우스가 물에 빠지고 종적을 감춘다. 헬무트는 죄책감에 사로잡힌다. 헬레네는 넋이 빠진 채 술을 마시며 헬무트 부부에게 위로받고, 클라우스의 실제 상황을 털어놓는다. 사실 클라우스는 살면서 뭐 하나 제대로 되는 일이 없었고, 스스로 실패자로 여기고 있으며, 헬레네의 성공까지 가로막았다

*이 제목은 소설 속의 상징적인 일화와 관련이 있다. 헬무트 부부와 클라우스 부부가 산책하는데 갑자기 고삐 풀린 말 한 마리가 달려온다. 클라우스는 말을 뒤쫓다가 말이 멈추자 올라타서는 말과 함께 되돌아온다. 모두 감동하자 클라우스는 이렇게 말한다. "도망치는 말은 막을 수가 없어. 길이 열려 있다고 느끼거든. 게다가 도망치는 말은 절대 양보하지 않아." 이 말은 각자 자유롭게 해석하면 된다.

표현주의

애플 사 창립

1976
앤 라이스 《뱀파이어와의 인터뷰》

조지 루카스 '스타워즈'

1977
요사 《나는 훌리아 아주머니와 결혼했다》
킹 《샤이닝》

는 것이다. 헬레네는 음악을 전공했지만 피아노까지 팔아야 했다. 그런데 죽었다고 생각한 클라우스가 갑자기 나타난다. 그는 헬레네에게 함께 떠나자고 요구하고, 헬레네는 말없이 그를 따른다. 헬무트 부부는 당황하여 몽펠리에로 떠난다.

기분전환으로 삼은 일이 성공으로

발저는 장편 소설 《영혼의 노동》이 잘 진척되지 않자, 중간에 이 단편을 썼다. 그런데 이 작품이 그의 가장 큰 성공작이 되었다. 평론가들은 세기의 작품이라 칭송했을 뿐 아니라 심지어 발저를 괴테에 비견하기도 했다. 초판 2만 5,000부가 순식간에 동났는데, 지금까지 100만 부 넘게 팔렸다.

잔재미가 있는 작품들

무조건 추천할 만한 작품이다. 재미있고 긴장감 넘치고, 분량도 짧다. 중년 부부의 위기라는 주제와 배경이 조금 시대에 뒤떨어지는 인상을 줄 수 있지만, 클라우스가 헬무트에게 끊임없이 말을 시키면서 성가시게 구는 1부는 지금 읽어도 재미있다.

발저 소설에 재미를 붙인 사람이라면 그의 첫 번째 성공작 《필립스부르크에서의 결혼》이나, 많은 논란을 불러일으킨 《어느 비평가의 죽음》을 읽는 것도 괜찮다. 《어느 비평가의 죽음》에 나오는 비평가는 라니츠키를 가리키는데, 발저는 그의 비평 때문에 마음이 상할 때가 많았다고 한다.

존 어빙 John Winslow Irving

가아프가 본 세상 The World According to Garp

어빙의 다른 작품들처럼 이 소설도 기괴한 이야기로 가득 차 있다. 다른 작가라면 그중 한 이야기만 하는 것으로도 충분했을 텐데 어빙은 이 이야기들을 다 풀어낸 뒤 하나로 통합했다.

소설은 유명한 야전 병원 장면으로 시작한다. 때는 제2차 세계 대전 중이고, 제니는 간호사다. 결혼은 원치 않지만 아이는 갖고 싶어 한다. 그래서 중상 입은 병사와 관계를 해 임신하고 병사는 죽는다. 제니는 아버지의 이름을 따라 아이에게 T. S. 가아프라는 이름을 지어 준다.

전쟁이 끝나자 제니는 한 기숙 학교에 일자리를 얻고, 가아프는 거기서 행복한 어린 시절을 보낸다. 가아프는 무조건 작가와 결혼하려는 헬렌과 사랑에 빠지고, 그로써 작가가 되려는 목표를 갖게 된다.

그러나 일단 어머니와 빈으로 이주한다. 제니는 거기서 자서전을 발표해 여성 운동의 우상으로 떠오른다. 가아프는 단편 소설을 쓰고, 헬렌은 정말 그와 결혼한다. 그 뒤 가아프는 장편 소설을 발표하고 아들 둘을 낳는다. 두 사람은 한 부부와 친분을 맺고 스와핑을 시도한다.

나중에 헬렌은 마이클이라는 대학생을 만나 밀애에 빠진다. 그 사실을 안 가아프는 헬렌이 하루속히 관계를 끝내기 바란다. 아이들을 데리고 영화관에 갔다가 아들의 감기 때문에 예정보다 일찍 돌아오게 된 가아프는 마이클과 헬렌이 탄 차와 충돌하고, 그 바람에 아들이 죽는다. 가아프와 헬렌은 서서히 충격을 극복하고, 둘 사이에 딸이 태어나고, 가아프는 다시 소설을 발표해 좋은 반응을 얻는다.

가아프의 어머니 제니는 그녀의 여성운동 때문에 결혼 생활이 파탄 났다고 생각하는 한 남자의 총에 맞아 죽는다. 마지막에 가아프도 한 여자의 총에 죽는다. 가아프가 여성운동의 반대자라고 생각했기 때문이다.

표현주의

소설에 자신의 작품을 가져오다

가아프가 쓴 소설 속의 책들은 모두 어빙의 실제 작품과 관련이 있다. 가아프가 미래의 아내에게 깊은 인상을 던진, 오스트리아 배경의 '그릴파르처 하숙'은 어빙의 《뉴햄프셔 호텔》과 비슷하고, 가아프의 첫 장편 소설 '망설임'은 빈 동물원의 동물들을 풀어 주는 어빙의 《곰 풀어 주기》가 떠오른다. 유쾌한 4각 관계를 다룬 두 번째 장편 소설 '맞바람 피우기'는 어빙의 《158파운드의 결혼》과 유사하다. 마지막으로 세 번째 소설 '벤젠하버가 본 세상'도 아들의 죽음에 책임이 있는 아버지의 이야기를 다루고 있다.

비평가와 대중의 사랑을 한몸에

어빙은 아주 특이하면서도 현실적인 관련성을 잃지 않고, 혼란스러운 것을 섹스와 연결하는 탁월한 이야기꾼이다. 대중적 베스트셀러 작가이면서 동시에 비평가에게도 찬사를 받은 매우 드문 경우이다.

1998년에 발표한 《일 년 동안의 과부》 이후 나온 작품들은 예전처럼 뜨거운 반응을 얻지 못했지만, 어빙은 여전히 위대한 작가로 꼽히고 자신도 그 사실을 잘 안다.

대처, 영국 수상 선출
핑크 플로이드 '벽'
이란 혁명
나토의 '이중 결의'

1979
엔데 《끝없는 이야기》
더글러스 애덤스 《은하수를 여행하는 히치하이커를 위한 안내서》

움베르토 에코 Umberto Eco

장미의 이름 Il nome della rosa

바스커빌 출신의 프란체스코 수도사 윌리엄은 수련 수사 아드소와 함께 이탈리아의 베네딕트 수도원을 찾는다. 이곳에서는 교황 측과 신학적 문제를 두고 토론이 벌어질 예정이다.

그런데 이 수도원에서 살인 사건이 일어나면서 수도원장은 윌리엄에게 사건을 해결해 달라고 부탁한다. 윌리엄 수도사가 사건을 조사하는 중에도 수도사 다섯 명이 원인 모를 방법으로 죽는다. 윌리엄은 탐문과 자료를 통한 추론으로 장님 수도사 보르고스 호르헤가 범인임을 밝혀낸다. 그는 수도원의 도서관을 책임졌던 사람이다. 호르헤 수도사는 웃음에 관한 내용을 다룬 아리스토텔레스의 책을 특히 철저하게 감시한다. 웃음이 신에 대한 경외심과 신앙심을 없앤다고 생각하여 누구도 그 책을 읽지 못하게 하기 위해서이다. 그래도 혹시 누군가 책을 찾아내 읽을 경우를 생각해서 책장에다 독을 발라 놓았는데, 그걸 모르고 책장을 넘기던 수사들이 독살당한 것이다.

모든 사실이 밝혀지자 늙은 호르헤 수도사는 도서관에 불을 질러 책들과 함께 자신의 몸도 태워 버린다. 윌리엄과 아드소는 간신히 빠져나와 목숨을 건진다.

이상이 대략적인 줄거리이지만 소설에서는 교회와 신앙, 철학, 중세의 역사에 대한 온갖 근본적인 문제들이 다루어진다.

기호학자가 쓴 지적인 소설

역사를 소재로 한 범죄 소설을 기대했다면 실망할 것이다. 살인자를 추적하는 긴장감 넘치는 과정이 매번 갖가지 여담으로 중단되기 때문이다. 내용을 제대로 이해차려면 지적인 수준이 상당해야 할 뿐 아니라 지적인 문제에 대한 관심도 높아야 한다.

에코는 작가인 동시에 대학에서 언어 기호에 관한 이론을 가르치는 기호학자이다. 그래서 그의 소설에 언어 기호에 관한 내용이 많이 나오는 것은 놀라운 일

포스트모더니즘

존 레논 피살
5·18 광주 민주화 운동
레이건, 미국 대통령 당선

1980
에코 《장미의 이름》
로버트 러들럼 《본 아이덴티티》

이 아니다. 에코는 내로라하는 세계의 지식인 중 한 명으로 그에겐 글쓰기가 일종의 취미다. 물론 취미치고는 어마어마한 돈을 벌어 주었지만. 그의 소설들은 세계적인 성공을 거두어 수백만 부가 넘게 팔렸다.

2012년에는 이탈리아에서 개정판이 나왔는데, 소설에 등장하는 호박과 파프리카, 바이올린이 중세에는 아직 없었던 것으로 밝혀져 고쳐야 했기 때문이다.

코난 도일에 대한 오마주

주인공의 이름은 홈즈에 대한 존경의 표시를 담고 있다. 바스커빌의 윌리엄은 《바스커빌 가의 개》가 떠오르고, 수련 수사 아드소는 왓슨과 발음이 비슷하다.

관계가 있거나 없거나

"지난날의 장미는 이제 그 이름뿐, 우리에게 남은 건 덧없는 이름뿐."

소설 마지막에 아드소가 한 말인데, 베네딕트회의 수도사 베르나르의 말을 인용한 것이다. 멋진 말이지만 소설의 제목과는 아무 상관이 없다. 에코는 그저 우연히 떠오른 이 제목이 마음에 들었고, 많은 것을 떠오르게 해서 선택했다고 한다.

포스트모더니즘

찰스 왕세자와 다이애나 비 결혼
우주왕복 유인 우주선 '스페이스 셔틀' 처녀비행
폴란드 계엄령 선포

1981
윌리엄 보이드 《굿맨 인 아프리카》
마르케스 《예고된 죽음의 연대기》

짧고 굵게 보는 문학사

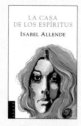

이사벨 아옌데
Isabel Allende Llona

영혼의 집
La casa de los espiritus

1980년대에 여성들이 좋아했던 소설이다. 기본적으로 《백년 동안의 고독》을 쉽게 쓴 작품이라고 할 수 있다. 한 칠레 가문의 4대에 걸친 사랑과 고통, 삶을 격동하는 칠레 근대사와 함께 그렸다. 에스테반 트루에바는 아름다운 로사와 결혼한다. 로사는 곧 죽는데, 예지 능력이 있는 로사의 여동생 클라라가 이미 예견한 일이다. 에스테반은 아내를 잃은 슬픔을 떨치려고 시골에 내려가 일에만 매달리고, 허물어져 가는 농장을 번듯하게 일군다. 그러나 일꾼의 딸을 강제로 범해 여러 사생아를 낳는다. 클라라의 예언대로 에스테반은 9년 뒤에 다시 돌아와 클라라와 결혼한다. 클라라는 세 아이를 낳는다. 나중에 딸 블랑카는 소작인의 아들 페드로를 사랑해 그의 아이를 가진다. 그 사실을 안 에스테반은 극심한 분노에 사로잡혀 클라라를 때리고, 그녀는 그를 떠난다.

에스테반은 정치에 입문해 보수당 후보로 선거에 나가고, 블랑카의 딸 알바는 대학에 들어가 한 사회주의자와 사랑에 빠진다. 좌파 연합이 선거에서 승리하자 페드로는 장관이 된다. 에스테반은 농장이 몰수되자 쿠데타 계획에 동참한다. 그러나 막상 쿠데타가 일어난 후로는 어떤 일도 계획대로 흘러가지 않는다. 크게 실망한 에스테반은 딸 블랑카와 화해하고 페드로의 도주를 돕고, 강제수용소에 갇힌 알바를 구해 낸다.
이상의 내용을 보면 줄거리가 탄탄해 보이지만, 신비주의적 냄새를 풍기는 대목도 많다. 사람들의 머리카락이 초록색이고, 방 안을 날아다니고, 미래를 예언하는 대목들이 그렇다. 비평가들은 이런 요소를 좋게 생각하지 않았지만, 그럼에도 이 작품은 세계적으로 성공했다.

마르그리트 뒤라스
Marguerite Duras

연인
L'Amant

작가의 자전적 소설로 1930년대 초 베트남이 아직 인도차이나로 불리던 프랑스 식민지 시절이 배경이다. 화자는 인도차이나에서 성장한 열다섯 살 프랑스 소녀다. 소녀는 자기보다 훨씬 나이가 많은 부자 중국인과 사귄다. 소녀의 어머니는 딸이 중국인과 사귄다는 사실에 충격받지만, 경제적인 이득 때문에 둘의 관계를 참아 준다. 소녀의 오빠도 마찬가지다. 오빠의 노름빚을 중국인 애인이 대신 갚아 준 것이다. 중국인 애인은 나중에 소녀의 가족이 고향으로 돌아갈 수 있도록 뱃삯도 낸다. 하지만 자신은 아버지의 요구대로 좋은 집안의 중국인 여성과 결혼한다.
주인공은 열여덟 살에 프랑스로 돌아간다. 하지만 그제야 자신이 그 나이 많은 중국인을 진정으로 사랑했다는 사실을 깨닫고, 글쓰기에만 매달림으로써 그를 잊으려 한다. 그로부터 몇십 년 후 남자는 주인공에게 전화를 걸어 자신이 아직도 그녀를 사랑하고 있다고 말한다.
이 작품은 아름다운 연애 소설이다. 다만 시간의 비약과 여러 서술 관점이 상당히 복잡하게 얽혀 있어 이야기에 푹 빠지기 어렵다. 영화와는 완전히 다르다.

포클랜드 전쟁
최초의 가정용 컴퓨터 '코모도어 64' 출시
콜, 독일 총리 선임

에이즈 바이러스 발견
MS워드 첫 출시

1982
아옌데 《영혼의 집》
앨리스 워커 《더 컬러 퍼플》

1983
휘호 클라우스 《벨기에의 비애》

밀란 쿤데라
Milan Kundera

참을 수 없는 존재의 가벼움
L'linsoutenable Légèreté
de l'être

1980년대 대학생이 가장 좋아하던 소설로서 체코의 민주화 운동을 상징하는 '프라하의 봄'이 배경이다. 성적인 모험을 좋아하는 외과의사 토마스와 진실한 사랑을 꿈꾸는 순진한 식당 종업원 테레사가 주인공이다. 두 사람은 곧 사랑에 빠져 결혼하지만 토마스는 바람을 피우고, 테레사는 그를 잃을까 두려워 묵묵히 견딘다.

프라하의 봄이 군홧발에 무참히 진압되자 두 사람은 스위스로 피신한다. 한동안 거기서 함께 지내지만 토마스의 바람기가 도진다. 상심한 테레사가 혼자 프라하로 돌아가자 토마스도 그녀를 따라 귀국한다.

병원으로 돌아간 토마스는 원장으로부터 과거에 소련을 비판한 글을 철회하라는 요구를 받는다. 그것을 거절하자 곧 직장을 잃고, 유리창을 닦는 단순 노동자로 전락한다. 마지막에 토마스와 테레사는 시골로 내려가고, 생산조합에서 일하다가 교통사고로 죽는다.

체코에서 이 소설은 검열에 걸려 계속 출판이 금지되었다가 2006년에야 빛을 보았다.

파트리크 쥐스킨트
Patrick Süskind

향수
Das Parfum

18세기 파리가 배경이다. 장 바티스트 그르누이는 이상한 인물이다. 자기 몸에서는 아무 냄새가 나지 않지만, 세상 모든 냄새에 민감한 절대 후각이 있다. 어느 날 한 처녀의 아주 멋진 향기에 취해 그녀를 목 졸라 죽인다.

그르누이는 향수 장인 밑에 들어가 향수 제조 기술을 배운 뒤 그라스로 간다. 거기서 인간의 향기를 개발하는 일에 전념하고, 아름다운 향기를 보존하려고 젊은 여자들을 죽인다. 그러다 결국 체포되어 사형 선고를 받는다. 처형이 있던 날 그의 죽음을 보려고 수많은 사람이 광장으로 몰려든다. 그런데 그가 나타나자 사람들은 갑자기 그에게 홀딱 빠진다. 여자들의 향기로 만든 향수 덕분에 그르누이의 몸에서 황홀한 냄새가 났기 때문이다.

처형을 보러 온 구경꾼들은 생탄의 파티를 벌이고, 그르누이는 절망에 빠진다. 평생을 바쳐 만든 향수를 온몸에 뿌린 뒤 범죄자와 창녀가 우글거리는 곳으로 가서 그 향기를 가지려는 사람들에게 붙잡혀 살해된다.

파울로 코엘료
Paulo Coelho

연금술사
O Alquimista

책을 좋아하는 양치기 청년 산티아고는 세상을 알고 싶어 한다. 피라미드의 보물 꿈을 꾼 산티아고는 먼저 이집트로 여행을 떠난다. 오아시스에서 아름다운 파티마와 사랑에 빠지고, 이어 연금술사를 만난다. 산티아고는 파티마 곁에 머물고 싶지만 보물을 찾아 떠나라는 연금술사의 말에 설득당한다.

다시 여행길에 오른 산티아고는 도중에 갖가지 일을 경험하고, 언제나 자신의 마음에 귀를 기울이라는 중요한 교훈을 깨닫는다. 이따금 그는 바람으로 변신하기도 한다. 마지막에 산티아고는 자신이 찾던 보물을 고향에서 발견하고 파티마와 결혼한다. 이제 그는 꿈을 실현하려면 애써야 하고, 그러면 사랑도 이룰 수 있다는 사실을 알게 된다.

이 작품은 브라질 출신의 작가 코엘료를 세상에 알린 베스트셀러이다. 이후에도 비슷한 내용의 신비로운 작품을 계속 발표했는데, 독자는 열광했지만 평론가는 시큰둥했다.

문학의 별자리들

시리 허스트베트

테드 휴즈 젤다 피츠제럴드 폴 오스터

실비아 플라스 피츠제럴드

하퍼 리 《앵무새 죽이기》

에밀리 브론테 《폭풍의 언덕》

아나이스 닌

숀 프렌치 **한 작품으로 명성을 얻은 작가**
니키 제라드 H. 밀러

조너선 사프란 포어 시몬느 드 보부아르 사르트르
니콜 크라우스

피츠제럴드 어빙

문학인 커플 예이츠
안데르센 플로베르

거트루드 스타인 코리건

앨리스 B. 토클러스 **난독증 작가**
로버트 브라우닝 크리스티

엘리자베스 배럿 브라우닝 쥘 베른 캐럴

《호스 위스퍼러》

프랑크 라메 《매디슨 카운티의 다리》

다리오 포 《천국 같은》

《하이힐을 신고 달리는》

《노트북》

트웨인 헤밍웨이 《변종》 ≈ 《솔라리스》

《가시나무새》

가슴을 녹이는 소설

《타탸나》 ≈ 《롤리타》

포크너 졸라 《더 팩트》

케루악

발자크 **권역 별 작가들** **비슷한 플롯**

《PS. 아이 러브 유》

호메로스 《페스트》 ≈ 《눈먼 자들의 도시》

도스토예프스키 베르길리우스
단테 오비디우스 《버드나무에 부는 바람》
프루스트 디킨스 세르반테스 ≈
《워터십 다운의 열한 마리》

조이스 포 코난 도일
쥘 베른
H. 제임스

베느와트 그루 Benoîte Groult

이토록 지독한 떨림 Les vaisseaux du cœur*

좋은 집안에서 자란 프랑스 소녀 조르주는 브르타뉴로 휴가를 갔다가 가난한 어부 청년 고뱅을 만나 사랑의 소용돌이에 빠진다. 두 사람은 수십 년에 걸쳐 만나고 헤어지고, 사랑하고 그리워하는 삶을 반복한다.

조금 더 자세히 살펴보자. 조르주와 고뱅은 오래전부터 아는 사이다. 조르주의 가족이 해마다 브르타뉴에서 휴가를 보냈기 때문이다. 그러다 열여덟 살이 되던 해 여름, 조르주는 스물네 살이 된 청년 고뱅을 우연히 만난다. 둘은 밤에 바다에서 수영하다가 열정적으로 사랑을 나눈다. 그러다 헤어져 한동안 만나지 못하지만, 다시 만나자마자 열정을 뜨겁게 불태운다.

둘은 그런 식으로 만남과 헤어짐을 반복한다. 고뱅은 조르주에게 청혼하지만, 둘은 사회적·문화적 차이가 너무 크고 생활방식도 너무 다르다. 결국 조르주는 가난한 어부와 살고 싶지 않아 청혼을 거절한다.

그 뒤 둘은 만나지 못한 채 오랜 시간이 흐른다. 고뱅은 동네 이가씨와 결혼해 네 아이를 두고, 조르주는 성공한 남자와 결혼해 아들 하나를 낳고는 이혼한다. 그러다 둘은 아프리카에서 우연히 만난다. 예전의 열정이 다시 살아나고, 두 사람은 세이셸 군도에서 비교적 오랜 시간 휴가를 함께 보낸다. 조르주는 지적이고 다정한 산부인과 의사와 재혼하지만, 줄곧 고뱅과의 육체적 사랑을 그리워한다.

조르주는 고뱅이 죽은 뒤에야 자신이 그를 깊이 사랑했음을 깨닫는다.

그루의 자전적 소설

이 작품은 작가의 삶과 직접적인 관련이 있다. 물론 그루의 사랑은 어부가 아니라 1945년에 처음 만난 미국인 조종사였다. 그녀는 50년 동안 결혼과 이혼을 반복하는 동안 정기적으로 이 남자를 만났다.

이 작품을 두고 가정주부용 포르노 소설이니 어쩌니 하고 뒷말이 많았다. 아니, 어쩌면 그 때문에 베스트셀러가 되었을지 모른다. 어쨌든 그루는 그사이 페미니스트 작가로 인정받았다.

심심찮은 페미니즘적 요소와 수십 년에 걸친 남녀의 열정적인 사랑은 콜린 맥컬로의《가시나무새》에도 나온다. 주인공 랄프 신부는 성직자 신분임에도 아름다운 매기에게 마음을 빼앗기고 사랑을 나눈다. 전기적 내용은 아니지만, 그루의 작품보다 훨씬 비극적이다.

불타는 열정은 이렇게 표현한다

"고뱅은 그녀를 사랑하고 싶은 소망과 지금이라도 당장 그녀의 몸 안에서 화산처럼 폭발하고 싶은 욕망 사이에서 소용돌이쳤다."

포스트모더니즘

폴 오스터 Paul Benjamin Auster

달의 궁전 Moon Palace

　1인칭 화자 마르코 스탠리 포그는 자신이 성장한 1960년대를 회상한다. 우선 열한 살에 고아가 되어 외삼촌 집과 기숙사에서 생활한다. 스무 살 때 외삼촌이 죽자 그의 삶도 완전히 바뀐다. 가진 것 없고 돈을 벌 능력도 없이 거리로 내몰린 것이다.

　마르코는 거의 굶어 죽기 직전에 예전에 함께 살던 친구와 중국인 여대생 키티의 도움으로 위기에서 벗어난다. 상황도 점점 좋아져 키티와 연인 관계가 되고, 세 친구들을 사귀고, 보잘것없지만 직장도 구한다. 그러다 휠체어를 타고 다니는 괴팍한 부자 노인 에핑의 비서로 취직한다. 노인은 마르코에게 자신이 살아온 이야기를 들려준다. 그러면서 나중에 자신이 죽으면 그걸로 추도사를 쓰고 아들에게도 보내 달라고 부탁한다. 얼마 뒤 노인은 마르코에게 상당한 돈을 나누어 주고 정말로 숨을 거둔다.

　4개월 뒤 에핑의 아들 솔로몬이 마르코를 찾아오고, 마르코의 어머니를 안다고 말한다. 이후 여러 가지 극적인 전환이 일어난다. 예를 들어 임신한 키티가 낙태를 고집하자 마르코는 그녀와 헤어진다. 그 뒤 솔로몬과 함께 시카고로 가던 길에 어머니의 무덤을 찾고, 그 자리에서 솔로몬이 자신의 아버지라는 사실을 알게 된다. 솔로몬은 발을 헛디뎌 옆에 파 놓은 무덤 구덩이로 추락해 숨진다. 마르코는 아버지를 어머니 옆에 묻은 뒤 키티를 찾아간다. 그러나 키티는 여전히 화해할 생각이 없다. 마르코는 상속받은 1만 달러와 함께 자동차를 도난당하고 빈털터리가 된다. 이어 걸어서 캘리포니아로 가서 새 삶을 시작한다.

주인공 안에 세 사람이 있다

'마르코 스탠리 포그'라는 이름에서는 세 사람의 여행자가 떠오른다. 바로《동방견문록》을 쓴 마르코 폴로, 아프리카 탐험가 헨리 모튼 스탠리, 쥘 베른의《80일간의 세계 일주》에 나오는 필리어스 포그이다.

컴퓨터를 신뢰하지 않는 어쿠스틱 작가

오스터는 현존하는 가장 유명한 미국 작가 중 한 사람인데, 짙은 색 옷에 멋진 머리 모양과 강렬한 눈빛이 매력적이다. 여성 작가 시리 허스트베트와 자유롭고 개방적인 결혼 생활을 꾸려가고 있고, 아름다운 딸 소피는 가수로 활동하고 있다.

오스터는 매일 깨알만 하게 글을 써서 나중에 타자기로 친다. 컴퓨터로 작업하면 한순간에 모든 것이 날아갈지 모른다는 두려움 때문이다. 자신이 애용하는 여행용 타자기(1974년에 40달러를 주고 산 '올림피아' 타자기)에 대한 책도 썼다.

포스트모더니즘

베를린 장벽 붕괴
제1회 러브 퍼레이드 개최
하벨, 체코 대통령 당선
이슬람 최고 지도자 호메이니, 루슈디 살해 명령

1989
오스터《달의 궁전》
존 그리샴《타임 투 킬》

켄 폴릿 Ken Follett

대지의 기둥 The Pillars of the Earth

중세를 다룬 비극적 대하소설로 처음부터 눈물샘을 자극한다. 석공 톰 빌더의 아내 애그니스는 추운 숲에서 아이를 낳다가 죽고, 톰은 갓난아기를 키울 수 없어 아내의 무덤 옆에 아이를 버린다. 다행히 한 사제가 아이를 발견해 근처 수도원에 데려간다.

필립 수도원장은 버려진 아이를 키우기로 하고, 아이와 함께 새로 맡게 된 킹스브리지 수도원으로 간다. 알프레드와 마타 남매를 데리고 일거리를 찾아 방랑하던 톰은 숲에서 열한 살짜리 잭을 데리고 사는 엘렌을 만난다. 엘렌과 톰은 사랑에 빠지고, 아이들과 함께 길을 떠나 킹스브리지에 정착한다. 필립 수도원장은 톰에게 새로운 성당의 건축을 맡긴다. 그러나 곧 여러 사건이 연이어 일어난다. 엘렌은 톰을 떠나고, 필립 원장은 성당을 다른 곳에 지으려는 주교와 대립하고, 돌이 부족해 성당 건축이 지연된다.

여러 해 뒤 엘렌이 다시 돌아온다. 그사이 뛰어난 석공으로 성장한 잭은 앨리에나를 사랑한다. 앨리에나는 백작 가문의 후예이지만 집안이 몰락하는 바람에 온갖 고초를 겪으면서도 집안을 다시 일으키려고 애쓰는 여성이다. 그런데 잭의 재능을 질투하고 앨리에나를 짝사랑하는 알프레드는 일부러 싸움을 걸어 잭을 성당 건축 일에서 쫓겨나게 한다. 그러나 잭의 재능을 아끼던 필립 수도원장은 나중에 수도승이 되어야 한다는 조건과 함께 잭을 공사 감독관으로 임명하고, 킹스브리지를 떠나고 싶은 마음이 없던 잭도 그 제안을 받아들인다.

톰 빌더는 죽고, 앨리에나는 남동생의 뒷바라지를 위해 어쩔 수 없이 알프레드와 결혼한다. 그러나 결혼식 날 잭과 사랑을 나눠 아이를 가진다. 잭은 스페인으로 도망쳤다가 프랑스로 건너가 고딕 양식의 건축술을 배운다.

앨리에나가 잭을 빼닮은 붉은 머리의 아이를 낳자 화가 난 알프레드는 아내를 쫓아낸다. 앨리에나는 아들을 데리고 잭의 행방을 수소문하다가 파리에서 건축술을 배우고 있는 잭을 만난다. 셋은 킹스브리지로 돌아오고, 잭은 성당 건축 장

걸프 전쟁 발발
독일 통일

1989
폴릿 《대지의 기둥》

1990
앤토니어 수잔 바이어트 《소유》

인이 된다. 몇 년 동안 우여곡절이 있지만 잭은 앨리에나와 결혼하고 대성당도 완성한다. 숲에 버려졌다가 수도원에서 자란 조너선 신부는 자신의 친부가 누구인지 깨닫고, 잭도 자신의 아버지가 죽은 이유를 알게 된다.

소설은 1174년에 끝난다. 쉰 살의 잭은 성당 담을 당시 유행에 맞게 고딕 양식으로 지을 생각을 한다.

중세 역사를 처음 접하는 초보자를 위한 작품

여러 측면에서 초보자에게 적합한 작품이다. 책이 두꺼우면 일단 겁부터 내는 독자도 충분히 시도해 볼 만하고(1,000쪽이 넘는다), 중세 역사를 처음 접하는 사람에게도 좋다. 중세의 암울했던 삶과 헨리 1세 사후의 영국 역사를 생생히 경험할 수 있기 때문이다. 또한 건축술에 대한 지식을 얻기에도 적합하다. 로마네스크 양식과 고딕 양식 등 중세의 건축술에 대해 많은 것을 지루하지 않게 배울 수 있다. 마지막으로 역사 소설 입문서로도 아주 훌륭하다. 중세 배경의 사랑과 비극, 열정, 간계와 술책이 수준 높은 문체 속에 어우러져 있기 때문이다.

2007년에 이 소설의 속편 《끝없는 세상》이 출간되었다. 200년 뒤의 시대가 배경이고, 전작의 주인공들 후손이 나온다. 영국과 프랑스의 백년 전쟁과 당시 유럽에 창궐한 페스트를 배경으로 다리 건축의 이야기가 펼쳐진다. 전작보다 뛰어나지는 않지만 세계적인 성공을 거두었다.

반전 있는 작가 생활

폰릿은 날 때부터 신사로 태어난 사람 같다. 부드러운 웨이브의 흰 머리와 말쑥한 정장, 절제된 영국식 미소가 기막히게 어울리는 사람이다.

그의 책들은 처음엔 그다지 알려지지 않았다. 기자 생활에 실망한 폴릿은 일찍부터 틈틈이 소설을 썼다. 작품을 출간하기도 했지만 읽는 사람은 거의 없었다.

걸프 전쟁 끝남
소련 붕괴

클린턴, 미국 대통령 당선

1991
요슈타인 가아더 《소피의 세계》
헨닝 만켈 《얼굴 없는 살인자》

1992
멀리쉬 《천국의 발견》
무라카미 하루키 《국경의 남쪽, 태양의 서쪽》

248

1949(영국 웨일즈)~

*"나는 중세에 관한 책만
쓰는 작가가 되고 싶지
않다."*

유튜브에서
"ken follett damn right"를
검색해 볼 것을 권한다.
영국 대중 소설의 귀족적 작가가
록 음악을 연주하는 모습을
볼 수 있을 것이다.

폴릿
천생 귀족

그러다 1978년에 발표한 《바늘구멍》이 큰 반향을 불러일으켰다. 제2차 세계 대전이 배경인 스파이 스릴러 소설인데, 쓸 때부터 느낌이 특별한 책이었다고 한다. 그래서 아내에게도 이렇게 말했다. "이번엔 정말 기가 막힌 게 나왔어!" 그의 말은 옳았다. 《바늘구멍》은 단숨에 세계적인 베스트셀러가 되었다.

《바늘구멍》의 성공에 힘입어 폴릿은 처음엔 스파이 소설만 계속 썼다. 그러다 나중에 과학 스릴러를 써서 역시 성공을 거두었다. 그러나 독자들이 특히 열광한 책은 단연 《대지의 기둥》과 그 속편 《끝없는 세상》이다.

폴릿은 중세가 배경인 작품에만 매이고 싶지 않아 60대 초반부터는 1914년부터 베를린 장벽 붕괴까지의 시대를 배경으로 〈20세기 3부작〉을 쓴다는 야심 찬 계획을 세웠고, 2010년에 제1부 《거인들의 몰락》을 발표했다.

폴릿은 철저한 자료 조사와 혹독한 글쓰기, 수많은 낭독 여행으로 지치면 자신이 결성한 블루스 밴드 '댐 라이트(Damn Right)'와 함께, 글쓰기와는 성질이 완전히 다른 무대에 올라 한바탕 뛰놀곤 한다.

르완다 대학살

닉 혼비 | Nick Hornby

하이 피델리티 High Fidelity

런던에서 볼품없는 레코드 가게를 운영하는 서른다섯 살 음악광 롭은 막 여자 친구 로라한테 버림을 받았다. 로라가 임신했음에도 다른 여자와 바람을 피웠기 때문이다. 롭은 로라의 임신 사실을 몰랐다. 롭이 바람을 피우는 것을 알고 로라가 말을 하지 않았기 때문이다.

처음에 롭은 로라가 얼마 전까지 위층에 살았던 이안과 함께인 것을 보고 무척 화가 났다. 게다가 이안이 위층에서 다른 여자와 성관계하는 소리를 들으며 로라가 한 말이 롭에게는 KO 펀치나 다름없었다. "굉장히 오래 하네!" 롭은 반항심으로 메리와 잤지만, 뜻한 대로 잘되지 않았다. 그는 끊임없이 로라가 생각났고, 서서히 자신이 잘못을 저질렀다는 사실을 깨닫는다.

그는 예전에 만난 여자 친구 '탑5'*를 작성해 놓고 그 여자들을 찾아가 자신이 차인 이유를 알아내려 한다. 그사이 로라와 이안은 사이가 틀어지고, 어느 날 로라의 아버지가 죽는다. 롭은 장례식에서 로라를 만나고, 두 사람은 다시 합친다.

롭과 로라는 떨어져 있는 동안 많은 것을 깨달았다. 다만 롭이 정말로 정신적으로 성숙해졌는지는 불분명하다. 마지막에 롭은 다시 한 여기자에게 빠진다. 그와 함께 로라와의 관계가 처음처럼 가슴이 두근거리지 않는다는 사실을 안타까워한다. 마지막 문장은 그가 새로운 삶의 과정을 받아들일 준비가 되어 있음을 암시한다.

현대문학

*이 소설에는 수많은 탑5 목록이 나온다. 대부분 좋아하는 노래나 영화 목록이다(예를 들면 부제가 있는 영화, 시대를 통틀어 사랑받는 영화, 아버지 또는 어머니가 좋아하는 영화 목록 등이다). 그밖에 롭은 자신의 삶을 1-2-3이나 a-b-c로 순서를 매겨 가며 분석하는 것을 좋아했다. 당시에는 이렇게 목록을 작성하는 것이 새로웠고, 이후 수많은 사람이 이 방식을 따라 했다.

팝 문학의 선두 주자, 혼비

혼비는 재미있는 외모의 상냥한 영국 작가다. 전직 교사로서 프리미어리그 아스널 FC의 광팬이자 음악광이다. 그의 데뷔작 《피버 피치》가 축구에 관한 책인 것을 봐도 알 수 있다.

《하이 피델리티》 출간 이후 혼비는 아직도 개념이 불분명한 장르이기는 하지만 최고의 '팝 문학(pop literature)' 작가가 되었다. 그는 30대 중반 남자들의 소소한 일상을 솜털처럼 가볍고 말랑말랑하게 그렸는데, 단언컨대 그런 영역을 혼비만큼 유머러스하고 편안하게 그린 작가는 없었다.

이후 혼비는 작품 주제를 우울증(《딱 90일만 더 살아볼까?》)과 십 대 임신(《슬램》), 결혼 문제(《하우 투 비 굿》)로 넓혔다.

누구나 할 수 있을 것 같지만 아무나 할 수 없는

'유쾌한 일상, 나도 쓸 수 있어!'

《하이 피델리티》의 성공 이후 많은 작가가 이렇게 생각했다. 그러나 독자는 '유쾌한 일상, 그 이상!'을 요구했다. 실제로 혼비와 비슷하게 재미와 문학성을 하나로 묶는 데 성공한 작가도 있다. 예를 들면 토니 파슨스(《더 패밀리 웨이》 혼자 자식을 키우는 남자의 새로운 인생 찾기), 조너선 트로퍼(《사별한 남자에게 말 거는 법》), 앨리슨 피어슨(《하이힐을 신고 달리는 여자》)이 있다.

조앤 K. 롤링 Joan K. Rowling

해리 포터 Harry Potter 시리즈

현대문학

해리의 부모는 해리가 어렸을 때 어둠의 마왕 볼드모트에게 살해된다. 어린 해리도 죽을 뻔했지만 죽음의 저주는 볼드모트에게 내려진다. 이후 볼드모트는 몸을 잃고, 해리는 이마에 번개 모양의 흉터를 안고 살아간다.

1권《해리 포터와 마법사의 돌》해리는 부모가 누구인지, 자신이 마법사인지도 모른 채 멍청한 이모부 집에서 온갖 구박과 멸시를 받으며 산다. 그러다 열한 살 생일 때 호그와트의 사냥터지기인 해그리드가 나타나 모든 사실을 알려 주고, 해리는 위대한 마법사 덤블도어가 이끄는 호그와트 마법 학교에 들어간다. 그 뒤 론과 헤르미온느를 만나 단짝 친구가 되고, 갖가지 마법을 배우고, 빗자루를 타고 공중을 날아다니는 퀴디치 게임에서 수색꾼으로 활약한다. 또 볼드모트가 마법의 돌을 손에 넣어 불멸의 존재가 되려는 것을 막는다.

2권《해리 포터와 비밀의 방》호그와트에서 보내는 두 번째 해. 비밀의 방에 있던 괴물이 학생들에게 악행을 저지른다. 해리, 론, 헤르미온느가 괴물을 죽이고 볼드모트에게 또다시 타격을 입힌다.

3권《해리 포터와 아즈카반의 죄수》12년 동안 아즈카반에 갇혀 있던 악명 높은 살인자 시리우스 블랙이 탈옥한다. 모두 시리우스가 해리를 죽일 거라고 걱정하지만, 시리우스가 노리는 것은 론이 키우는 쥐다. 시리우스는 해리의 대부였고, 쥐는 해리의 부모를 배신한 인물이다.

4권《해리 포터와 불의 잔》해리는 마법 학교에서 열리는 굉장히 어려운 시합에 참가해 위험한 과제를 풀어야 한다. 배후에는 그사이 몸을 되찾은 볼드모트가 있다.

5권《해리 포터와 불사조 기사단》마법부는 볼드모트가 돌아온 사실이 알려지는 것을 원치 않는다. 그래서 볼드모트에 맞서 싸우는 일이 어려워진다. 그 와중에 오직 해리만이 볼드모트를 죽이거나, 반대로 해리가 죽을 수 있다는 예언이 전해진다.

다이애나 비 사망
블레어, 영국 총리 선출
우주선 '패스파인더 호' 화성 착륙
교토 의정서 채택

1997
캔디스 부시널《섹스 앤 더 시티》
롤링《해리 포터와 마법사의 돌》

6권 《해리 포터와 혼혈왕자》 덤블도어는 해리가 볼드모트에 관한 모든 것을 알아내는 일을 돕고, 결정적인 사실을 알아낸 뒤 볼드모트와 싸우다 죽는다.

7권 《해리 포터와 죽음의 성물》 해리가 마침내 볼드모트를 죽인다.

인기가 있던 만큼 궂은 일도 많이 당한 책

〈해리 포터〉 시리즈는 지금껏 전 세계에서 4억 부 넘게 팔렸다*. 어린이 책이 이처럼 열광적인 반응을 일으킨 것은 처음이다. 독자들은 새 책이 출간되기 전날 서점 앞에서 밤을 새워 가며 책을 샀다. 5권은 출간일 전에 화물차에 실어 놓은 수천 부를 도난당했고, 6권은 롤링이 원고를 끝내기도 전에 중국에서 표절 소설이 나왔다.

이혼녀에서 베스트셀러 작가로

롤링은 1권을 쓰는 데 5년이 걸렸고, 그때 이미 일곱 권짜리 시리즈가 될 것을 예감했다. 사회 보조금에 의지해 혼자 아이를 키우며 이 책을 썼지만, 처음엔 원고를 받아 준 출판사가 한 곳도 없었다. 그러다 마침내 한 출판사를 찾아냈고, 그로부터 몇 년 뒤 롤링은 어마어마한 갑부가 되었다. 책을 써서 그렇게 많은 돈을 번 작가는 없었다.

---

*〈해리 포터〉 시리즈는 최초로 모든 연령대의 사람이 읽을 수 있는 올 에이지(All Ages) 책이다. 그 뒤 모든 어린이 책 출판사들은 올 에이지를 기획하려고 한다. 독자층이 어마어마하게 늘어나기 때문이다.

필립 로스 Philip Milton Roth

휴먼 스테인 The Human Stain

1998년 여름. 미국은 빌 클린턴과 르윈스키의 추문으로 떠들썩하다. 이런 분위기 속에서 문학 교수 콜먼 실크는 출석을 부르다 수업에 한 번도 들어오지 않은 두 학생을 '세미나의 빛을 두려워하는 어둠의 존재들'이라고 부른다. 두 학생이 흑인이라는 사실을 모르고 한 말이지만, 그는 즉시 인종차별주의자로 비난받는다.

당시는 아무리 공식적으로 자신의 발언을 취소하고, 원래 그런 뜻이 아니었다고 해명해도 먹히지 않던 시절이었다. 이어 콜먼에 대한 마녀사냥이 시작된다. 충격을 받은 콜먼의 아내는 심장마비로 죽고, 콜먼은 학교를 그만둔다. 그러나 오해를 바로잡고 진심을 밝히는 일을 그만둘 수는 없다. 그래서 이웃에 사는 작가 네이선 주커먼에게 자신에 관한 책을 써 달라고 부탁한다. 주커먼은 콜먼의 부탁을 거절하지만 두 사람은 친구가 된다.

독자들은 콜먼이 실은 피부색이 아주 밝은 흑인이었다는 사실을 차츰 알게 된다. 수십 년 동안 숨겨 온 '오점'이었는데, 아내와 자식조차 그 사실을 몰랐다. 대학교수로 출세하려고 자신의 뿌리를 부정한 것이다.

콜먼은 대학 청소부로 힘들게 살아가는 서른네 살의 포니아 팔리를 만나 위로를 받으면서 자신에 대한 세상의 부당함을 잊으려 애쓴다. 그러나 그를 적대시하는 동료들은 또다시 그가 청소부 여자를 성적으로 이용한다고 비난하고, 콜먼의 자식들도 충격을 받는다.

마지막에 콜먼과 그의 애인은 교통사고로 죽는다.

번역하기 까다로운 작품

이 소설은 언어 속에 많은 상징이 숨어 있어서 일대일로 번역하기가 쉽지 않다. 몇 가지 예를 들어 보자.

현대문학

나토, 세르비아 공습

부시, 미국 대통령 당선
푸틴, 러시아 대통령 당선

1999

2000
로스 《휴먼 스테인》
사트라피 《페르세폴리스》

제목에 나오는 스테인(stain)은 '오점'이나 '결함'을 뜻하지만, 단순한 '얼룩'을 의미하기도 한다. 여기엔 '르윈스키 추문'에 대한 조롱이 숨어 있다.

주인공이 평생 세상을 속여 온, 출생에 대한 거짓은 '콜먼 실크(Coleman Silk)'라는 이름 속에 이미 드러나 있다. 콜먼은 석탄 배달부를 뜻하는 '콜먼(Coalman)'과 발음이 같은데, 검은 얼굴이 즉시 연상된다.

콜먼은 수업에 들어오지 않았던 학생들을 언급하며 이렇게 말한다. "이 학생들이 진짜 사람입니까, 아니면 유령입니까?" 그런데 '유령'을 뜻하는 '스푸크(Spook)'에는 흑인을 비하하는 뜻이 있고, 두 학생은 공교롭게도 흑인이었다.

여러 작품과 함께 나이를 먹는 등장인물

로스는 현존하는 가장 위대한 미국 작가로서 《휴먼 스테인》은 그의 대표작이다. 소설 속의 '네이션 주커먼'이라는 작가는 다른 작품에도 자주 등장하는데, 저자의 예전 모습을 담고 있다. 주커먼은 때로는 주인공으로 때로는 주변 인물로 등장하고, 나이도 점점 많아진다. 마지막 작품 《익사이트 고스트》에서는 노쇠한 인물로 나와, 자신이 우러러보는 한 위대한 작가의 전기를 쓰려는 젊은 작가의 작업을 필사적으로 막으려 한다. 작가의 작품에서 그의 삶을 유추해서는 안 된다는 것이다.

조녀선 프랜즌 Jonathan Franzen

인생 수정 The Corrections

램버트 가족은 아버지(앨프리드)와 어머니(이니드), 세 자녀(게리, 칩, 드니즈)로 이루어진 1990년대 전형적인 미국 가정이다. 결혼한 지 50년 가까이 된 부부는 일상적인 행복과 권태, 익숙함 속에서 무덤덤하게 살아왔다. 그런데 이제 앨프리드는 파킨슨병과 치매를 앓고, 이니드는 온 가족이 함께하는 마지막 크리스마스 파티를 준비한다. 이것이 핵심 줄거리다.

소설은 과거로 돌아가 가족의 이야기, 특히 세 자녀의 삶을 그린다. 게리는 성공한 은행가이지만 아이들을 조종하는 혐오스러운 아내 때문에 늘 불만이고, 문학 교수이던 칩은 여대생과의 연애 사건 때문에 지금껏 쌓아 온 것을 한꺼번에 날려 버리고 리투아니아에서 수상한 사업에 연루된다. 수석 요리사로 일하는 드니즈는 직장 상사와의 추문으로 직장을 잃는다.

램버트의 자녀들은 누구 하나 진정으로 만족스럽게 살지 못하지만, 다들 자신의 삶과 삶의 계획을 끊임없이 고치려 애쓴다. 심지어 이니드도 남편이 죽으면 어떻게 살아야 할지 새로운 계획을 세운다. 그녀는 일흔다섯 살이고, 자신의 삶에서 몇 가지를 바꾸게 될 것이다. 소설은 이렇게 끝난다.

오프라 윈프리와의 사이에 무슨 일이?

윈프리는 프랜즌을 자신이 진행하는 TV 프로그램 '오프라의 북클럽'에 초대했다. 그러나 프랜즌은 윈프리의 초대를 거절했다. 그 프로그램에서 소개하는 작품이 하나같이 "너무 감상적이고 일차원적인 소설들"뿐이라 자신의 작품까지 그런

현대문학

통속 작품으로 취급받을까 걱정했기 때문이다. 그러자 토크쇼의 여제 윈프리는 즉시 초대를 취소했다. 나중에 프랜즌은 자신이 한 말에 대해 유감을 표했다. 그로부터 9년 뒤 그의 최신작 《자유》가 출간되면서 둘은 극적으로 화해했다. 윈프리는 그 책을 추천했고, 프랜즌은 그녀의 토크쇼에 출연했다.

어려울 땐 뛰어넘어도 좋다

이 소설은 분량이 꽤 되지만 상당히 잘 읽힌다. 두꺼운 문학 작품을 처음 접하는 독자라면 '경제 범죄'나 '유전 공학'에 대해 길게 설명하는 대목은 그냥 넘어가도 된다. 책장을 뛰어넘는 것은 작가에 대한 예의가 아니지만, 문학에 대한 접근을 쉽게 해 준다면 못할 것도 없다.

부시 '악의 축' 개념 사용
사스 발병

이라크 전쟁 발발
스카이프 설립

2002
오르한 파묵 《눈》
유제니디스 《미들섹스》

2003
댄 브라운 《다빈치 코드》
할레드 호세이니 《연을 쫓는 아이》

몇 살이었을까?

대표작을 썼을 때와 죽었을 때의 나이

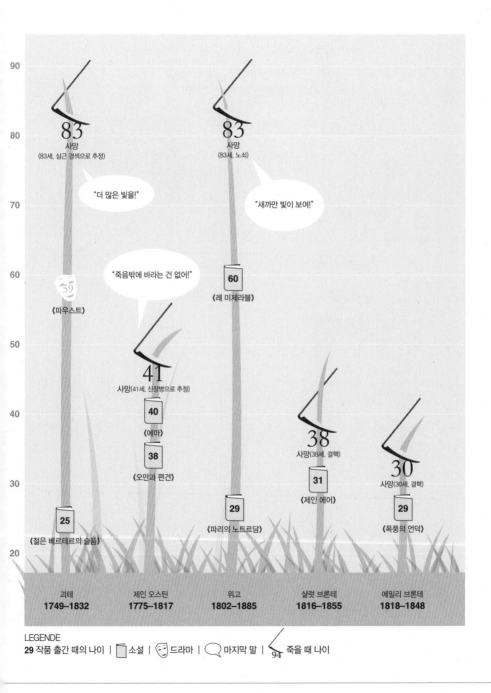

258

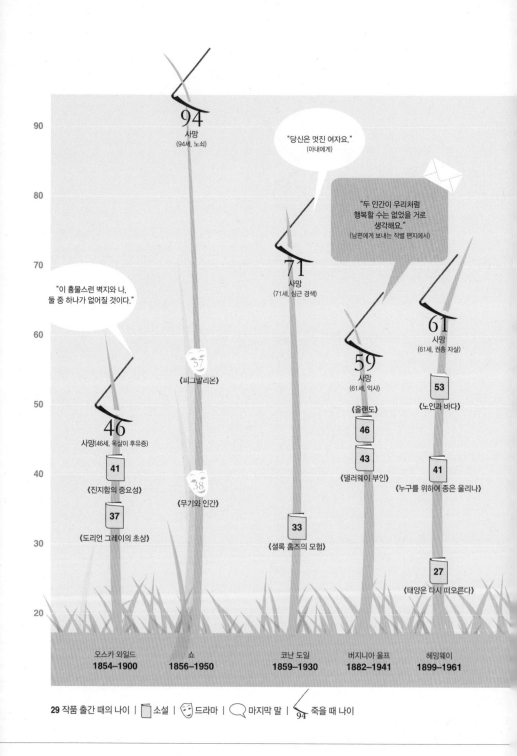

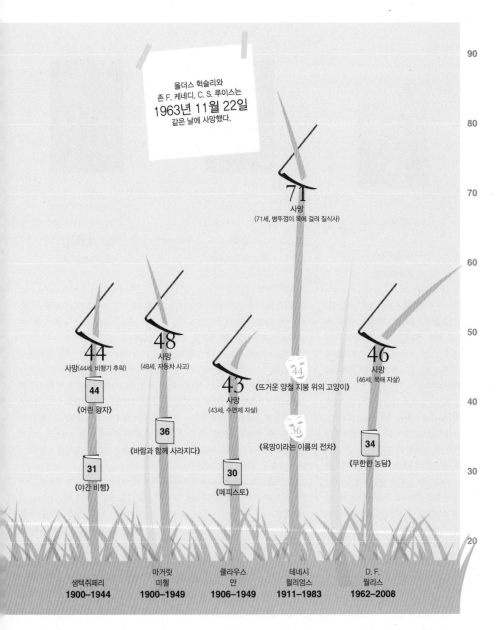

올더스 헉슬리와
존 F. 케네디, C. S. 루이스는
1963년 11월 22일
같은 날에 사망했다.

71
사망
(71세, 병뚜껑이 목에 걸려 질식사)

44
사망(44세, 비행기 추락)

44
《어린 왕자》

31
《야간 비행》

48
사망
(48세, 자동차 사고)

36
《바람과 함께 사라지다》

43
사망
(43세, 수면제 자살)

44
《뜨거운 양철 지붕 위의 고양이》

36
《욕망이라는 이름의 전차》

30
《메피스토》

46
사망
(46세, 목매 자살)

34
《무한한 농담》

생텍쥐페리
1900–1944

마거릿
미첼
1900–1949

클라우스
만
1906–1949

테네시
윌리엄스
1911–1983

D. F.
월리스
1962–2008

그 밖의 사망 원인 | 술: 잭 런던 | 자동차 사고: 카뮈, 체호프 | 결투: 알렉산드르 푸시킨 | 파시스트에 의한 암살: 페데리코 가르시아 로르카 | 권총 자살: 하인리히 폰 클라이스트, 헌터 S. 톰슨 | 옷다가 질식사: 앤서니 트롤럽 | 물에 빠져 자살: 파울 첼란 | 가스 자살: 실비아 플라스 | 코카인 중독사: 게오르크 트라클, 고트프리트 벤

짧고 굵게 보는 문학사

제프리 유제니디스
Jeffrey Eugenides

미들섹스
Middlesex

주인공 칼리오페는 희귀 유전자 질환을 갖고 태어난 양성 인간이다. 여자로 키워지지만 사춘기에 2차 성징이 나타나면서 남성의 삶을 선택하고 이름도 칼로 바꾼다. 칼은 과거를 돌아보며 가족사를 이야기한다.

오누이였던 조부모는 그리스 출신으로 제1차 세계 대전 뒤 미국으로 건너간다. 그러고는 완전히 다른 사람으로 신원을 바꾼 뒤 결혼해 자식까지 낳는다. 그런데 둘 사이에 태어난 아들이 다시 사촌의 딸과 사랑에 빠져 결혼한다. 이 둘의 딸이 칼리오페이다. 어려서부터 자신이 뭔가 남들과 다르다고 느끼던 칼리오페는 사춘기에 들어서면서 그게 무엇인지 알게 된다.

한 가족의 역사를 그린 대하소설이자 그리스와 미국의 문화 충돌을 온갖 익살과 해학, 기괴함과 진지함으로 묘사한 작품이다. 퓰리처상을 받았다.

프랑크 쉐칭
Frank Schätzing

변종
Der Schwarm

바다의 반격이 시작된다. 고래가 인간을 공격하고, 바닷가재의 배에서 셀 형태의 치명적인 독이 흘러나오고, 조개가 배를 뒤집고, 해파리가 어부를 죽이고, 수백만 마리의 심해 벌레가 쓰나미를 일으킨다. 이 모든 사건의 원인을 밝히려고 전 세계 최고 학자들이 동원된다. 학자들은 사건 배후에 미지의 지적 존재가 있음을 알아채고, 그 존재를 '이르'라 부른다. 이르는 자기네 생활공간인 바다를 인간이 무분별하게 파괴하는 것을 더는 참지 못한다. 그래서 대규모 파괴 계획을 세운다. 학자들은 그 계획을 막으려 이르와 접촉을 시도하지만 군에서는 이르를 죽이려 한다.

1,000쪽이 넘지만 사건들이 잠시도 긴장의 끈을 놓지 못할 정도로 흥미진진하다. 범죄 소설을 주로 썼던 쉐칭은 이 작품으로 엄청난 성공을 거두었고, 출간 몇 개월 뒤 수마트라 섬에서 실제로 큰 쓰나미가 발생했다.

마르얀 사트라피
Marjane Satrapi

페르세폴리스
Persepolis

마르얀 사트라피는 1권에서 이란 혁명 시기에 보낸 자신의 어린 시절을 묘사한다. 1979년 호메이니가 이슬람공화국을 선포한다. 그것은 곧 주인공 마르얀이 앞으론 청바지를 입거나 서양 음악을 들어선 안 되고, 히잡을 착용하고 순종적으로 살아야 함을 의미한다. 한 친척은 간첩 행위로 사형 선고를 받고, 사촌은 이라크와의 전쟁에 나간다. 마르얀은 열네 살 때 부모에 의해 외국으로 보내지는데, 2권은 그때부터의 삶을 기록한다.

이 작품은 소설이 아니다. 예전 같았으면 '이야기 만화(코믹)'라고 했을 테지만, 지금은 '그래픽 노블'이라고 부른다. 단순 만화보다 수준이 높다. 그래픽 노블은 만화로 그린 소설로, 1960년대부터 있었지만 최근에야 문학 장르로 인정받았다. 《페르세폴리스》가 거기에 결정적인 역할을 했다. 주목도 많이 받고 상도 많이 받았다. 판매 부수도 100만 부가 넘었다.

인도양에 쓰나미 발생
페이스북 개설

라칭거 추기경, 교황 선출
메르켈, 독일 수상 선출

세계 금융 위기
오바마, 미국 대통령 당선

2004
쉐칭 《변종》

2005
메이어 《트와일라잇》
포어 《엄청나게 시끄럽고 믿을 수 없게 가까운》

2008

스테프니 메이어
Stephenie Meyer

트와일라잇
Twilight

열일곱 살 벨라는 아름답고 신비한 뱀파이어 소년 에드워드와 사랑에 빠진다. 그는 인간의 피가 아닌 동물의 피를 빨아먹지만 그래도 둘 사이에 행복한 러브 스토리는 불가능해 보인다. 그 외에 인간의 피를 먹고, 벨라를 노리는 다른 뱀파이어들이 등장한다. 뜻밖에 벨라는 에드워드가 뱀파이어라는 사실을 금방 받아들이고, 자신도 뱀파이어가 되는 것에 아무런 저항을 느끼지 않는다. 그리되면 에드워드와의 관계가 여러모로 수월해지기 때문이다. 반면에 에드워드는 벨라가 최소한 칼리지를 졸업하기를 바란다. 마지막에 에드워드는 가족과 힘을 합쳐 나쁜 뱀파이어를 물리친다.
《로미오와 줄리엣》의 뱀파이어 버전으로 원래는 십 대를 위해 썼지만, 곧 독자층이 확대되었다.

조너선 사프란 포어
Jonathan Safran Foer

엄청나게 시끄럽고
믿을 수 없게 가까운
Extremely Loud and
Incredibly Close

아홉 살 소년 오스카는 2001년 9·11 테러로 아버지를 잃었다. 아버지의 유품에서 열쇠를 찾아낸 오스카는 '블랙'이라는 노인과 함께 열쇠에 맞는 문을 찾으려고 뉴욕 구석구석을 돌아다닌다. 그런데 모든 게 오스카 할아버지와 관련이 있다는 사실이 나중에 밝혀진다. 할아버지는 아들만 테러로 잃은 것이 아니라 제2차 세계 대전 때 연합군의 드레스덴 폭격으로 사랑하는 사람까지 잃었다.
9·11 테러를 주제로 한 많은 소설 가운데 가장 성공한 작품으로 꼽힌다. 테러를 전면에 내세우지 않고 배경으로만 다루었기 때문일 것이다. 그러나 비판도 많이 쏟아졌다. 주인공이 나이에 비해 너무 조숙하고, 전체 내용이 지나치게 통속적이라는 것이다.

제니퍼 이건
Jennifer Egan

깡패단의 방문
A Visit from the Goon Squad

이 작품은 많은 분야를 다루고 있지만, 그중에서도 특히 음악에 관한 이야기가 많이 나온다. 프로듀서인 베니 살라자르는 자신의 격동적인 과거를 회상한다. 그밖에 현재의 삶과 미래에 관한 이야기도 나온다. 섹스와 마약에 관한 내용도 많다. 이 작품의 특별한 플러스 요인은 장마다 시간과 공간, 관점이 바뀌고, 서술 형식이 달라진다는 점이다. 물론 어떤 장은 간단한 파워포인트 형식으로만 구성되어 있어서 비평가를 당혹스럽게 한다. 매우 현대적이고 실험적인 소설이고, 페이스북과 로큰롤 음악을 떠올리게 한다. 베스트셀러에 오르면서 작가에게 부를 안기는 한편, 퓰리처상을 받으면서 명예도 안겨 주었다.

현대문학

아이티 대지진
중동 '아랍의 봄'

2010
이건《깡패단의 방문》

동일본 대지진

2011
E. L. 제임스《그레이의 50가지 그림자》

힐러리 맨틀, 2번째 맨 부커상 수상

2012
롤링《캐주얼 베이컨시》

책을 끝내며
소개하지 못해 아쉬운 작가들

이 책에 싣지는 못했지만, 절대 빠뜨려서는 안 될 중요하고 유명하고 멋진 작품과 작가는 훨씬 더 많다. 한정된 분량 때문에 일일이 다 소개할 수 없는 게 안타깝다. 그중에서도 특히 아까운 작가들을 여기서나마 짧게 언급해서 아쉬움을 달래고자 한다.

안데르센은 혹시 호텔에 불이 나면 창문으로 빠져나오려고 항상 여행할 때 밧줄을 준비했고, 주옥같은 단편을 남긴 캐서린 맨스필드는 주변에 여자 친구 한 명과 많은 남자가 있었고, 너무 일찍 죽었다. 마를렌 하우스호퍼는 여성이 쓴 현대판 '로빈슨 크루소'라고 할 수 있는 소설 《벽》을 썼다. 스웨덴 극작가 스트린드베리와 노르웨이 출신의 노벨문학상 수상자 크누트 함순도 중요한 작가이다. 별난 성격의 에밀리 디킨슨은 스무 살 때 시를 쓰기 시작했고, 흰색 옷만 입었으며, 집 밖으로 나가지 않았다. 안타깝게도 존 판테와 그의 〈반디니〉 시리즈 소설(사실은 그의 작품 중에서는 《활기 넘치게》가 훨씬 낫다)은 대중의 관심에서 멀어졌다. 토마스 베른하르트, 윌리엄 포크너, 스타인벡, 실러의 위대한 드라마들도 이 책에 빠져 있다. 엔데와 키플링도 다루지 못했고, 1930년대의 베스트셀러 작가로 오랫동안 잊혔다가 1970년대에 재발견된 이름가르트 코인도 언급되지 않았다.

앨리스 B. 토클러스와 거트루드 스타인은 파트너로 평생을 함께했고, 파리에 있던 스타인의 살롱은 나중에 굉장히 유명해진 예술가들(헤밍웨이, 피카소, 마티스 등)의 교류 장소였다. 더글러스 애덤스는 〈히치하이커〉 시리즈 외에 멸종 위기의 동물을 추적해 자연과 환경의 소중함을 일깨운 《마지막 기회라니》를 썼고, 트루먼 커포티는 《티파니에서 아침을》에 나오는 매력적인 여주인공 홀리 골라이틀리 때문에라도 기억해야 한다. 또한 노벨문학상 수상자로서 남아프리카를 자주 다룬 나딘 고디머, 프랑스의 베스트셀러 작가 안나 가발다(《함께 있을 수 있다면》이 가장 사랑받는 작품이다)도 빼놓을 수 없다. 《안젤라의 재》는 퓰리처상 수상자 프랭크 매코트의 많은 것을 알려 주는 회고록이다. 도나 타르트는 처녀작 《비밀의 계절》에서 대학의 술자리에서 벌어진 친구의 죽음과 남은 친구들의 공포와 후회, 죄의식 등을 흥미진진하게 묘사했다.

이 책에서는 1990년대 스릴러의 제왕 존 그리샴(《그래서 그들은 바다로 갔다》는 지하철에서 가장 많이 읽는 책이었다), 일본 작가 무라카미 하루키, 통속적인 러브스토리 《몽프티》를 쓴 헝가리 작가 가보르 버서리도 다루지 못했다. 셰익스피어의 다른 주요 작품들도 언급하지 못했고, 미셸 우엘벡의 《소립자》(무겁고 침울하지만 다양한 성적 표현으로 열광적 팬이 있는 컬트 소설이다), 크리스타 볼프의 《나누어진 하늘》, 덴마크 작가 페터 회의 《스밀라의 눈에 대한 감각》(이누이트 족에게는 눈에 관한 단어가 100개나 된다지만 틀린 말이다)도 빠져 있다. 그밖에 루이스 베글리, 주제 사라마구, 리처드 파워스, 이언 매큐언, 데이비드 포스터 월리스의 작품들도 소개하지 못했다.

다 끝나 아쉬워.
- 에니드 블라이튼의
《모험의 섬》에 나오는
필립 매너링의 말.

264

찾아보기

별면에 표기된 작가 이름과 작품 제목은 너무 단편적인 정보만을 나타내고 있어 찾아보기에는 포함하지 않았습니다.

작가 이름

작품 제목

〈 〉로 표기한 것은 시리즈 제목입니다.

찾아보기

한눈에 쏙! 세계 문학 148

초판 인쇄 2014년 10월 1일
초판 발행 2014년 10월 6일

글 카타리나 마렌홀츠
그림 돈 파리시
옮김 박종대

편집장 윤정현
편집 주간 하지혜
마케팅 강백산, 이은영
디자인 나무디자인 정계수

펴낸이 이재일
펴낸곳 토토북
우ㅗ 121-004 서울시 마포구 양화로11길 18 3층 (서교동, 원오빌딩)
전화 02-332-6255 | **팩스** 02-332-6286
홈페이지 www.totobook.com | **전자우편** totobook@korea.com
출판등록 2002년 5월 30일 제10-2394호
ISBN 978-89-6496-214-5 43800